新 潮 文 庫

鬼 神 の 如 く

―黒田叛臣伝―

葉 室　麟 著

新 潮 社 版

11000

鬼神の如く

黒田叛臣伝

一

菅原道真《すがわらのみちざね》を慕って京の屋敷から梅がはるばる九州まで飛び来ったという〈飛び梅〉の故事で知られる太宰府天満宮の近くに、宝満山《ほうまんざん》という山がある。

地元では〈かまど山〉などとも呼ぶ。山頂に玉依姫命《たまよりひめのみこと》を祀《まつ》る竈門《かまど》神社があるためだ。

古来、竈門山について、

――雲霧深く覆《おお》い、烟《けぶり》気常に絶えず

などという。さほど高い山ではないが峰々に霧が立ち込め、白く霞《かす》むことが多いのだ。山の麓《ふもと》には竈門神社《しゅげんじゃ》の下宮があり、中腹に中宮、山頂に上宮があって山全体が神域となっている。修験者にとって修行の霊場だった。

中腹には十一面観音堂と九坊があり、修験者たちが住んでいた。坊のひとつに大坂の陣で豊臣《とよとみ》家が亡《ほろ》びたころからひとりの武芸者が住み着いていた。名を、

――夢想権之助《むそうごんのすけ》

という。権之助は刀ではなく、長さ四尺余りの杖《つえ》を振るう杖術《じょうじゅつ》を創始していた。杖は刀より、自在に前後を問わず、打ち、突き、薙《な》ぐことができる。刀が刃筋をたてねばならぬのに比べて、どのようにも変化の技が使えるという利点があった。

いつのころからか権之助のもとには十数人の門人が集まっていた。権之助同様に、宝満山の坊に寄宿し、太宰府の町から通うなどして教えを受けていた。

権之助は寡黙《かもく》で、多くを語らないが、杖術の指導にあたっては懇切丁寧だった。杖が槍《やり》や刀に勝ることを語って倦《う》まなかった。その中で、ときおり、

「この杖でいずれ宮本武蔵《みやもとむさし》の頭蓋《ずがい》を打ち砕いてくれる」

というのが口癖だった。権之助はもともと関東者で天真正伝香取神道流《てんしんしょうでんかとりしんとう》の奥義を極めたが、諸国武者修行の途中、播州明石《ばんしゅうあかし》で立ち合った宮本武蔵に敗れた。

思わぬ敗北に発奮した権之助は九州に渡り、宝満山に籠《こも》った。祈願参籠《さんろう》した満願の夜、夢に童子が現れ、

——丸木をもって水月《すいげつ》を知れ

との神託があった。これにより、三尺二寸の刀より、一尺長い四尺二寸一分、直径八分の樫《かし》の丸木を武器とすることを思いついたという。

寛永八年（一六三一）六月——

よく晴れて汗ばむ暑い日だった。

宝満山の夢想権之助のもとを武士の一行十数人が訪れた。皆、笠《かさ》をかぶっており、ぶっ裂き羽織に裁着袴《たっつけばかま》姿で主君らしい武士と供回りは騎馬、ほかの者は徒歩だった。旅の途中らしく衣服に砂埃《すなぼこり》がついている。

前触れの武士が僧坊の前に立ち、戸口にいた権之助に声を低めて、

「竹中采女正《たけなかうねめのしょう》様、おなりである」

と告げた。采女正は豊後府内《ぶんごふない》藩二万石の藩主である。采女正の父重利《しげとし》は豊臣秀吉《ひでよし》の軍師として高名だった竹中半兵衛重治《はんべえしげはる》の従弟《いとこ》だった。

重利は秀吉に仕えて馬廻衆となり、文禄《ぶんろく》三年（一五九四）に豊後高田城主となった。関ヶ原の戦いでは徳川家康《とくがわいえやす》につき、慶長六年（一六〇一）に府内二万石に封ぜられ、さらに預かり地として一万五千石が与えられた。

竹中家は幕府の信任が厚く、元和《げんな》元年（一六一五）に家督を継いだ采女正は、将軍秀忠《ひでただ》に従って大坂の陣に出兵したほか、元和五年（一六一九）に広島藩主福島正則《ふくしままさのり》が改易されると城地受け取りの上使として派遣された。さらに元和六年（一六二〇）柳《やな》河《がわ》藩主田中忠政《たなかただまさ》の死後、嗣子《しし》がなく御家断絶となった際には領の管理を幕府から託された。

また元和九年（一六二三）に福井藩主松平忠直《まつだいらただなお》が幕府の咎《とが》めを受け、府内に配流《はいる》されると監視役を務めた。

二年前の寛永六年には長崎奉行に任じられている。言わば幕府の九州探題として采女正は小藩の藩主ながら重きをなしていた。

権之助はすでに四十を過ぎている。総髪を長くのばして後ろにたらし、口のまわりに髭《ひげ》を生やしたいかつい顔をしている。袖《そで》なし羽織、袴姿の権之助は外に出ると跪《ひざまず》いて采女正を恭《うやうや》しく迎えた。

馬を下り、笠をかぶったまま僧坊の前に来た采女正は権之助を見て、色白でととのった顔に親しげな表情を浮かべた。

「権之助、ひさしいな」

「元和五年の広島以来でございますれば、十二年ぶりとあいなります」

「そうか。福島家の改易のとき以来にあいなるか」

采女正は感慨深げに言った。

福島正則は豊臣秀吉の子飼いの武将だったが、関ヶ原の戦では、徳川家康について先陣を勤め、宇喜多秀家《うきたひでいえ》、島津義弘《しまづよしひろ》の軍と戦って大功をあげた。

このため安芸《あき》、備後《びんご》二ヵ国四十九万石の領土を与えられ、広島城主となった。だが、その後、大坂城の豊臣秀頼《ひでより》を攻め滅ぼした家康から、豊臣系の大名として警戒された。二代将軍秀忠の代になって広島城を無届けで修築したことを咎められ、この際、本丸など破却すべきことを命じられた。しかし、正則は石垣を少し壊しただけでよいとの老中の内諾を得たと信じて、そのままにしておいた。これは老中の詐術《さじゅつ》ともいうべきものだった。正則は咎められて所領を没収され、越後魚沼《うおぬま》郡の内二万五千石と信濃《しなの》川中島《かわなかじま》二万石の四万五千石を与えられ、信濃高井《たかい》郡に蟄居《ちっきょ》させられた。猛将の正則は幕閣の罠《わな》にはまってあえなく大領を奪われた。失意のまま寛永元年（一六二四）に六十四歳で没している。

采女正は福島家が広島城を明け渡す際、上使として出向いた。このおり、中国筋を武者修行していた権之助と出会ったのだ。

このころ権之助は、巨軀《きょく》に着た白羽二重の袖なし羽織の背に朱色の日の丸を染め出し、門人が、

――兵法天下一　夢想権之助

と大書した幟《のぼり》をかかげて通行し、その派手な出《い》で立ちでひとびとを驚かせていた。

しかも、広島に現れたころの権之助は播州の明石で武蔵に敗北したばかりだった。

気が荒れていた権之助は城下に入ると路上で福島家の武士に向かって、

「幕府の言いなりになって、所領を没収されるとは情けないのう。関ヶ原で徳川様が勝ちを得られたのは福島様の力があってのことではないのか。それなのに掌《てのひら》を返すようなことをされては福島様の面目丸潰《つぶ》れだ。ひとりぐらいは幕府に逆らう気骨のある武士はおらんのか」

とからんで喧嘩《けんか》をふっかけた。これに福島家の武士たちが激昂《げきこう》し、城下で数十人が権之助を相手に争闘に及ぼうとした。

このとき、広島城に城明け渡しの交渉に赴いていた采女正が騒ぎを知って仲裁に入り、双方をなだめたうえで権之助の身柄を引き取り、九州へと連れてきたのだ。

権之助は武蔵に敗北した屈辱を晴らしたいと宝満山での修行を思い立って、采女正に申し出た。采女正はこれを聞き届け、竈門神社の宮司にあてて添え状まで書いてくれたのである。感激した権之助は采女正に対して、

「それがしにてできますことあらば、何なりとお申しつけくだされ」

と申し出たのだ。采女正は聞き置いたが、このほど、権之助に書状である依頼をした。

僧坊にあがった采女正は板敷に座ると、前に控えた権之助に向かって、

「書状にて頼んだことはできたか」

と単刀直入に訊《き》いた。権之助は手をつかえ、頭を下げて、

「いかにも、すでにいたしてござる」

と野太い声で答えた。采女正は満足そうにうなずく。

「では、さっそくだが、会おうか」

権之助は大きな膝《ひざ》をにじらせて障子を開け、濡《ぬ》れ縁に身を乗り出した。

「卓馬《たくま》と舞《まい》、これへ参れ」

あらかじめ、中庭に控えていたのだろう、権之助の声に応じてふたりの若い男女が姿を見せ、濡れ縁の前に跪いた。

采女正は立ち上がり、ゆっくりと濡れ縁に出る。

「わしの命に従って働いてくれるのは、そなたらか」

采女正に声をかけられてふたりは手をつかえ頭を下げた。

男は二十歳を過ぎたばかりに見える。月代《さかやき》の剃《そ》り跡も青々しく、目鼻立ちがすっきりして、長身の美丈夫だった。一方、女は十七、八歳だろう。こちらも花のように美しいが、髪を結んで後ろにたらし、木綿の着物に袴をつけた男装だった。

権之助は采女正のそばに膝をついた。

「筑前宗像《ちくぜんむなかた》の郷士の子、深草《ふかくさ》卓馬、それに舞と申す兄と妹でござる。ふたりとも、す

でに三年、それがしが杖術を仕込みましたゆえ、ひと通りは使えまする。舞は女子なれども、それだけに奥向きにまで入れますゆえ、このたびのお役目には役に立つのではないかと存じました」

「そなたがさように申すならば、腕の方も間違いあるまい」

采女正はふたりに鋭い目を注いだ。権之助は少し考えてから、

「ご覧になりまするか」

と訊いた。采女正は黙ってうなずく。権之助は中庭の二人に向かって、

――形をお見せしろ
とうながした。

ふたりは、中庭の隅に置いていた杖と木刀を持った。杖を手にしたのは舞だった。兄の卓馬は木刀を持つ。舞が杖術の形を見せるようだ。卓馬と舞は中庭の中央で間合いをとって、対峙《たいじ》した。

采女正は初めて見る杖術の構えを興味ぶかげに見守った。

卓馬は木刀を尋常に正眼《せいがん》に構えた。舞は杖を体の前で縦にする。どういう構えなのかと采女正が見ていると、卓馬が踏み込んだ瞬間、舞は体を開いた。

舞が手にする杖はくるりと後ろにまわったかと思うと、風を巻いて振り下ろされた。

さらに卓馬が打とうとすると、そのたびに杖は上段、中段、下段と思わぬところから繰り出される。

槍や薙刀《なぎなた》と違って両端のいずれもが武器であるため、対する者は杖がどこから来るか予測することが難しく、旋風のように変化する技に苦しめられるのだ。

かつ、かつ、かつ、と杖と木刀が打ち合う音だけが響き、卓馬と舞は風にのるように鮮やかに進退した。

「なるほど、玄妙なものだな」

采女正は感嘆の声をあげる。権之助は、二人の動きに厳しい目を注ぎながら、

「杖は太刀と異なり刃も無く柄《つか》も無く、先も元もござらん。それだけに何《いず》れも刃となり柄となり、その動きは千変万化いたします。突けば槍、払えば薙刀、持てば太刀かと心得ます」

と言った。采女正は大きく頭を縦に振った。

「これならばよかろう」

権之助はふたりに形をやめさせた。卓馬と舞が濡れ縁の前に控えると、采女正は口を開いた。

「すでに夢想から聞き及んでいるだろうが、わしはそなたらを筑前黒田《くろだ》家のある重臣

のもとに送り込もうとしておる。すなわち、わしの間者《かんじゃ》として黒田家の内情を探って欲しいのだ。使命を果たした暁には、わが藩の杖術師範として召し抱える。そなたらの働きしだいだ」

采女正に言われて、卓馬と舞はそろって頭を下げたが、一瞬、ちらりと目を見かわした。その様子を見て、采女正はさりげなく言う。

「訊きたいことがあれば、遠慮なく申せ。いったん間者となれば、いつ命を失うことになるやもしれぬ。何もわからずに動いては悔いが残ろう」

卓馬がわずかに膝を乗り出した。

「されば、ご無礼ながら、おうかがいいたします。われらが遣わされる黒田家の重臣とは、栗山大膳《くりやまたいぜん》様でございましょうや」

「ほう、よくわかったな」

「ご家老栗山様と藩主忠之《ただゆき》公の不仲は筑前にて知らぬ者はおりませぬ」

卓馬は澄んだ目を采女正に向けた。

二

栗山大膳は、初代藩主黒田長政《ながまさ》の父、黒田如水《じょすい》（官兵衛《かんべえ》）に若年のころから仕えた、黒田二十四騎のひとり栗山備後《びんご》利安《としやす》（善助《ぜんすけ》）の子である。

黒田家では如水が播磨《はりま》姫路城主のころ仕えた者を大譜代、秀吉によって九州豊前《ぶぜん》の中津《なかつ》に封じられてから家臣となったものを古譜代、さらに関ヶ原の後、筑前で五十二万石を領するようになってから仕えた者を新参と呼びならわしている。

利安は大譜代の中でも古くからの家臣だ。

天正六年（一五七八）、摂津《せっつ》の荒木《あらき》村重《むらしげ》が伊丹《いたみ》の有岡《ありおか》城に籠って織田《おだ》信長《のぶなが》に叛《そむ》いた際、如水は説得に赴いて村重に捕えられ、有岡城に幽閉された。

利安は同じ黒田家臣の母里《ぼり》太兵衛《たへえ》や井上《いのうえ》周防《すおう》とともに商人に変装して有岡城を探って、如水を救出しようとした。そして有岡城の落城の際、城内に入り、土牢《どろう》に囚《とら》われていた如水を助け出した。関ヶ原の戦の際には、大坂方によって人質にされそうになった如水の夫人を大坂屋敷から西軍の目をかいくぐって脱出させ、中津に送り届ける活躍をした。

福岡に入部後、利安は家老となり、上座郡《じょうざぐん》に麻底良《までら》城と所領一万五千石を与えられ、

――一の老職

と呼ばれる。如水は死に臨んで、利安に長政を後見するよう命じ、また長政は忠之

と大膳を呼び、

「わが遺言の証拠は大膳なり」

と告げた。すなわち栗山父子は、如水と長政から全幅の信頼を置かれていたのだ。

これに比べて、忠之は長政から疎《うと》んじられていた。

忠之は強情な性格で日ごろの乱暴が絶えず、特に三男の長興《ながおき》と比べられることを嫌った。忠之は荒々しかったが、長興は温和な性格で家臣からも慕われていたからだ。

忠之が十三歳のとき、母親の保科《ほしな》氏が忠之や長興とともに、下屋敷で町方から手踊りの女を呼び寄せて見物したことがあった。

このとき、長興は保科氏とともに楽しげに女たちの手踊りを見ていたが、忠之は庭の築山《つきやま》などを駆け回って遊んでいた。踊りがひと休みとなり、奥女中や踊り子が楽屋で休憩していると、若君様よりの下され物であるとして蒔絵《まきえ》の重箱が届けられた。菓子でも入っているのだろうか、と女たちが蓋《ふた》を開けてみると中には蛇が十数匹入っており、にょろにょろと這《は》い出てきた。女たちは悲鳴をあげて逃げ惑い、中には気を失う者まで出る騒ぎになった。

忠之の悪戯《いたずら》だった。

保科氏は激怒して忠之を呼び寄せて叱責《しっせき》した。しかし、忠之は、どこ吹く風で、

「母上、大名は武芸を励めばよいので、芸事など見なくともよいのです」

と嘯《うそぶ》いて、からからと笑った。

十六歳のとき、忠之は江戸屋敷にいたが、重陽《ちょうよう》（九月九日、菊の節句）のおり、中庭に長興とともに出て菊畑を見ようということになった。

忠之と長興が庭に降りようとした際、若い腰元が履物を直そうとした。腰元はなぜか長興の履物を先に直し、忠之の履物を後にした。忠之は怒って、

「弟を先にし、兄を後にするとは不都合千万なり」

と怒鳴るや腰元を手討ちにした。長政はこれを聞いて憤《いきどお》り、

「忠之はいつか国を失うことになるに違いない」

として、ただちに国許《くにもと》へ戻して押し籠《こ》めるよう命じた。このおり、長政は忠之を廃《はい》嫡《ちゃく》し、長興に家督を譲ろうと考えた。長政は忠之に対し、
一、一万石を遣わし候間《そうろうあいだ》、京へ退進し隠居と成る哉《や》
二、一ヶ寺を建立《こんりゅう》し遣わし候間、僧と相成るべき哉
三、一万石を遣わし候間、領内に隠居致し居《お》り候哉

として隠居するか僧になるかを選べと突き付けたのだ。しかし、大膳が、嫡子を替えるのは国が亡びる基になる、と長政に諫言《かんげん》した。大膳はさらに、

「若殿はご若年にて、道理をわきまえられずに罪を犯されまするが、臣らがご意見を申し上げれば、お聞き届けくださいましょう」

と述べて長政を翻意させた。

忠之にとって大膳は恩人ともいうべき老臣だった。それだけに藩主となった忠之は、大膳の諫言を押しつけがましいものとして嫌った。

大膳も、忠之がともすれば我儘勝手《わがままかって》に振舞うのを苦々しく思った。主君と家老の間には大きな溝ができた。忠之は自らの寵童《ちょうどう》であったと言われる倉八十太夫《くらはちじゅうだゆう》を側近として取り立てて専権を振るわせた。

十太夫は、中津で召し抱えられた足軽頭二百石、倉八長四郎《ちょうしろう》の子である。初め小姓として忠之に仕えた十太夫は目鼻立ちがととのっているだけでなく、利発な能吏《のうり》でもあった。

忠之は十太夫を引き立てて重臣とする一方で、大膳を藩政から遠ざけた。

大膳は寛永三年十一月に忠之に対し諫書を奉《たてまつ》った。その内容は、忠之の日頃の行いが、軽々しく、真面目《まじめ》さに欠け、驕奢《きょうしゃ》に流れ、家臣の登用も気まぐれであるなどだっ

た。また、将軍秀忠の正室である大御台所《おおみだいどころ》が亡《な》くなったおり、忠之が精進をせず、放鷹《ほうよう》に出たことや、家康や如水の命日にも精進せず、江戸から国許へ戻った際も父祖の霊屋《たまや》に詣《もう》でないことを咎めた。さらに寵臣の倉八十太夫に驕《おご》りの振舞いがあることなどを指摘して、忠之の反省を求めた。経書などからの引用も行い、合わせて二十五カ条になった。

大膳はこの諫書を出すにあたって、隠居していた父の利安や井上周防、小河内蔵允《おがわくらのすけ》らの重臣たちにも見てもらい、遺漏がないようにしたほか、念のため奥書もしてもらった。

だが、諫書を読んだ忠之は憤怒《ふんぬ》した。大膳が寵臣の十太夫を妬《ねた》んで、謗《そし》っているのだ、と考えたのだ。しかし、重臣の大膳をあからさまに叱《しか》りつけるわけにはいかない。忠之は諫書を読み捨てて何も言わずにおいた。大膳と会うたびに顔をそむけて口も利《き》こうとしなかった。やがて忠之は大膳の諫書を無視する行動に出た。

寛永五年、江戸参府のために大坂までは海路をとるとして、鳳凰丸《ほうおうまる》と呼ぶ大船を建造したのである。

幕府は諸大名が軍船を持つことを警戒して、慶長十四年（一六〇九）に西国大名が保有する五百石積以上の船の没収令を発している。忠之の大船建造は幕府の意向を無視するものだった。さらに十太夫の差配下として足軽二百人を新たに募った。もはや大膳ら重臣の意見を聞かず、側近によって藩を動かしていくという忠之の意のあるところをあからさまに示した。

忠之に対し不満を抱いた大膳は病気を言い立て、家老職を辞した。忠之はすぐに辞職を許したため、大膳は城下の屋敷を引き払って居館に引き籠った。

このことは幕府の老中土井利勝《どいとしかつ》の知るところとなった。利勝は、忠之に対して江戸城で、

「栗山父子は主君を補佐する役を長政公より仰《おお》せつかったと聞いております。大膳を隠退せしめるのはいかがなものか。家老に復職させるべきではありませんかな」

とやわらかな口調ながらも、はっきりと大膳を復帰させるよう求めた。

強情な忠之も幕府の実力者の意向を無視することはできず、渋々、大膳を家老として呼び戻した。

だが、いったん壊れた君臣の間柄はもとに戻らず、もはや忠之と大膳が心を開いて語り合うことはなかった。

主君と家老の対立が厳しさを増して黒田藩は異様な雰囲気に包まれていた。

卓馬から問者として探るのは栗山大膳なのか、と訊かれ、采女正はうなずいて話を続けた。

「栗山大膳と忠之公の不仲は周知のことだ。さる三年前に大膳は家老職を辞して居館に引き籠った。しかし、それではいかぬということで、幕府が仲裁し、大膳は翌年には家老職に復した。しかし、その後も大膳と忠之公の不仲は続いておるようだ」

「されば、幕府では栗山様を探索いたし、黒田家をお取りつぶしになるご所存でございましょうか」

卓馬が思い切ったことを口にすると、かたわらの権之助がくっくっと笑って、

「さようでございまするか、竹中様——」

と不遜《ふそん》とも聞こえる言葉遣いで采女正に訊いた。

権之助は永年、武家奉公をせずに武術修行に打ち込んできただけに、相手が大名であっても遠慮のない口を利く。

采女正は苦笑して、頭を振った。

「いや、そうではない。もし、さようなことであれば、三年前、大膳が家老を辞したおりに家政取り締まりが不行き届きであるとして、咎めておる」

「では、此度《こたび》の探索は何のためにするのでございましょうか」

卓馬は重ねて訊き、舞も采女正に目を向けた。さすがに権之助がたしなめた。

「そなたら、竹中様に対して無礼であろう。間者とは、さようなことは訊かずに使命を果たせばよいのだ」

采女正は少し考えてから、

「いや、何を探らねばならぬか、わからぬままでは心もとないのも無理はない。ここでは話せぬゆえ座敷に上がれ」

と言って座敷へ戻った。

卓馬と舞が座敷に上がって権之助とともに控えると、采女正は懐《ふところ》から書状を取り出した。開いてしばらく見てから、

「実はな、三月ほど前、黒田家の家臣と称する影山《かげやま》四郎兵衛《しろべえ》なる者から、わしのもとへ書状が届いた。それが、これだ」

采女正は三人が読めるように書状を開いて差し出した。そこには、たどたどしい無骨な悪筆で、

――忠之公、謀反《むほん》を企ておられる由《よし》、御詮議《せんぎ》のほど願い奉り候

と書かれている。権之助は書状を見てぎょっとしてつぶやいた。

「謀反とは容易なりませんな」

「そうだ。主君と家老が不仲であるという家政取り締まり不行き届きという話ではない。しかも、調べてみたところ、影山四郎兵衛なる者は黒田家中にはおらぬようだ」

「では、根も葉もないことではありませんのか」

そんな訴状をなぜ、信じるのだと言いたげに権之助は首をひねった。さて、それだが、と言いかけて采女正はややためらった後、

「わしは黒田家に謀反の企てがあるかもしれぬと疑念を抱いておるのだ。もし、さようなことがあれば見過ごしにはできぬ。わが竹中家は黒田様と縁が深いのでな」

采女正が言うように、秀吉の軍師として並び称された竹中半兵衛と黒田如水の間には深い絆《きずな》があった。

黒田藩の先代藩主、長政がまだ幼少のころ織田信長のもとに人質に出されていた。あるとき、信長は如水が裏切ったのではないかと疑い、長政を斬《き》るように命じた。このとき、斬ったと信長を欺《あざむ》いて、長政を救ったのが半兵衛だった。

如水は終生、半兵衛の恩を忘れなかった。

関ヶ原の戦いのおりに、如水は半兵衛の従弟である竹中重利に、徳川方に利がある

ことを説いて東軍につかせた。このため竹中家は生き残ることができたのである。

「ならば、黒田家を助けるためでござるか」

権之助は確かめるように言った。

「いかにもそうだ。黒田家でどのような動きが起きているのか、影山四郎兵衛とは何者なのかを探れ。栗山大膳は有能の士を集めることに熱心だと聞く。されば宝満山に隠棲《いんせい》しておる夢想権之助の高弟が仕官を願えば応じるであろう」

采女正は平然と答えた。

舞が身じろぎして口を開こうとした。それを察したのか、卓馬が機先を制するように手をつかえ頭を下げる。

「竹中様のご存念、しかと承りましてございます。われら、間者のお役目をしかと務めまする」

卓馬がはっきり口にすると舞は何も口にすることなく、唇を嚙《か》んで頭を下げた。権之助は、そんなふたりの様子をちらりと見て、膝を叩《たた》いて、

「よし、これにてわが杖術が竹中様のお役に立つことができるぞ」

と、呵呵大笑《かかたいしょう》した。卓馬は落ち着いた表情でいる。だが舞は愁《うれ》いのこもった目を卓馬に向けた。

采女正はそんなふたりをさりげなく鋭い目で見つめている。

卓馬と舞はこの日、太宰府の家へ戻った。親戚の郷士の屋敷の別棟で三年前、杖術修行のため、夢想権之助に入門する際、仮寓《かぐう》したのだ。

郷士の母屋《おもや》とは庭続きになっており、庭の端には大きな楠《くすのき》があった。舞は家に上がらず、庭にまわって楠の前に立った。

卓馬は座敷に上がり、袴を脱いで着替えると縁側に出て舞の様子を見つめた。舞はゆっくりと杖を構えて、楠に対している。

無言で気合いを発し、びゅん、と風を切る音を立てて杖を振るった。なめらかな足さばきで前後左右に動きつつ、風車のように振るう。

技の速さは兄の卓馬ですら及ばないほどで、いまも舞の動きを見つめる卓馬の目には感嘆の色があった。

舞が動きを止め、杖を目の前に垂直に立てると卓馬は声をかけた。

「気に入らぬことがあるようだな。杖に憤りが込められていたぞ」

舞は振り向いて卓馬を見つめる。

「兄上はなぜ間者などお引き受けになられたのでしょうか」

「師匠に命じられたのだ、弟子として叛くわけにはいくまい」

「わたくしは兄上に間者のような卑《いや》しきことをしていただきとうはございません」

舞はきっぱりと言った。卓馬は微笑を浮かべて答える。

「竹中様は黒田家を救うための間者だと言われた。そうであるなら筑前国に住む者として領主のためをはかるのは、卑しきことではあるまい」

「それは――」

舞は何か言いかけたが、口を閉じて楠を振り向いた。

「兄上はあの楠のように、天に向かって伸びるお方だと思うておりますのに」

舞の声にはしみじみとした思いがあふれていた。卓馬は何も答えず、黙って空に向かい大きく枝を伸ばした楠を眺めた。

夏の日差しが楠の葉を輝かせている。


同じころ、采女正は長崎へ向かって騎馬を進めていた。権之助の弟子たちが、どれほど役に立つだろうかと馬上で思案していた。

（たとえ杖術の妙があったとしても、栗山大膳の胸の内まで探るのは難しかろう）

采女正の見たところ、大膳は敵となるか味方であるか、いまのところ定かではない。

しかも大膳は黒田藩の重鎮で父の利安を通じ、如水の智謀《ちぼう》をつぶさに学んでいるのではないかと思える。おのれの考えをひとに明かさないだろうし、何を見ているか、ということすらまわりに悟らせないだろう。

そう思いをめぐらしつつ、采女正は微笑を浮かべた。たとえ、大膳に如水公譲りの策があったとしても、自分には竹中半兵衛の血筋としての智慧《ちえ》がある。

智慧を働かせれば、黒田家に対し、然《しか》るべき手が打てるに違いない。

そう考えてみれば、大膳のもとへ間者を放つという策は元亀《げんき》、天正のころ活躍したふたりの軍師、黒田如水と竹中半兵衛の戦いに似ているのかもしれない。采女正の胸には不敵な思いがあった。

「さて、黒田と竹中、いずれが勝つことになるか」

采女正はひややかに言って馬を打たせていく。影山四郎兵衛とはどのような男だろうか、とあらためて思った。

「いずれ会うことになろうな。影山四郎兵衛――」

采女正は目に闘志を浮かべてつぶやいた。

三

卓馬と舞が栗山大膳の館《やかた》に向かったのは、一カ月後のことだった。

この間に権之助が知る辺をたどって杖術を黒田藩に伝えるため、弟子を栗山家に仕えさせたい旨《むね》を大膳に申し出た。大膳からはすぐに快諾の返事が来て、卓馬と舞は大膳の居館に向かうことになったのだ。

舞はいつもの男装で袴をつけ、脇差《わきざし》を腰にして手に杖を携えていた。一見すれば仲の良い兄弟が旅をしているように見える。舞は道すがら、

「兄上、いまさらではございますが、わたくしも栗山様のもとへ参らねばなりませぬのでしょうか」

と言った。笠をかぶり腰に両刀をたばさみ、杖は紐《ひも》で結んで背に負った卓馬は、にこりとして答える。

「栗山家の内情を探るには、女子のそなたがいたほうがよい、というのが夢想先生の仰せであったが、行きたくはないのか」

「はい、何よりも竹中様は嘘《うそ》を申されているようにわたくしには思えます」

「嘘か——」

卓馬はかすかにうなずいた。

「竹中様はまことに黒田様を守ろうとされているのでしょうか。もしや、別な狙《ねら》いがあるのではないかと思えてならないのです」

舞は卓馬を見つめた。卓馬は歩き続けながら言った。

「竹中様は長崎奉行としてキリシタンを厳しく取り締まられておるそうだな」

「たいそう酷《むご》いお取り調べらしゅうございます」

舞は眉《まゆ》をひそめた。

このころ長崎奉行の長谷川権六《はせがわごんろく》はキリシタンに度重なる弾圧を加えていた。だが、家光《いえみつ》は寛永三年、長谷川権六に代えて、水野守信《みずのもりのぶ》を長崎奉行にすると、さらなるキリシタン取り締まりを命じた。

長崎ではキリシタンに対する火あぶりや水責め、算木《さんぎ》責めなどの拷問《ごうもん》が日常茶飯事になっていた。水野守信から長崎奉行を引き継いだ竹中采女正もまた、キリシタンへの峻烈《しゅんれつ》な取り調べを行い、その中でも、

——穴吊《あなづ》り
という残忍無比な拷問は采女正が始めたとされる。

舞は翳《かげ》りを帯びた表情で言った。

「竹中様は黒田如水公がかつてキリシタンであった証拠を掴《つか》み、蒸し返そうとされているのではありますまいか」

「どうであろうか」

卓馬は首をかしげた。

采女正の胸の内は卓馬にも測りがたいものがある。

豊臣秀吉の軍師と称された黒田如水が、シメオンという洗礼名を持つキリシタンであったことは世間に知られていた。

如水の子である長政もまた洗礼を受け、一時はダミアンという洗礼名のキリシタンとなっていた。

秀吉が伴天連《ばてれん》追放令を発したおり、如水と長政は棄教したと思われた。

だが、如水の弟、直之《なおゆき》はミゲルという洗礼名を持つ熱心なキリシタンで、長政が筑前に入府した際、秋月《あきづき》一万二千石を与えられると領内にキリシタンを集め、〈キリシタンの里〉とした。如水は弟を通じてキリシタンを保護し、目立たぬように信仰を守り続けたのかもしれない。しかし、いまや藩主がキリシタンであったことは、隠さねばならない時代となっていた。

石を領している。

直之の没後、元和九年（一六二三）に長興が秋月など夜須《やす》、下座《げざ》、嘉麻《かま》三郡の五万

幕府は慶長十八年（一六一三）、それまで直轄地《ちょっかつち》に出していた禁教令を全国に広げた。禁教令によって長崎と京のキリシタンの教会は破壊された。さらに翌慶長十九年（一六一四）には日本各地にいた修道士や高山右近《たかやまうこん》ら主だったキリシタン三百人が、マカオやマニラに国外追放された。

寛永六年（一六二九）には宗門改めでキリスト像を踏ませて、キリシタンであるかどうかを確かめる〈踏絵〉が行われるようになった。

将軍秀忠はキリシタンへの弾圧を強め、元和五年に京の六条河原でキリシタン五十二人が火あぶりにされた。

元和八年八月には、長崎で宣教師のカルロ・スピノラやキリシタン五十五人が斬首《ざんしゅ》や火あぶりによって処刑された。キリシタンの間で、

――元和の大殉教
と呼ばれるこの悲劇の後、全国でのキリシタン弾圧はさらに厳しくなっていた。

元和九年七月、徳川家光が京に上り、征夷大将軍《せいいたいしょうぐん》の宣下を受けるとキリシタンへの厳しさは、さらに増した。

江戸では大がかりなキリシタンの捕縛が行われ、十二月にデ・アンジェリス神父ら五十人のキリシタンが市中引き回しのうえ、札《ふだ》の辻《つじ》で火刑に処せられていた。

「ご存じでございますか。福島正則様が広島のご領地を召し上げられたのは、領内にてキリシタンの布教を許されていたことが将軍家の意に添わなかったためもあるそうでございます」

猛将の福島正則は意外なことにキリシタンに寛大で、関ヶ原の合戦に敗れて行き場を失ったキリシタン武士たちを領地に招き寄せて抱えた。

慶長九年（一六〇四）には広島に教会を建てることを認めた。キリシタン禁教令が出されるまでのおよそ十年間、広島はキリシタンの布教が盛んにおこなわれたのだ。

「そうか、もし、そうだとするなら、竹中様は福島様同様に、黒田様を追い詰めるつもりかもしれぬな」

竹中家と黒田家は深いつながりがあるはずだが、長崎奉行としてキリシタン取り締まりをする間に采女正は変心したのかもしれない。そう思いつつ、卓馬はふとつぶやいた。

「舞は秋月の親御殿のことを忘れられぬのだな」

舞は秋月の郷士三宅作左衛門《みやけさくざえもん》の娘だったが、事情があって幼いころ深草家の養女となったのだ。

卓馬と舞は血のつながらない兄妹だった。作左衛門はキリシタンで舞も洗礼を受けていた。洗礼名はジュリアである。舞はキリシタンだからこそ、長崎奉行としてキリシタンを弾圧する采女正を嫌悪《けんお》していた。

卓馬はその思いを知っていたが、師である権之助から命じられたことは、果たさねばならない。

「兄上、わたくしは黒田様の謀反とは如水公の志を継いで、キリシタンを守ることであることを願っております」

舞は率直に胸中を打ち明けた。

イエズス会による布教が盛んだったころ、九州には大友宗麟《おおともそうりん》始め、大村純忠《おおむらすみただ》、有馬《ありま》晴信《はるのぶ》らキリシタン大名がいたし、久留米を領した毛利《もうり》秀包《ひでかね》もシマオという洗礼名を持つキリシタンだった。しかし、いまは皆、没している。それだけにかつてのキリシタン大名、黒田家の動向は気になるのだ。

卓馬はしばらく黙って歩いた後、

「もし、そうであるとするなら、われらがこれから仕える栗山大膳殿はキリシタンを敵としておるのかもしれぬ。だからこそ、竹中様はわれらを栗山様のもとに送り込もうとしているのであろうか」

とつぶやいた。さらに舞に顔を向けて、

「キリシタンに仇《あだ》をなす者をそなたたちは何と呼ぶのであったかな」

と訊いた。舞ははっきりとした口調で答える。

「悪魔《サタン》でございます」

「そうか、さたん、とはすなわち鬼のようなものだということであったな」

卓馬は確かめるように言った。

「さようです」

舞はかすかに震えて答えた。キリシタンを弾圧する鬼のような男たちを脳裏に思い浮かべていた。

「だとすると、栗山大膳というお方は鬼であるかもしれぬな」

卓馬はさりげなく言うと、笠《かさ》をあげて前方の青々とした山並みを眺めた。大膳の所領は舞の生まれ故郷である秋月に近い杷木《はき》の志波《しば》である。福岡城下から十一里ほどだ。大膳の居館は間もなく見えるはずだ。

卓馬の話を聞いて、栗山大膳とはどのような男なのだろう、と舞はあらためて思う。なぜか胸がざわめく気がした。

風が卓馬と舞を包んだ。

四

この日、栗山大膳は昼下がりに居館を出た。

大膳の父、利安が黒田氏の筑前入部に際して与えられた麻底良城は、戦国時代に地元の古処山《こしょざん》城主秋月種実《たねざね》が当時、九州の大勢力だった豊後《ぶんご》の大友氏が北進するのに備えて、日田街道を押さえる要衝に築いた城だった。

長政は、国境線の防備を固めるために六ヶ所に出城を築いた。

嘉麻郡の大隈《おおくま》城に後藤又兵衛《ごとうまたべえ》、鞍手《くらて》郡の鷹取《たかとり》城に母里太兵衛、上座郡の小石原城に黒田六郎右衛門《ろくろうえもん》、遠賀《おんが》郡の若松城に三宅若狭《わかさ》、黒崎《くろさき》城に井上周防、それに利安の麻底良城を加えて〈黒田六端城《はじょう》〉と呼ばれた。

麻底良城をのぞいた五つの城はいずれも豊前との国境に築かれた。

関ヶ原の戦以降に豊前に入った細川忠興《ほそかわただおき》を警戒したからである。これらの城は元和《げんな》の一国一城令によって廃城となっていた。

大膳は杷木・志波の居館で暮らしていたが、昼過ぎに別棟で病気療養をしている父の利安を見舞って何事かひそひそと話した後、居館を出て領内の円清寺《えんせいじ》に赴いた。

大膳は今年四十一である。大柄で眉秀《ひい》で、鼻が高くあごがはった大づくりの顔をしている。寡黙《かもく》でめったに感情を表に出すことはないが、ひと言何かを言うときには、誰もが無視できない重みがあった。

この日、大膳は徒歩で円清寺に向かった。円清寺は利安が主君如水の菩提《ぼだい》を弔うために建立した寺で山の麓《ふもと》にある。あたりは柿《かき》の畑が続いていた。

大膳の供は家士の赤西源八《あかにしげんぱち》と、近頃召し抱えた能役者の梅津龍翁《うめづりゅうおう》に、下僕の三人だけである。

龍翁はもともとは博多の能役者で、このころ盛んになった能楽、喜多《きた》流の名手だったが、矯激な性格が一族の者たちと合わず、上方を放浪していた。近頃、筑前に戻ると、博多には居住せず、大膳のもとに身を寄せていた。

大膳より年長ですでに五十を過ぎているが、引き締まった体つきをしている。目が爛々《らんらん》と鋭く輝き、常日頃の言葉遣いも傲岸《ごうがん》だった。しかし、大膳とは馬が合うらしく、他出のおりに供を命じられることが多かった。

大膳が山門をくぐる前に源八が前触れをした。

住職の無涯和尚《むがいおしょう》が大膳を出迎え、本堂へと案内した。境内には長政が寄進した梵鐘《ぼんしょう》がある。秀吉の朝鮮出兵のおりに持ち帰ったとされ、〈朝鮮鐘《ちょうせんしょう》〉と呼ばれている。

本堂に入った大膳は安置されている観音像に手を合わせた後、無涯和尚に何事か囁《ささや》いた。無涯和尚はうなずいて、小僧を呼び寄せ、仏壇に祀《まつ》られている画像を下ろさせた。

大膳は画像が目の前に置かれると、じっと見つめた。源八と龍翁は本堂の隅にひかえて主人の様子を見守っている。

利安が絵師に描かせた主君黒田如水の坐像《ざぞう》である。頭巾《ずきん》をかぶった如水が脇息《きょうそく》にもたれ、くつろいだ様子の絵だ。

利安は時おり、この坐像を拝することで如水を偲《しの》んでいたのである。坐像には讃《さん》として如水の来歴が書かれている。

大膳は無涯和尚に紙と筆硯《ひっけん》を所望した。やがて紙が運ばれると大膳は筆をとり、さらさらと坐像に書かれた如水の来歴を筆写した。

墨が乾くのを待って紙を巻いて懐に入れた大膳は、次に小柄《こづか》を取り出して画像の傍に寄った。

無涯和尚が怪訝《けげん》な目で見つめていると、大膳は小柄で如水の坐像の讃を削り始めた。

無涯和尚が驚いて、

「栗山様、何をなされます」

と訊《き》いた。大膳は画像に目を遣《や》ったまま、

「用心のためでござる。父上には断りを申し上げております」

と言って、なおも小柄で削っていく。

無涯和尚は何かを言おうとしたが、大膳が削っているのが、

——一旦《いったん》入南蛮《なんばん》宗門《しゅうもん》聞法談《ほうだん》雖有年
という十三文字であると気づくと、口を閉ざした。

大膳が削っているのは、如水が一時、南蛮宗、すなわちキリシタンとなり、数年にわたって法談を聞き、教えを受けた来歴だとわかったからだ。

幕府のキリシタン取り締まりは年々、厳しさを増しており、主君がキリシタンであったことを隠すのは当然のことだった。

しかし、不穏な画像であるならば、ひと目に触れぬように秘蔵することもできるはずだが、仮にも主君の来歴を小柄で削り取るという大膳の荒々しさには、異様な緊張感が漂っていた。

無涯和尚だけでなく、源八と龍翁も息を呑《の》んで大膳のすることを見つめている。やがて削り終えた大膳は小柄を納めると、坐像を見つめ、ひややかに、

「これでよし」

とつぶやいた。仮にも主君の坐像を削ったという後ろめたさは感じられない。

大膳は坐像をもう一度、仏壇に掛けるよう無涯和尚に頼むと、龍翁に顔を向けた。冷徹な表情のまま、

「如水様の像に無礼を働いたお詫《わ》びに、そなたの舞を奉じよう」

と言った。龍翁は円清寺に赴く前、あらかじめ大膳から舞うように命じられていただけに驚かなかった。

本堂の中庭に面した広縁を能舞台に見立てた。演じるのは、

――野守《のもり》
である。世阿弥が大和国春日野《かすがの》に伝わる伝承をもとに作ったという能だ。

出羽の国羽黒山《はぐろさん》からやってきた山伏が、大峰葛城山《おおみねかつらぎさん》へ行く途中、大和国の春日の里で野守の老人に出会う。

実はこの老人は、昼は人として野を守っているが、夜は塚にこもって住む鬼神だった。

山伏は鬼神の恐ろしさに震えあがり、正しい仏の道を歩むことを誓う。鬼神は、

「さあ、わたしは地獄に帰るぞ」

と言って大きな音を立てて大地を踏み鳴らす。

龍翁の舞を大膳は普段と変わらない表情で見続けている。無涯和尚は、ふと大膳は昼間は忠実な野守だが、夜になると鬼神に変じるのではないか、と思った。大膳の横顔が地獄に向かう鬼神のように見えたのだ。

鬼神の鏡にあらゆるひとの罪を映し出し、やがては地獄の底へと足踏み鳴らして入っていく大膳の姿が無涯和尚の脳裏に浮かんだ。

五

杖術《じょうじゅつ》の師である夢想権之助は卓馬と舞に常々、丹田《たんでん》に力を入れ、生死の境を越える覚悟で修行するよう命じていた。野人の風貌《ふうぼう》のある権之助は、

「武蔵が強いのは、奴《やつ》が死人だからだ」

と、ぶっきら棒な言い方をした。常に死地にいるからこそ、自在な剣が振るえるのだ、ということのようだった。

その覚悟を胸にして卓馬と舞が、栗山大膳の館《やかた》で訪《おとな》いを告げると、ひとの良さそうな門番の老人が出てきた。

「ああ、夢想様のお弟子でございますな」

すでに卓馬と舞のことを知っていた。ふたりは奥まった広間に招じ入れられた。待つほどもなく荘重な顔つきの四十過ぎの男が現れ、上座に座った。青い袖《そで》なし羽織を着ている。

「大膳じゃ。よく来てくれた」

栗山大膳はうなずいて、あっさりと言った。額が広く、目は深い色をしている。頬が豊かであごがしっかりとして、茫洋《ぼうよう》とした印象をひとに与えた。

卓馬だけでなく舞にも目を向けたが、男装をしていることに、さほど関心がないのか何も言わなかった。

卓馬と舞が手をつかえて挨拶《あいさつ》するのを待って、大膳は口を開いた。

「深草卓馬とその妹の舞、その方らふたりとも杖術なる武芸の達者だということで召し抱える。よって腕試しをいたしたいが異存はなかろうな」

乾いた声で訊かれて卓馬は、望むところでございます、と答えた。

「そうか、頼もしいな」

にこりと笑った大膳の頬に笑窪《えくぼ》ができるのを舞は見た。間近に見る大膳は親しみやすそうにも、心中をひとにうかがわせない陰険さを持っているようにも見える。日が射《さ》すつど、風景が変わって見えるように、そのときに応じて、違う顔を見せるひとのようだった。声音は思いのほかやさしく、話がしやすいところもある。

「そこに控えておるのは、わたしが召し抱えておる梅津龍翁という能役者だ。たまに舞の手直しをしてもらうが、いっこうにうまくはならんな」

大膳は、はは、と笑った。言われて広間の端を見ると、総髪で引き締まった体つきの五十過ぎの男が座っている。茶の袖なし羽織に黒い着物でカルサン袴《ばかま》を穿《は》いている。

「龍翁でございます」

龍翁は静かに頭を下げた。龍翁の座っている場所だけが、あたかも能舞台のように深沈とした空気が漂っているようだった。

「深草卓馬でござる。よしなに」

卓馬が龍翁に挨拶するのに合わせて舞も頭を下げたが、とくに名乗らなかった。武家の女人はよほどの相手でない限り、名乗らず、誰それの妻か娘などとしかいわない。それでも龍翁は舞の全身をあらためるように鋭い視線を送ってきた。

舞は一瞬のうちに衣装をはぎ取られ、裸にされたような羞恥《しゅうち》を覚えた。龍翁は舞の男装に興味を抱き、能舞台で生かせないかと思案したのだろう。

舞が龍翁に見られて思わず面《おもて》を伏せるのを見ながら、大膳は手を叩いて家臣を呼んだ。広縁に控えた家臣に、立ち合いの支度をいたせ、と命じた。

間もなく庭に栗山家の家臣三人が出てきた。

いずれも襷《たすき》をかけ、袴のもも立ちをとって、手に木刀を持っている。広縁には卓馬の腕前を見るためなのか、栗山家の家臣たちが居並んだ。

卓馬は大刀を座敷に置いて、布で包んでいた杖《つえ》を取り出すと、広縁から素足で中庭に降り立った。

最初に立ち合ったのは、二十五、六の大兵《だいひょう》肥満の男だった。団栗眼《どんぐりまなこ》で、太い鼻の下から口の周りにかけて髭《ひげ》を生やしている。

舞は座敷から大男の構えを見て、すぐに目をそらした。卓馬にかなう相手ではない、とひと目でわかったのだ。

舞は立ち合いを見ずに大膳の横顔にさりげなく目をやった。広縁に座って立ち合いの成り行きを見守っている大膳は、年に似合わぬ無邪気な表情を浮かべている。だが、その横顔にはひどく老成したものがある気がした。

(このひとは気が昂《たか》ぶることや、荒立つことがないのではないか)

まるで、古沼か、水面が波立つことがない静かな湖のようだ、と舞は思った。舞がそんなことを思っている間に、卓馬は二、三合、打ち合っただけで、大男の木刀を巻き落としていた。

「まいった」

大男が悔しげにうめくと、卓馬は退いて元の位置に戻った。続いて背の高い男が出てくると辞儀もせずに、いきなり木刀を大上段に振りかぶり、いやーっ、と気合を発した。舞はまたしても、立ち合いから目をそらし、大膳を見ようとしたが、はっとした。

大膳も立ち合いを見ずに舞に目を向けていたのだ。舞は息を呑んで目を伏せた。大膳が舞に興味を抱いたのではなく、舞の視線を感じ取ったに違いない、と思った。

(油断のないおひとなのだ)

舞はあらためて思いながら、顔を上げて卓馬を見た。そのときには、すでに卓馬は二人目の男を打ち据えていた。背の高い男は腹を押さえて片膝《かたひざ》を突き、うずくまっている。

卓馬は相手の水月《みぞおち》を打ったのだろう。見守っていた家臣たちから、どよめきと称賛の声があがった。

舞には卓馬の勝ちは当然のことと思えるだけに、何の興奮もなく三番目に立ち合う男へ目を遣った。

三番目の男は小兵で、静かに控えていた。どことなく弱々しく見える男で、なぜ、卓馬との立ち合いの相手に選ばれたのだろう、と舞は訝《いぶか》しんだ。しかし、卓馬が次の相手を待つ姿勢をとったとき、するすると進み出た男の足さばきを見て、舞は目を瞠《みは》った。

男はあたかも一本の線の上を踏み外すことなく、まっすぐに進み、しかもすり足で音を立てなかった。

（ただ者ではない）

舞は男の腕前が尋常ではないことを察して、卓馬に目を向ける。兄上、御油断なきよう、という思いをこめた視線を感じたのか、卓馬はちらりと舞を見て微笑して、かすかにうなずいた。

卓馬は杖を正眼に構えた。小柄な男は腰をかがめ、木刀を前に突き出した。あたかもへっぴり腰のように見えたが、卓馬は油断しない。

二人目までは、相手が打ちかかるのを待った卓馬だったが、三番目の男に対しては自ら動いた。間合いを詰め、杖を水車のように振って、薙《な》ぎ上げるように男の胴を狙った。

男は飛び下がりつつ、卓馬の杖を木刀で払った。かつ、かつ、という音が響く。男は庭の隅に追い詰められ、進退窮まったかに見えた。

このとき、卓馬は構えていた杖をわずかに引いて、左肩を前に出し、誘いの隙《すき》を見せた。男の木刀はその動きに応じかけたが、途中でぴたりと止まった。同時にするするとすり足で横に動き、卓馬の間合いから出ると、木刀を上段に振りかぶり、

——やあっ
という力のこもらぬ気合いとともに打ちかかった。卓馬は無造作に杖で木刀を叩き落とした。小柄な男は地面に片膝つくと、うなだれて、

「参り申した」

と言った。卓馬は眉をひそめたが何も言わず、杖をたずさえて広縁の前に控えた。

小柄な男は顔を上げると卓馬の背に目を向け、かすかに笑った。

舞は身を乗り出して、

「無礼な——」

と悔しげにつぶやいた。舞の声を聴いたのか、大膳が庭に目を遣ったまま言った。

「無礼とはどういうことだ。そなたの兄は見事に三人に勝ったではないか」

舞は小柄な男を見据えて口を開く。

「三番目に相手をされた方は、兄が誘いの隙を見せてものらぬ腕前がありながら、あえて負けられました。武芸に精進いたす者にとってかほどの無礼はありません」

舞に指摘されて、小柄な男はぎょっとしたように身を固くした。大膳はふふっと笑うと卓馬に声をかける。

「どうだ、妹の申すことは当たっておるか」

卓馬は頭を下げて答えた。

「いかにも当たっております。さらに申すならば、いま立ち合ったお方は忍びの術の心得があると見ました。お館《やかた》様が忍びを召し抱えておられるとは存じませんでした」

大膳はゆっくりと頭を横に振った。

「いや、わが家は昔から忍びは抱えぬ。もし忍びがいるとすれば、他家から送り込まれた間者であろう」

大膳が言い終わらぬ前に、小柄な男は木刀を投げ捨て、脇差を抜くと庭の隅に向かって走り出した。

「逃がすな。斬《き》れっ」

大膳が厳しい声で言い放つと、卓馬は、舞に向かって呼びかけた。

「舞、刀を――」

舞が卓馬の大刀を庭に向かって投げるのと、卓馬が杖を投げるのが同時だった。舞が杖を受け止めたとき、卓馬は刀を手にして抜き放ち、小柄な男を追っていた。

小柄な男は庭の隅で振り向き、脇差を構えた。卓馬は何のためらいもなく踏み込むと、さっと刀を振るった。

血飛沫《ちしぶき》があがり、男はあっけなく倒れた。

卓馬はすぐに退き、返り血も浴びなかった。刀の血を懐紙でぬぐい、鞘《さや》に納めると広縁の前に戻り、何事もなかったかのように控えた。

大膳は死体を片付けよ、と傍らの家臣に命じて立ち上がり、

「卓馬と舞は茶室に参れ。茶を点《た》ててやろう」

と告げた。長年、仕えている家臣に声をかけるような自然な振舞いだった。

このときになって庭の木々から蟬《せみ》しぐれが喧《やかま》しく聞こえてきた。

六

茶室は離れになっており、茅葺《かやぶき》であたかも貧しい農家のような、侘茶好《わびちゃごの》みの作りだ

った。

頃合いを見て、卓馬と舞がにじり口から入ると、大膳はすでに釜《かま》の前に座っている。大膳は何も言わず湯が沸くのを待っていたが、しゅん、しゅん、と松籟《しょうらい》の音が響きだすと、柄杓《ひしゃく》を手に茶を点て始めた。

「先ほど卓馬が斬った男は矢野源四郎《やのげんしろう》という。肥前の浪人だという触れ込みで二年ほど前に仕官を求めてきたゆえ、抱えたが、おそらく細川の間者であろうな。この二年の間、しばしばわたし宛《あ》ての書状を盗み見る者がおって煩《わずら》わしかった」

細川とは、関ヶ原の戦いで功があって丹後宮津《みやづ》城主から豊前中津三十九万石に封じられた細川忠興のことだろう。

忠興は家督を子の忠利《ただとし》に譲り、いまは隠居して三斎《さんさい》と号しているが、名門細川家の血を引きながら猛将として知られ、千利休《せんのりきゅう》の七人の高弟のひとりに数えられるなど、文武に優れた武将として名高い。いまもなお細川家の実権は忠興にあるはずだ。

「お聞きいたしてもよろしゅうございましょうか」

卓馬が遠慮がちに口を開く。

「何が訊きたいのだ」

「細川様がなにゆえ、お館様のもとに間者を入れられておるのでしょうか」

「わたしのところだけではあるまい。黒田六端城のうち五つの城は豊前との国境に置かれ、細川に備えてきた。間者を放って動きを知ろうとするのは大名ならば当然のことだ」

大膳は平然と答えた。

「されど、隣国の城に間者を送り込むのは戦に備えるためでございましょう。大坂の豊臣家が亡《ほろ》び、もはや徳川様に弓引く者のない、天下泰平の世になりました。それなのに、いまなお間者を使うとはいささか解《げ》せませぬ」

卓馬は強い視線で大膳を見つめた。大膳は頬をわずかにゆるめて答える。

「細川様とわが黒田家は仲が悪いのだ」

細川忠興と黒田長政の確執は、ともに豊臣家にあって戦功を競い合う武将であったことから始まる。

忠興は足利《あしかが》幕府の名門に生まれ、乱世を潜《くぐ》り抜けてきた智将細川幽斎《ゆうさい》を父に持ち、長政は秀吉の軍師として高名な黒田如水の子である。

何かと比べられるふたりだけにお互いへの競争心も激しく、関ヶ原の戦のおりに徳川家康は細川勢と黒田勢の陣所が近ければ不測の事態も起こりかねないと配慮したという。

ともに九州の豊前と筑前に封じられてからは、それぞれ小倉城、福岡城という堅固な城を築いて睨《にら》みあうようになった。

そんな中、黒田六端城のひとつを預かっていた後藤又兵衛が、黒田如水没後の慶長十一年（一六〇六）、主君長政と仲違《なかたが》いして城を捨て、出奔する騒動があった。

又兵衛が黒田家を立ち退いたと聞いた忠興は、さっそく又兵衛を小倉城に呼び寄せ、召し抱えて長政にあてつけようとした。

長政は忠興のやり方に激怒して、又兵衛を小倉から去らせるよう求めた。だが、忠興はこれをはねつけて一触即発の事態になった。

このときは又兵衛が自ら立ち退いて事なきを得たが、忠興は黒田家と一戦交える気が満々だった。

その仲の悪さはいまも続いているのだ、と大膳は話した。卓馬は頭を下げて、

「相わかりましてございます。大名家と申すはなかなか難しきものでございますな」

と言った。

大膳は風雅な所作で茶を点て、黒天目茶碗《くろてんもくぢゃわん》を卓馬の前に置きながら話を継ぐ。

「しかし、細川様にはわが黒田家が憎いというだけではない、別な思惑もあるやもし

れぬ」

卓馬と舞はあえて問いを発せず、大膳の言葉を待った。

「関ヶ原の戦の後、九州で大領を得た、豊臣家と関わり深い大名と言えば、細川と黒田、そして加藤清正《かとうきよまさ》様の肥後加藤家であろう。だが、石高で言えば、黒田家と加藤家がそれぞれ五十万石を越えているのに、細川家は四十万石足らずとやや少ない。徳川様には、九州の玄関口である豊前に細川家を据える思惑があっただろうが、足利幕府以来の名門であることが誇りの細川様にとっては面白くなかったであろうな」

卓馬は目を瞠った。

「まさか、細川様が黒田様や加藤様を陥《おとしい》れて領地を狙っていると言われまするか」

「わが黒田家はわたしと殿の間で諍《いさか》いが続き、加藤家にも家中の内紛がある。目の付け所としては悪くない。いずれかを陥れて後釜に座れば、細川家は薩摩《さつま》の島津《しまづ》は別として、九州一の大名として睨みを利《き》かせることができるだろうからな」

「それは、また、驚き入ったことでございます」

卓馬は静かに黒天目茶碗を手にすると茶を喫した。

「戦国乱世は終っても大名の戦いはまだ続いておるということだ。将軍家にしても邪魔になりそうな大名は片端から取り潰《つぶ》しておるのだ。兵を動かさぬ戦が行われていると心得ねばならぬ」

関ヶ原の戦の後、家康は西軍についた大名九十四人の所領を減じるか改易にするなどの処分を行い、六百六十二万石を没収し、東軍に属した外様大名や徳川一門、譜代大名に分け与えた。

家康の没後、二代将軍として君臨した秀忠は、嫡男《ちゃくなん》家光に将軍職を譲ってからも後見して大名の動きに目を光らせ、福島正則を始め外様大名二十四家、譜代大名十五家を改易にしている。

「大名というものは、いつわが家が取り潰されるかとおびえておる。その恐怖のあまり、共食いを始めるのだ。たとえば、いま、わたしを何者かが殺せば殿によって誅《ちゅう》されたと世間は思うだろう。それだけで家中取り締まり不行き届きを咎《とが》めて取り潰すことができるのだ。つまりは、それが将軍家の狙いであろう」

大膳はつめたい笑いを浮かべた。卓馬が置いた茶碗を舞がとって、残りの茶を飲んだ。

「結構なお点前でございました」

舞は茶碗を置いて、さりげなく言ったが、声音にどことなく大膳の話への皮肉めいた響きがあった。

大膳がちらりと舞に目を向けた。

「大名同士が争う話はキリシタンには聞き苦しいか」

キリシタンであることを見抜いたらしい、大膳の言葉に舞は凍り付いた。卓馬は身じろぎして口を開いた。

「妹がキリシタンであると、どうしてお気づきになられましたか」

「先ほど、立ち合いを見ていたおり、襟元から銀の鎖がのぞいておった。その先にあるのはクルスだろう」

淡々と大膳は言った。舞は手をつかえて、

「キリシタンであることを隠しており、申し訳ございません。どうぞ、ご放逐くださ い。それとも捕えて処刑なさいまするか」

と緊張した声で訊いた。

「クルスごときを恐れていて、世は渡れぬ。この館ではそのままでもよいが、福岡城下に参れば人の目がうるさいゆえ、隠し持っておけ。それだけのことだ」

思いがけない大膳の寛大さに舞は息を呑んだ。やがて卓馬がおずおずと訊いた。

「お館様はキリシタンをお嫌いにはならぬのでございますか」

「如水公はキリシタン大名として知られておった。もしキリシタンを嫌えば、如水公を嫌うことになろう」

大膳は自分のために茶を点てると、悠然として喫した。そして言葉を添える。

「わたしがいま館におるのは、父上が重篤《じゅうとく》だからだ。間無しに父上は身罷《みまか》られよう。さすれば福岡城下へ戻る。それからは、わたしの身辺をそなたらに守ってもらわねばならぬ。いまのうちに体をやすめておくことだな」

福岡城下へ戻れば命の危険があるのだ、という大膳の言葉が卓馬と舞を緊張させた。

「何者がお館様を狙うのでございましょうか」

卓馬はうかがうように大膳の顔を見た。

「さて、数え上げれば切りがなかろう。細川、加藤、さらには幕府もそうかもしれぬ。無論のことわたしを嫌っておる藩の重臣、倉八十太夫がおる。それに何といっても――」

「わが殿だ――」

大膳は言葉を切って、声を出さずに笑った。

この日の夜、卓馬と舞は館の一室を与えられ、床についた。褥《しとね》を並べて眠りにつこうとしたが、舞はふと口を開いた。

「兄上、きょうお館様が言われたことはまことでございましょうか」

「嘘《うそ》だと思うのか」

卓馬の寝息がぴたりと止《や》んだかと思うと声が返ってきた。

「嘘だとは思いませぬが、わたくしがキリシタンだとひと目で見抜かれたお方です。あるいは、わたくしたちが竹中采女正様の間者であることも察しておられるのではありますまいか」

「そうだな。竹中様の間者の手で細川の間者を始末したということかもしれぬ。だとすると、恐るべきおひとだな」

「さようです。ですが、それだけではないような気もいたします」

「何があるというのだ」

「細川様の奥方様、ガラシャ様のことがございます」

「ガラシャ様か――」

忠興の妻は本能寺の変を起こした明智光秀《あけちみつひで》の娘、玉《たま》だった。光秀が謀反《むほん》を起こした後、玉は一時、幽閉されたが、その後、許されて細川家に戻った。

謀反人の娘として指弾される苦しさや生きることの虚《むな》しさから逃れるためか、ひそかに洗礼を受けてキリシタンとなった。

忠興は嫉妬《しっと》深い夫で、玉に近づいた男はすぐさま手討ちにするほどだっただけに、玉の受洗に激怒した。玉がキリシタンとなる手引きをした女中の鼻を削《そ》ぐなど残酷な振舞いをしたが、心から寵愛《ちょうあい》していた玉自身には何もすることができなかった。

洗礼名のガラシャとして知られるようになった玉は、信仰深い貴婦人としてキリシタンの間でも憧《あこが》れの女人となった。

だが、関ヶ原の戦の際、大坂の細川屋敷にいた玉は西軍側から人質として大坂城に入るよう求められたが、これを拒み、屋敷に火を放つとキリシタンゆえ、自害はせず、老臣の介錯《かいしゃく》で果てた。

その死はあたかも殉教のようにキリシタンの間で称《たた》えられ、ガラシャの名は遠くローマまで知られたという。

このとき、黒田家では家臣の機転で、如水と長政の妻は大坂屋敷を脱出して事なきを得ている。

キリシタン大名として知られた如水は豊臣秀吉が伴天連《ばてれん》追放令を出して以来、棄教を装《よそお》いながら、キリシタンへ好意を示し続けている。あたかも胸中、深く信仰を捨てないまま、大名として生き延びた観があった。

ガラシャの壮烈な最期《さいご》が胸に刻まれているだけに、忠興は、信仰を捨てたのか、い

まなおキリシタンなのか、正体を見せない如水を、

——表裏者め
と嫌い、その感情が長政への憎悪につながった節もあった。

「細川様はガラシャ様のことをお忘れではないゆえ、黒田様を憎く思われるのではありますまいか」

「だとすると、因縁の根は深いな。お館様はご存じのことであろうが」

卓馬はため息をつく。間者として仕えた大膳だったが、藩の内情を包み隠さず話されると、いつの間にか家来としての心情が湧《わ》いてきていた。

舞はしばらく黙っていたが、ふとしみじみとした口調で言った。

「お館様は胸の奥に深いものを秘めた方のように思いました」

「なぜ、さように思ったのだ」

卓馬は訝しげに訊く。舞が大膳にそれほど興味を抱いたのも不思議に思えた。

「ただ、何となくでございます」

なぜか恥かしげに舞は言った。

「おかしなやつだ」

卓馬は笑った。舞は黒々とした天井を見つめている。

七

寛永八年（一六三一）八月十四日、大膳の父、栗山備後《びんご》利安は亡《な》くなった。八十二歳だった。

備後は没する前日から意識が無くなり、ただ呼吸するばかりだった。ところが、臨終が近いとあって大膳始め、一族が枕頭《ちんとう》に詰め、夜中を過ぎ、明け方近くなったころ、

「馬を、鉄砲を。彼方《かなた》に敵が出たぞ。味方の人数を揃《そろ》えてあの山に鉄砲を放て――」

と大声で叫んだ後、没した。

円清寺で通夜《つや》、葬儀がつつがなく行われたが、弔問の客は備後の臨終の言葉を知ると、

「さすがに戦場往来の古強者《ふるつわもの》の備後殿よ」

と感嘆し、如水生前のころ、黒田家が戦場を馳駆《ちく》した往時に思いを馳《は》せた。中でも白髪のかくしゃくとした老人ふたりが、大声で、

「まこと善助《ぜんすけ》殿こそ、黒田家の誉れであったぞ」

「亡くなられたのは、まことに惜しい」

と言い合った。ひとりは黒田美作《みまさか》という。黒田家では特に武勇に優れた家臣を、

——黒田八虎《はっこ》

と呼びならわした。亡くなった栗山備後もそのひとりだが、他に後藤又兵衛、母里太兵衛など高名な豪傑が八虎に数えられていた。

美作も八虎のひとりだ。本姓は加藤氏で摂津国伊丹に生まれた。父の加藤重徳《しげのり》は荒《あら》木村重《きむらしげ》の家臣で、天正六年（一五七八）如水が織田方に叛《そむ》いた荒木村重の説得に失敗して有岡城《ありおか》に幽閉された際、獄舎の番人だった。

重徳は如水に何くれとなく親切にし、このため命を永らえたことを感謝した如水は、重徳の庇護《ひご》の恩に報いようと二男、美作を養子に譲り受けたのだ。筑前《ちくぜん》入国後は、下座郡三奈木《みなぎ》に居館を構えて一万六千石を領していた。

もうひとりの老人は井上周防である。やはり黒田八虎だ。姫路の生まれで、黒田家には如水の父、黒田職隆《もとたか》のころから仕えている。古参中の古参だった。筑前入国後は黒崎城を預かり、一万六千石である。

栗山備後の死によって残る黒田八虎は美作と周防のふたりだけである。それだけに寂しさはひとしおのようだったが、やがて葬儀の合間に喪主の大膳を捕まえて、

「大膳、殿との仲違いもいいかげんにせぬか」

「倉八十太夫には誰もが、腹を立てておるが、御家のためを思って我慢しておるのだぞ」

と口うるさい叔父のように説教を始めた。

大膳は苦笑したが、さすがに黒田家きっての功臣のふたりを無視するわけにもいかなかったのか、

「ご両所、こちらへ」

と別室に案内した。この際、卓馬を呼んで廊下に控えさせ、襖《ふすま》を閉じた。卓馬は襖を背に、廊下に端坐《たんざ》する。部屋の中で大膳は老人ふたりに何事か説明しているようだった。初めのうちは大膳の話を遮る頑固な言葉が聞こえていたが、しだいに静まった。

美作と周防は大膳の話に聞き入っていたが、ときおり、

「なんと駿河大納言《するがだいなごん》様が――」

「それでは清正公が築かれた加藤家の行く末が案じられるではないか」

などという声が漏れ聞こえてきた。

やがて、話が終わったらしく、三人が部屋から出てきた。美作と周防は先ほどまでの勢いはなく、大膳に、

「苦労をかけるな」

から、卓馬に、

「よしなに頼むぞ」

と声をかけて、読経《どきょう》が続く葬儀の席へと戻っていった。大膳は裃《かみしも》を身づくろいして
「漏れ聞いたことがあっても、他言無用ぞ」

と言い置いて歩き出した。白足袋を履いた大膳の足が遠ざかるのを卓馬は頭を下げて見送った。

話の中に出た駿河大納言とは将軍家光の弟、徳川忠長《ただなが》のことだろうと察していた。忠長と黒田家にどのような関わりがあるのか、と卓馬は考えをめぐらしていた。

読経と鐘の音が本堂から聞こえてきた。


十日後——

大膳は騎馬で福岡城下へ向かった。供の卓馬と舞も馬を与えられ、騎乗している。舞は相変わらずの男装だった。

家臣や下僕らの供は十数名で、大膳はゆっくりと馬を進める。

途中、太宰府天満宮にさしかかると、参拝客でにぎわう様子を見た大膳は馬を下り、茶店のひとつに入った。

卓馬と舞が同じ茶店に入り、家臣たちは立ち並ぶ別な茶店でそれぞれ休んだ。

大膳は出された餅《もち》と茶を口にしながら、傍らの床几《しょうぎ》に控えた卓馬に向かって、

「館を出てから、つけてきておる者がいるのに気づいたか」

と訊いた。卓馬は頭を下げてすぐに答えた。

「はっ、山伏が三人ほど。いずれの手の者でございましょうか」

「わからぬが、倉八十太夫がわしの動きを探っておるやもしれぬ」

大膳は餅を食べ終えると懐紙で指をぬぐって餅の粉をとった。いつもと変わらぬ様子だった。

卓馬は茶店の前に油断なく目を配りながら訊く。

「つけて参る山伏どもをいかがいたしましょうか」

「わたしは福岡の屋敷に参るだけのことだ。つけてこられてもかまわぬが、かようにあからさまにつけられては、いささか腹が立つ。わたしは先に行くゆえ、その方らふたりにて始末をいたせ」

大膳は言い置いて立ち上がろうとした。すると、大膳の前に舞が片膝をついた。

「福岡までの道中は兄が身辺をお守りいたしたがよいかと存じます。山伏どもの始末はわたくしにおまかせ願えないでしょうか」

「ほう、そなたひとりでか」

大膳は片方の眉《まゆ》をあげて舞を見つめた。

「はい、兄はすでに腕試しをいたしましたが、わたくしはまだ技量のほどお館様にお見せいたしておりませぬゆえ」

なるほどな、とつぶやいて大膳は卓馬を振り向いた。

「女子ひとりに三人の隠密《おんみつ》をまかせて大事ないか」

「大事あると思えば、すでに申し上げております。舞を相手にいたして大事あるのは、山伏どもの方でございましょう」

卓馬はにこりとして答えた。

ではまかせよう、と言って大膳は床几を立ち、店の前に出た。馬を引いた家臣が駆け寄ってくると、ひらりと乗った大膳は舞を見て、

「そなたの手並みのほど、楽しみにしておるぞ」

と言い置いて馬腹を蹴《け》った。卓馬も馬に乗ると舞に軽くうなずいただけで大膳に続いた。ほかの家臣たちも後についていくのを舞は茶店の中で見送った。その間に茶店の主人から編笠《あみがさ》をひとつ購《あがな》った。

大膳の一行が鳥居をくぐって遠ざかると、どこに隠れていたのか山伏が三人、道に

現れて後をつけ始めた。

山伏たちの姿を見定めた舞は編笠をかぶり、後ろからついていく。手には杖を携えている。

大膳の一行は街道に出ると足を速めた。それを見て、山伏たちも急ごうとしたとき、

「待たれよ」

と舞が声をかけた。

山伏たちはぎょっとした様子で振り向いた。鈴懸《すずかけ》の麻の衣に結袈裟《ゆいげさ》をつけ、頭巾《ときん》を被《かぶ》り、腰に大刀を下げ、錫杖《しゃくじょう》を手にしている。

「呼んだのはわれらのことか」

野太い声で山伏のひとりが言った。

編笠をかぶり、男装で脇差《わきざし》をたばさみ杖を手にした舞は若侍に見える。山伏たちは侮《あなど》りの色を浮かべて、

「なんだ。銭でも喜捨してくれるのか」

「それとも、稚児《ちご》としてかまうて欲しいのか」

と言ってから、げらげらと笑った。

舞は落ち着いて言い添えた。

「栗山大膳様を追うゆえ、しかるべき者かと思うたが、どうやら銭で雇われた無頼の類《たぐい》らしいな」

なんだと、と山伏のひとりは目をむいた。もうひとりが舞に近づき、鼻をひくつかせて、にやりとした。

「こ奴、よい匂《にお》いがする。どうやら、女のようだ」

女だと告げる言葉に、ほかの山伏たちは目を輝かせる。

「なに、それはよい。栗山大膳と関わりがあるようだが、慰みものにしたうえで、素性を吐かせよう」

「おう、ひとを追いかけるだけの退屈な旅であったが、楽しみができたぞ」

山伏たちは口ぐちに言って舞に詰め寄ろうとした。

舞は編笠の紐《ひも》をといて、ぱっと放り投げた。編笠が街道筋の杉木立の枝にかかったときには、静かに杖を構えていた。

山伏は錫杖を振り上げて叫ぶ。

「女、抗《あらが》うと痛い目を見るぞ。おとなしくわしらの言うことを聞け」

舞はすっと前に出るなり、

「お前たちの言うことなど聞く耳は持っておらぬ」

と言い放った。

そのときには目の前の山伏の腹を電光石火の早業で突いていた。山伏がうめいて跪《ひざまず》くと、舞はその体を飛び越えながら杖を振るい、もうひとりの山伏の後頭部を一撃した。

この山伏もうめいて倒れた。残された山伏はあっけにとられて舞を見つめていたが、はっとして錫杖を捨て、刀を抜く。

「死ねっ」

怒鳴りつつ、斬りつけた山伏の刀を、舞の杖が弾《はじ》いてそらした。

山伏は勢いあまってつんのめったが、危うく踏みとどまって振り向いたときには、舞の杖が脳天に振り下ろされた。

うわっ、と悲鳴をあげて山伏は仰向けに倒れ、気を失った。

舞は油断なく杖を構えたまま、倒れた山伏たちを見ていたが、やがて構えをといた。踵《きびす》を返して、大膳の家臣が馬をつないでいてくれた杉の傍に行くと、手綱をとり、馬にまたがる。軽く鞭《むち》を入れて、大膳一行が去った街道に馬を進めた。

馬上の舞の髷《まげ》が風にゆれ、白い顔の美しさが際立《きわだ》つのを、道筋の参拝客たちは見惚《みと》れていた。

八

栗山大膳が福岡城下の屋敷に入ったという報《しら》せはその日の夜になって、倉八十太夫のもとにもたらされた。

大膳を見張らせていた家来の弓削《ゆげ》左内《さない》は、手先としていた山伏が近頃、大膳に召し抱えられた杖術使いの女に倒されたことも告げた。

「女人にか」

十太夫はととのった顔にうっすらと笑みを浮かべた。

「さようにございます。兄の深草卓馬ともども夢想権之助の高弟だそうで、かなりの使い手でございます」

四十過ぎで落ち着いた風采《ふうさい》の左内は答えた。

「さようなものを栗山様はなぜ召し抱えられたのであろうか」

十太夫は首をかしげて考え込んだ。

十太夫は女にしたいほどの色白で目鼻立ちがすぐれ、主君忠之の寵童だったのではないかと噂《うわさ》されていたが、そのようなことは一度もなかった。

ただ、忠之は美しいもの、優れたものを偏愛するところがあり、十太夫はその眼鏡にかなったというだけのことである。

十太夫が忠之に重用されるようになってから、黒田家中での悪罵《あくば》は凄《すさ》まじいものがあった。

そもそも十太夫が忠之に見出《みいだ》されたのは、ある寺で男装して小姓をしていた秀《ひで》という女を忠之がみそめて、寺の上人《しょうにん》が言い逃れようとしたのにもかかわらず、召し出して愛妾《あいしょう》にしたことに端を発するとされた。

十太夫は寺にいた秀を知っており、秀が愛妾になると巧みに取り入り、ついには側近になったというのである。

だが、これは巷《ちまた》の噂に過ぎず、秀という愛妾も存在しなかった。十太夫は小姓として忠之のそば近くに仕える間に、その才能を見出されたに過ぎなかった。

しかし、十太夫が重臣となるにしたがって、猿楽や放鷹《ほうよう》が盛んに行われ、忠之の放《ほう》埒《らつ》さが目立つようになった。忠之が自らの好みでしていることで、十太夫がこれらの遊びの相手を務めることもなかった。だがいつの間にか忠之への批判や不満となることは、すべて十太夫の仕業とされるようになった。

さらに寛永五年、忠之が参府のため大坂との間を航行する大船を造ったおりには、十太夫が筥崎八幡宮《はこざきはちまんぐう》の神木を大船建造のために伐《き》ろうとした、と囁《ささや》かれた。

また、忠之が新たに足軽二百人を召し抱えたおり、差配する者として十太夫が選ばれたことも十太夫の悪行とされていた。

しばらく大膳の意図を考えていた十太夫はふと、顔をあげて、

「どうやら、栗山様は敵を自ら作ろうとされているようだ」

とつぶやいた。左内は首をかしげた。

「敵を自ら作るとはどういうことでございましょうか」

「こちらに備えがあるぞ、と見せつければ、まわりの者はその備えを崩したくなる。言わば、誘いの手だな」

「さようなものでございますか」

「栗山様のなすことは一筋縄ではない。わたしは、かような話を聞いたことがある」

大膳が志波の屋敷にいたときのことだ。

地元の古老から、近くの山にある池にいつのころからか、大亀《おおがめ》が住むようになり、そばを通る農民に害をなすのだ、という話を聞いた。

大膳は、数日後、家臣三人を供にして鉄砲猟に出た。屋敷からおよそ三里ほどの山の池で大亀を見つけた大膳は、供の者から鉄砲を受けとり、大亀に狙《ねら》いをつけた。

轟音《ごうおん》が響くと大亀は、岩の上から池の中へ、もんどりうって落ちていった。間もなく池の水面に血が湧きあがり、真っ赤に染まった。

するとと、今まで雲一つなかった空が黒雲におおわれ、方角さえも全くわからぬ程の大雨になった。さらにあちこちで山崩れが起き、土砂で人家が流されるなどした。このため、この日の災害を村人たちは、大亀を殺したことが神の怒りを招いたのだと恐れて、

——大膳崩れ
と呼んだという。

十太夫の話を聞いた左内は首をかしげた。

「なるほど、栗山様とは変わったお方でございますな」

「善をなそうとして、災いをもたらすひとかもしれぬということだ」

十太夫は笑みを浮かべて言った。

「されど、栗山様がいま、ひとびとに害をなす大亀だと思っているのは旦那《だんな》様ではございませんか」

左内が緊張した顔になった。

「そうかもしれぬ。だが、もし、そうなら、それでもよいのだ。殿より格別にご恩を

賜っているわたしはひとから憎まれることに慣れている。大亀として撃たれるならば、それも宿命かもしれぬ」

「さようなことは申されますな」

左内が顔をしかめた。

「いや、もし、栗山様が狙っておるのが、わたしのような小者ではなく、まことの大亀だとしたら、そなたもさようなことは言っておれまい」

「まさか――」

大膳が狙う相手は藩主の忠之かもしれない、と十太夫は考えているようだ、と察して左内は愕然《がくぜん》とする。

「さようなことは、あってはならぬことでございます」

左内はかすれ声で言った。

「あってはならぬことをあえてするのが、栗山様というおひとなのだ」

十太夫は腕を組んで燭台《しょくだい》の灯りを見つめた。

そのころ、屋敷に入った大膳は卓馬を相手に酒を飲んでいた。かたわらに舞も男装のまま控えている。

舞からつけてきた山伏のことを聞いた大膳は、さほどの関心を示さず、

「皆、無駄なことばかりをする」

と言った。

舞は身じろぎして訊《き》く。

「山伏を追い払ったことは無駄でございましたでしょうか」

「いや、そうではない。わたしの後をつけても仕方のないことだ、と言ったまでだ」

大善は盃《さかずき》を口に運びながら、つぶやくように言った。舞はすこしむきになって、

「されど、身に降る火の粉は払わねばなりません」

と言葉を返した。

大膳は、ははは、と笑い、卓馬が口を開いた。

「お館《やかた》様はさようなことを仰《おお》せになってはおられぬ」

大膳は笑みを湛《たた》えた目で舞を見た。

「卓馬は刀によって間者を斬った。だが、そなたは杖で山伏を退けた。なぜ、そうしたのだ」

舞は手をつかえて答えた。

「杖は身を守るためのものにて、相手を殺すために振るうわけではございません。身

を守ることに徹するのが杖術の極意と心得ます」

「そうだな、まずはわが身を守るということだ。それが家を守り、藩を守り、やがては国を守ることになる」

大膳は穏やかな顔で言ったが、その言葉には並々ならぬ決意がうかがえた。大膳がしようとしていることはいまの言葉に尽きるのではないか、と卓馬と舞は思った。

夜がふけるにつれ、庭から虫の鳴く声が聞こえてきた。

九

福岡城はまたの名を〈舞鶴城《まいづるじょう》〉と呼ばれる。博多湾に面して左右に広がる城の様があたかも鶴が羽を広げて舞い降りた如《ごと》くだからだ。

関ヶ原の戦いに大功のあった黒田長政は、筑前国に入部した際は博多湾東の名島《なじま》城に入った。しかし、三方を海で囲まれているため、城下町を造るには適していないことから父如水と図って、福崎の丘陵地を選んで城を建て、この地を黒田家にとって縁《ゆかり》の地、備前国邑久《おく》郡の地名をとって福岡と名づけた。

広さが二十四万坪あり、四十七の櫓《やぐら》、十余りの城門をもつ堂々たる城だ。下の橋を渡ると大手門である。大膳の屋敷は上の橋から入った重臣の屋敷が立ち並ぶ一角にあった。

大膳は屋敷に入ってからも藩主忠之に拝謁《はいえつ》を願い出ることはなく、忠之もまた大膳を召し出すことはなかった。

このため大膳は屋敷の書斎で書見したり、ときおり、能の稽古《けいこ》を楽しんで日々を過ごした。大膳は泉水がある中庭に能舞台を設《しつら》えており、ここで龍翁から稽古をつけてもらった。そのおり、龍翁の弟子が打つ鼓《つづみ》の音が他の重臣たちの屋敷にまで聞こえる。重臣たちはその音に大膳の鬱屈《うっくつ》を汲《く》み取るのだった。

九月になった。

この日も大膳は能を稽古していた。

家士の赤西源八と卓馬、舞が能舞台を見物できる大広間に控えて見つめる中、舞い終えた大膳は小面《こおもて》をとり、能衣装のまま大きく息をついた。それから能舞台を下りると控えの間で着替えて、大広間に出てきた。龍翁も大膳に続いて大広間に入った。間もなく小姓が茶を運んできた。大膳は、龍翁にも茶をとらせよ、と小姓に命じた。すぐに龍翁の茶が運ばれてくると、大膳は茶を喫してから口を開いた。

「そろそろ行うといたすか」

源八が目を鋭くして訊いた。

「何をなさろうというのでございますか」

「殿が倉八十太夫に下しおかれた合子《ごうす》の兜《かぶと》と唐皮威《からかわおどし》の鎧《よろい》を取り戻すのだ」

如水は椀《わん》を伏せた異風な形の銀白檀塗合子形兜《ぎんびゃくだんぬりごうすなりかぶと》と唐皮威の鎧を愛用し、死に臨んで大膳の父である栗山備後利安に嫡子長政の補佐を託すとともに与えた。ところが藩主忠之は備後の死期が近いと知ると、この兜と鎧を、

「黒田家にとって由緒《ゆいしょ》ある兜と鎧を他家に置くわけにはいかない」

と戻すように言ってきた。大膳はやむなく利安が息を引き取った後、合子兜と鎧を福岡に送ったのである。

ところが、大膳が福岡に出てきてみると、合子の兜と鎧は倉八十太夫に与えられていることがわかった。十太夫はすでに九千石になっており、

「身分にふさわしい兜と鎧を与える」

と、忠之は言ったらしい。しかし、如水の信頼の証《あかし》として兜と鎧を下された栗山家にとっては、武士の面目を失うやり方だった。忠之の意図が大膳へのあてつけであることも明らかである。

大膳はこのことを聞いても、何も言わず、いつものぼんやりとした笑みを浮かべた

だけだった。

源八が緊張した表情で訊いた。

「では、殿に合子の兜と唐皮威の鎧を倉八十太夫のもとより、お戻しいただくことを願い出られますか」

「そのような面倒なことはせぬ」

あっさりと言い切った大膳は、源八と卓馬、舞に、

「その方たちだけでよい。供をいたせ」

と告げた。大膳は立ち上がると、刀掛けの刀をとり、玄関へと向かった。そのまま外へ出て大手門近くにある十太夫の屋敷へ向かった。卓馬と舞は大膳の護衛のため杖を手にした。

「お館様、よもや――」

源八が青ざめると、大膳はにやりと笑った。

「取り戻すと言ったであろう。殿に申し上げるよりも十太夫の屋敷から直《じか》に持ち出すのが早かろう」

大膳は倉八屋敷の門をくぐると、案内も請《こ》わず、式台に上がった。十太夫の家来たちが出てきたが、皆、大膳の顔を知っているだけに、突然の無作法な来訪にどう対処

していいかわからず困惑している。大膳は平然と言い放った。

「合子の兜と唐皮威の鎧を貰《もら》い受けに来た。いずこにあるか案内いたせ」

驚く家来の間から、弓削左内が出てきて、

「主人はただいま、本丸にて執務をいたしております。御用の趣をいかにいたすか主人に問い合わせますゆえ、しばしお待ちくださいませ」

と頭を下げる。大膳はひややかな笑みを浮かべた。

「十太夫はよき家来を持たぬようだな。わたしが直に貰い受けたいと参ったのだ、それを主人に問い合わせてどうする。腹を切る覚悟でなすべきことがあろう」

いきなり、突きつけるように言われて、左内は額に汗を浮かべて考えた後、

「承りました。ただいま、兜と鎧をこれに運ばせますゆえ、お待ちください」

と答えた。大膳はゆったりとうなずいた。

「よき思案だ。それでこそ、十太夫も面目を失わずにすむというものだ」

もし、十太夫に問い合わせて、兜と鎧を引き渡さなければ、大膳と十太夫の確執は収まりがつかず、騒動が大きくなるに違いなかった。また、十太夫が大膳を恐れて兜と鎧を引き渡すことを了承すれば、与えた忠之の面子《めんつ》をつぶすことになる。

留守を預かる家来が切腹覚悟で応じるしかないことを大膳は見越していたのだ。待

つほどに鎧櫃《よろいびつ》に入れられた鎧と兜が運んでこられた。

大膳はちらりと目を遣《や》るなり、

「卓馬と舞が運べ」

と命じた。卓馬が鎧櫃を背に負い、舞が合子の兜を捧《ささ》げ持って大膳に従う。大膳の傍らを源八が守りつつ玄関から門をくぐって屋敷を出た。

大膳はそのまま本丸の宝物庫に向かい、番士を呼び寄せ、宝物庫の鍵《かぎ》を開けさせ、兜と鎧櫃を中に運び込んだ。兜と鎧を自らじっくりと改めたうえで、

「よし」

とつぶやいた。番士が鍵を締めるのを確かめた大膳は、本丸を出て自分の屋敷へ戻った。この間、付き従った卓馬は、屋敷に戻って、

「倉八様より、今後、掛け合いが参りました場合の備えはいかがいたしましょうか」

と訊いた。屋敷に戻った十太夫が事の次第を左内から聞けば、栗山屋敷に押しかけてくるのではないか、と思ったのだ。

大膳はゆっくりと首を横に振った。

「いや、十太夫はさような愚か者ではない」

「されど、お館様には、福岡にて波風を起こそうとされているのではございませんか。

相手が応じなければ困りましょう」

卓馬の問いかけに大膳は不思議な笑みを浮かべた。

「わたしは福岡に波風を立てようとしているのではない。起こそうとしているのは江戸への風だ」

「江戸への風――」

卓馬は首をかしげてつぶやいた。舞はじっと大膳を見つめている。

この日、屋敷に戻った十太夫は、左内から大膳が合子の兜と唐皮威の鎧を持ち去ったと聞いても、眉ひとつ動かさなかった。却《かえ》って兜と鎧を引き渡した左内を、

「ようしてのけた。思慮深いいたしようであった」

と褒めただけだった。一方、忠之も大膳が宝物庫に合子の兜と唐皮威の鎧を納めたと聞いても、苦い顔をしただけで何も言わなかった。

十

江戸城西の丸ではこのころ、前将軍の徳川秀忠が病の床にあった。

この年、五月に将軍家光の弟で駿河、遠江《とおとうみ》国で五十五万石を領して駿河大納言と呼ばれた忠長が不行跡を咎《とが》められ、甲府へ蟄居《ちっきょ》させられた。そのころから、体調を崩していた。

秀忠と妻のお江《ごう》は幼少のころから聡明《そうめい》な忠長を愛して、嫡男《ちゃくなん》の家光を廃そうかと考えたこともあったが、家康の示唆《しさ》により思いとどまった経緯がある。

家光はこのことを忘れず、忠長に対する憎悪《ぞうお》を募らせていた。だからこそ将軍となってかつての意趣を晴らしたのだ。

忠長の領国は御三家筆頭の尾張家六十二万石に次ぎ、紀州家と同じであり、さらに大納言の官位まで得ていた。

だが、ひそかに家光に代わって将軍になりたいと望んでいた忠長にとっては不満だったようだ。しかも忠長の庇護者であったお江の方が寛永三年に亡くなると、家光との溝はさらに深まった。

去年、忠長は浅間神社の野猿が害をなすとして猿狩を行った。野猿は神獣とされていただけに忠長の評判は悪くなった。さらに、ささいなことで家臣を手討ちにするなど乱行は続いた。

秀忠も駿遠両国が与えられたとき、忠長が、

「百万石か、大坂城をいただきたい」

と書状で訴えたことから忠長を見限ったともいう。

秀忠は情においてはしのびなくとも、徳川の天下を守るためには、家光の権威を傷つけるわけにはいかず、忠長への仕打ちを黙認した。しかし、そのことが心身の衰えにつながったようだ。

忠長は蟄居した後は、ひたすら秀忠の温情にすがろうとしていたが、家光は付け入る隙《すき》を与えずにいた。

この日、西の丸の秀忠を見舞った家光は忠長のことは触れず、九州・島原の領主松《まつ》倉重政《くらしげまさ》と長崎奉行の竹中采女正が幕府の諒解《りょうかい》のもと、マニラに派遣していた船が戻ったことを告げた。

病床の秀忠は眉をひそめた。

「そなた、まださようなことをいたしておったのか」

家光は秀忠の不機嫌な様子に気づかぬふりで話した。

「なにしろ、元和八年にキリシタンを厳しく取り締まりましたるところ、却って伴天連どもはマニラと申す地からわが国へ次々に潜入いたし、始末におえませぬ。松倉重政はいっそのことマニラに攻め入ってはどうかと言上いたして参りましたゆえ、まずは下見に遣わしたのでございます」

〈元和の大殉教〉の後、キリシタン弾圧にめげず、布教しようというイエズス会やフランシスコ会、ドミニコ会などの宣教師が相次いで潜入し、その数は七十五人に及んでいた。

業《ごう》を煮やした松倉重政は、キリシタンの根拠地であるルソンへの遠征を企図して幕府に願い出ていた。

寛永七年十一月、松倉重政と竹中采女正の派遣した船は、二十日余の航海を経てルソンのマニラに到着した。

交易を装《よそお》った使者の一行はマニラの城などを偵察した後、今年の六月二十日に長崎に帰還したのである。家光が懐《ふところ》から書状を取り出して、

「マニラにおけるイスパニアの城は四、五町歩四方の広さにて石垣の高さは一丈四、五尺。一方は川になっており、一方は海、残る場所は堀をめぐらしておるそうでございますが、どうやらこの堀は松倉の動きを知って、あわてて掘ったものらしゅうございます。いずれにしてもイスパニアは本国が遠く、ルソンに置く兵は少ないとのこと。わが国が攻めればマニラの城を落とすのはたやすいと思われます」

家光は自信ありげに言った。

「いかに城を落とすのはたやすかろうとも本国から遠いのはイスパニアだけではない。わが国とて同様だ。いったんは落とした城もいずれイスパニアに奪いもどされよう。さすれば無駄骨折りと申すものだ」

「仰せのごとくではございますが、一度、マニラを落としたならば、伴天連《ばてれん》は恐れをなしてわが国での布教をあきらめましょう」

家光は平然と答えた。

秀忠も家光の言葉をあらためて考える風だった。

かつて豊臣秀吉は九州の島津氏を攻めたおり、キリシタン勢力が増大していることに気づいて伴天連追放令を出してキリシタンを弾圧した。しかし、関ヶ原の戦いの後、徳川家康は交易の利を得るためキリシタンに対しては黙認した。

この間にイエズス会やフランシスコ会、ドミニコ会の宣教師が競い合って宣教を行い、京、伏見、大坂、堺《さかい》から江戸までキリシタンの会堂が建てられた。

慶長末年になるとキリシタンの布教地域は九州から中国、四国、北陸、関東におよび、奥州《おうしゅう》津軽を経て蝦夷地《えぞち》にいたろうとする勢いになった。このころ、キリシタンの総数は六、七十万人に上ると言われた。

家康は若き日に領国の三河で一向一揆《いっこういっき》に苦汁をなめさせられているだけに、キリシタンに対して警戒心は持ち続けた。

秀忠と家光の代になって弾圧を強めたのはこのためである。だからこそ松倉重政のルソン遠征計画を認めたのだ。

「しかし、ルソンを攻めると言っておった松倉重政は去年、死んだではないか。マニラに兵を出すと言っても大将となる者がおるまい」

「されば竹中采女正がおります」

家光がさりげなく言うと、秀忠は苦笑した。

「あれは、小大名だ。とてもルソンを攻める力はあるまい」

「それゆえ、九州の諸大名に兵を出させてはいかがかと存じます。力のある大名にルソンへの出兵を認めれば、何を企《たくら》むかわかりません。それに比べ、竹中ならば、幕府の意のままに動きましょう」

家光は目を光らせて言った。

「さて、九州の島津、鍋島《なべしま》、加藤、黒田、細川などはいずれも戦国生き残りの大名だ。しかも豊臣と縁が深く、徳川にとって外様だ。うまく動かせるかな」

秀忠は不安げに言う。

「細川は利に敏《さと》く、幕府に逆らわぬ存念は明らかでござる。それに彼の家は細川ガラシャという高名なキリシタンを出しておりますだけに、身の証を立てるためにもキリシタンに対し厳しくいたさねばならぬ立場でございます。また、島津と鍋島は用心深くございますゆえ、幕府の意向に逆らいはいたしませぬ」

「そうなると残るは黒田と加藤か」

秀忠は天井を見上げてつぶやいた。

「さようでございます。いずれも関ヶ原の戦に際しては徳川につきましたが、もともとは豊臣恩顧の大名でございます。つぶしても惜しくはございません。それぞれ家中は諍《いさか》いが続いているそうでございます。されば、加藤をつぶして肥後に細川を入らせ、黒田をつぶして竹中に筑前《ちくぜん》一国を与えますれば、ルソンへの遠征もできようかと」

「それは土井《どい》大炊《おおい》の意見でもあるのだな」

秀忠に問われて、家光はやや鼻白んだが、いかにも、さようにございます、と素っ気なく答えた。この時期、老中筆頭は土井大炊利勝《としかつ》である。

利勝は秀忠の側近として長く仕え、家光の代になってからも幕閣にあって重きをなしていた。

沈着で深謀遠慮に富む性格で、家康のご落胤《らくいん》ではないかという噂が昔からあった。

家光が忠長を疎《うと》んじていることから、謀《はかりごと》をめぐらして忠長を陥《おとしい》れたのは、利勝であるともされていた。

利勝の謀とは忠長に謀反《むほん》の噂が立ったのに乗じたものだ。利勝の名で諸大名に対して、

「家光様を除いて、忠長様を将軍に押し立てるべし」

という密書が廻った。

密書を受取った大名は直ちに幕府に届け出たが、忠長と肥後の加藤忠広《ただひろ》だけが届けなかったというものだ。

無論、利勝の仕組んだ罠《わな》であり、忠長があまりに露骨な謀であるだけに軽んじて、幕府へ届け出ることを怠ることを見越していたのだ。

これにより、忠長は陥れられ、加藤忠広も忠長派として幕府に警戒されるようになったという。

家光にとって、利勝はいまだに遠慮せざるを得ない重臣だけに、秀忠からあからさまに利勝の意見を確かめられると面白くはなかったのだ。

加藤家をつぶし、細川家を肥後に入れるという謀にも利勝が動いているのかもしれない。利勝は細川忠興とはかねてから親しく、忠興の動きの背後には利勝がいると見られていた。

利勝の考えを確かめた秀忠は深いため息をついた。

「すべては将軍職たるそなたの思い通りにいたすがよい」

家康の跡を継ぎ、すべてを慎重に行ってきた秀忠にすれば、あたかも血気に逸《はや》るかのような家光に不安を覚えずにはいられない。

だが、自らの余命が少ないと思えば、いたずらに家光のなそうとすることを咎めるわけにもいかなかった。

後は、土井利勝始め、老中たちの補佐によって家光の政《まつりごと》が破綻《はたん》しないことを願うばかりだった。

「承りましてございます」

家光は口辺につめたい笑みを浮かべた。

家光にとって秀忠はかつて弟の忠長を愛して自分に替えようとした、心の通わない父だった。しかし徳川家の後継をめぐって幼いころから競ってきた忠長を失脚させたいまとなっては、家光にとって怖いものはない。

父の命の灯が消えようとしているのを冷酷な目で見守っている家光は、秀忠亡きあとは、生まれながらの将軍として、思いのまま政を行いたかった。

まずは九州で黒田、加藤という目障《めざわ》りな豊臣恩顧の大名をつぶし、ルソンへの遠征を果たすことだ。

　家光はふてぶてしく考えていた。

　大膳が合子の兜と唐皮威の鎧を取り戻してからしばらくして、忠之から思わぬことを言ってきた。

　使者として伝えにきたのは倉八十太夫だった。十太夫は大膳の屋敷を訪れ、合子の兜と唐皮威の鎧のことには何もふれずに、穏やかな微笑を浮かべて、

「栗山様のもとには、近頃、杖術なるものの達者である女人がおるとのことでございますな」

　と確かめるように訊いた。大膳はいつもと変わらず、心底をうかがわせない茫洋《ぼうよう》とした表情で、軽くうなずく。

「いかにも、おり申す」

「先日はそれがしの屋敷にも参られたとのこと、なかなかの武者ぶりであったと弓削左内が申しておりました」

「さようか」

　大膳は興味を示さず、素っ気なく答えた。十太夫は構わずになめらかな口調で話を

継いだ。

「されば、殿にはその女武芸者を召し出したいとのことでございます」

「それは迷惑でござるな。かの者はそれがしの身辺を守るために召し抱えました。いなくなっては心細うござる」

大膳がとぼけた顔で言うと、十太夫は、はっはっと声を立てて笑った。

「栗山様ほどの豪胆な方が何を仰せになりますか。ましてここは福岡城の一角にございますぞ。いかなる敵が参ろうとも栗山様に指一本ふれることはできますまい」

「なるほど。しかし、城中だからということもあろう」

何気なく大膳が言うと、十太夫は顔を引き締めた。

「主命でございます。いかな栗山様とて、主君に背くことはいたされますまい」

十太夫のさりげなく脅すような言葉にも、大膳は眉《まゆ》ひとつ動かさない。

「さて、それがしは主君に背かぬ男でござろうか」

あたかも自分が叛臣《はんしん》であるかどうかをじっくり考えるかのような、大膳の物言いには不気味なものがあった。

さすがに十太夫は顔を青ざめさせ、

「主命でござるぞ」

ともう一度、念を押した。すると、大膳は素知らぬ顔で訊いた。

「殿は彼《か》の者を召し出されて、どうされるのでござろうか」

「さて、それがしにはわかりかねますが、まずは、奥女中たちに杖術の手ほどきなどいたさせるのではありますまいか」

「その後はいかがなされる」

大膳は重ねて訊く。十太夫は顔をしかめて答えた。

「お気に召したならばお側に仕えさせられるやもしれませぬ」

「ほう、つまり側女《そばめ》にということであろうか」

大膳は面白そうに十太夫を見つめた。

「もし、さようなことなれば、女人にとって望外の幸せでございましょう」

「倉八殿はさように思われるか。それゆえ、女人を殿のもとに送り込むお役目をなさっておるわけだ」

ひややかな大膳の言葉に十太夫は思わず頬を紅潮させて答えた。

「さように考えるのは武士として恥ずかしきことではないと存ずる。御家の繁栄にはご子息がお生まれになることは欠かせ申さぬ。されば側室への心配りも家臣たる者の務めでございましょう」

「なるほど、理にかなっておる」

大膳は嗤《わら》った。十太夫は悔しげに大膳を睨《にら》んだ。しばらくして、大膳はあっさりとした口調で言った。

「されば、彼の者を殿のもとに差し出しましょう。されど、いつまでにお戻しくださるかをあらかじめ決めていただこうか。まず、十日の後にはお戻しいただきたい」

「主君に対し、日数を限るとは家臣としてあるまじきことでございますぞ」

十太夫は声を低めて言った。大膳はこともなげに返答する。

「なに、殿の方で十日もすれば、戻したくなるような女子でござる。案じられることはない」

十一

十太夫が辞去した後、大膳は舞と卓馬を呼んで、忠之の命を伝えた。卓馬は眉根を寄せて、

「舞が殿の御前に出て無礼があれば、お館様にもお咎めがあるやもしれませぬ。おやめになった方がよろしくはございませんか」

と危ぶむように言った。

大膳は卓馬を見遣って、かすかな笑みを浮かべた。

「そうか、卓馬はわが妹を殿の側室に差し出したくはないか」

「有体に申せば、さようにございます。わたしは舞にはおのれの信じる道を歩ませたいと思っております」

舞が手をつかえて言った。

「わたくしもさように思っております。此度《こたび》のお話を辞退させていただくわけには参らぬのでしょうか」

大膳は、頭を横に振る。

「それは無理だな。武家奉公とはさように気軽なものではない。主君の命とあれば、たとえ地獄への道でもいかねばならぬ。いったん武家に仕えたからには逃れられぬところだ」

舞が唇を噛《か》んでうつむくと、大膳は気軽な様子で言葉を添えた。

「だからと言って、何もかも主君の思い通りになれというものではない。どうしてもおのれを貫きたければ、命を捨ててかかればよいことだ」

舞は緊張した顔になって大膳を見た。

「もし、側女にと望まれたら、自害せよとの仰せでございましょうか」

「さほどに大げさなことではない。そなたはキリシタンであろう。もしものときは、デウスにすがることだ」

「デウス様に？」

「そうだ。さすれば、そなたは殿より、面白き話が聞けるであろう」

大膳が何を言っているのかわからず、舞は戸惑った表情で卓馬を見た。卓馬は大膳に顔を向けて、

「忠之公は荒々しきご気性と聞いておりますが、さようではございませんのか」

と訊いた。大膳はうなずいて答える。

「荒いだけのお人ではない。殿の前に出れば、舞にはそのことがわかるであろう。さて、そこでだ――」

大膳は舞を見据えて言葉を継いだ。

「殿とふたりきりになるおりがあれば伝えて欲しいことがある」

「何事でございましょうか」

舞はわずかに身を乗り出した。

「加藤家の行く末をご覧あれ、とな」

「それだけでよいのでございまするか」

大膳は目を細めて、そうだとうなずいた。


舞が本丸に入り、忠之の前に出たのは翌日のことだった。

松が周囲を囲んだ池がある中庭が見渡せる広間には、忠之や側近だけでなく、正室である久《ひさ》の方や奥女中たちがずらりと花のように居並んでいた。

忠之は小柄で色黒、眉が太く、あごがはった顔の眼光は鋭かった。武勇に長《た》けていた父の長政より、祖父の如水に似ているのかもしれないと舞は思った。

舞が広縁に控えると、忠之は声を張り上げて、

「よう参った。大膳が見込んだ女武芸者の腕前のほど、わしも見せてもらうぞ」

と告げた。その声に応じて、中庭に襷《たすき》をかけ、鉢巻をして木刀を携えた小姓が五人、出てきた。

舞はちらりと小姓たちを見たが、皆、さほどの腕ではない、と一瞬で見てとった。

忠之はそんな舞の様子を見て口を開く。

「ほう、自信ありげだな。しかし、侮《あなど》ると痛い目にあうぞ。心しておくがよい」

舞は黙って頭を下げ、携えてきた杖《つえ》を手にすると、広縁から中庭に裸足《はだし》でおりた。

いつもの男装だが、襷もかけず、鉢巻もしない。やや、袴《はかま》の股立《ももだ》ちを取ると、白い素足がのぞいた。

舞は中庭の中央に進み出て忠之に向かい、頭を下げた。忠之は意地悪気な視線を向けると、

「よし、皆、五人そろって一度にかかれ。この女子がまことに武芸の達者かどうか、それでわかろう」

と言い放った。

ひとりずつ、立ち合うのではないのか、と舞はさすがに眉をひそめた。いかに凡庸な腕前の者たちでも多数相手では不利は免れない。

舞はとっさに池まで走った。

池を背にして、背後から打ちかかられないようにしたが、それだけに五人を正面から引き受けねばならず、自ら退路を断ったことにもなる。

舞は杖を静かに下段に構えた。

五人の小姓は舞を取り囲み、誰が先にかかるかを目くばせして決めた。その様子には女人相手に五人でかかるのだ、という緩《ゆる》みがあった。

真ん中の小姓がかかろうと木刀を振り上げたとき、舞はひらりと跳んで左端の小姓

の足を払った。

小姓は足をしたたかに打たれ、うめいて転倒した。舞は倒れた小姓を飛び越えて広縁に向かって走った。

「待てっ」

怒鳴りながら追ってきた小姓は、いきなり振り向いた舞から水月《みぞおち》を杖で突かれた。小姓は息が詰まったのか、その場に頽《くずお》れた。

舞が待ち受ける構えをとると、追いついた三人の小姓が同時に木刀を振り上げて打ちかかった。かっ、かっ、かっ、と三度音が響いたかと思うと、小姓たちの木刀は舞の杖に弾《はじ》き返された。

次の瞬間、舞は踏み込んでひとりの肩を打ち据え、ひとりの水月を突き、さらにもうひとりの足を薙《な》いだ。小姓たちは悲鳴をあげて倒れた。

舞は杖をまわして、中段に構え、倒れた小姓たちの様子を見る。

どの小姓も立ち上がれないでいると見定めてから、広縁のそばに来て片膝《かたひざ》をつき、忠之に向かって頭を下げた。あざやかな舞の振舞いに奥女中たちから、うっとりとした、ため息が漏れた。

忠之は舞を皮肉な目で見つめ、

「なるほど、大膳が召し抱えるだけのことはあるようだな。されど、立ち合う相手はもうひとりいるぞ」

と言うなり、刀持ちの小姓を呼び寄せ、大刀を手にして立ち上がった。そのまま広縁から下りた忠之は鞘《さや》を払って刀を抜いた。

白刃が冷たく光る。

目を輝かせて舞を見つめていた女中たちが凍り付いたようになって、息を呑《の》んだ。

忠之は刀を舞に突き付け、

「どうじゃ。真剣を相手にいたしても、いまのように杖が振るえるか」

と言った。舞は間合いをとって離れながら答える。

「立ち合いは真剣であれ、木刀であれ、同じだと存じます」

「ほう、よくぞ申した。ならば、首尾よく、わしの真剣を封じてそなたが勝ったならば褒美《ほうび》として、側室にしてつかわそう」

自分が勝てば、側室にされると聞いて、舞は困惑した。

「では、わたくしが負けましたならば、どうなりましょうか」

「真剣で立ち合うのだ。負ければ命はなかろう」

忠之は無慈悲に言った。そして、舞に考える暇を与えず、

「参るぞ」

と声を発した。

やむなく舞は杖を構えた。

勝てば、忠之の側室にならなければならず、それが嫌でわざと負ければ、死なねばならない。いずれとも決めかねるうちに、忠之は斬《き》りかかってきた。

舞は忠之の刀を杖で弾き返してしのぎつつ、

(兄上ならばいかがされるだろうか)

と考えた。しかし、答えは出ない。そのとき、大膳が言った、「デウスにすがることだ」という言葉が胸に浮かんだ。すると、忠之の女人をもてあそぶかのような振舞いに憤《いきどお》りが湧《わ》いた。

舞は踏み込んで、思い切り、忠之の足を薙いだ。あっ、と叫んで忠之がひっくり返った。地面に倒れた忠之の肩を舞は打ち据えた。

広間に居並ぶ側近たちが、立ち上がり、

「無礼者――」

「殿に何をいたすか」

と騒いで、あわてて中庭に駆け下りてくる。家臣たちが舞を取り押さえようとしたとき、忠之の声が響いた。

「騒ぐな。この女子が立ち合いにて勝っただけのことではないか。うろたえては見苦しいぞ」

忠之は肩を押さえて立ち上がりながら、にやりと笑った。

「これほどまでにして勝つとは、よほどわしの側室になりたいと見える」

舞は何も言えず、唇を噛んだ。

この日、舞は本丸に留め置かれ、夜には忠之の寝所に召し出された。奥女中が白い寝間着を持ってきたが、舞は着替えなかった。

昼間と同じ姿で寝所に赴いた。燭台《しょくだい》の灯が揺れていた。

これからどうすればよいか、舞にはわからなかった。

だが、寝所に座って、忠之の訪れを待つうちにふたたび、大膳のデウスにすがれ、という言葉を思い出した。

寝所には酒器がのった膳《ぜん》が用意されている。舞が朱塗りの酒器を見つめて考えていると、奥女中の、

——お成りでございます

という声とともに襖《ふすま》が開いて、忠之が入ってきた。

忠之は膳の前にどっかと胡坐《あぐら》をかいた。舞に酌をしろとは言わず、自ら盃《さかずき》に酒を注いだ。一杯、飲み干してから、舞に目を向ける。

「さて、いかがいたすつもりだ。昼間のようすでは、わしの側室になるぐらいなら自害しかねないようであったが」

舞は何も言わず、懐から銀の鎖がついたクルスを取り出して、畳の上に置いた。忠之はクルスを見て、ぎょっとした顔になった。

「そなたは、キリシタンか」

「さようにございます。それゆえ、お側にあがることはかないませぬ」

舞は手をつかえて、頭を下げた。忠之はうつむいて、肩を震わせたが、やがて声を立てて笑った。

「そうか、大膳め、いやにあっさりとそなたを差し出したと思ったら、こういう仕掛けであったか。相変わらず、賢《さか》しらな、おこがましい男だ」

「お許しくださいませ」

舞はもう一度、頭を下げた。忠之はせせら笑った。

「許すも、許さぬもない。今の世でキリシタンを側室にする大名はおらぬ。さようなことをすれば将軍家から咎めを受けて改易となる。大膳はそれを承知でそなたをわしのもとに寄越したのだ」

忠之はいまいましげに言った。

「キリシタンとしてお咎めを受けることは覚悟いたしております」

舞が言うと、忠之は鼻で笑った。

「大膳めは、そなたがキリシタンだと知ってどう言ったのだ」

「ご主君、如水様がキリシタンであったゆえ、キリシタンを嫌えば、主君を嫌うことになると」

舞が答えると、忠之は嫌な顔をして、盃に酒を注いだ。また、飲み干してからつぶやいた。

「キリシタンであったのは、わが父上も同じだ。父上は幕府の意向を慮《おもんぱか》り、棄教されたのだが、そのことでお苦しみであった。家臣にもそのような様子は見せられなかったが、わしは一度だけ、父上がひそかに宣教師を呼び寄せ、懺悔《ざんげ》されるのを聞いたことがある」

「さようでございましたか」

若いころキリシタンであった黒田長政がそれほどの信仰を抱いていたとは、舞には思いがけないことだった。

忠之はなおも酒を飲みながら話した。

「わしは父上に疎んじられて廃嫡されようとした。乱暴ゆえ、嫌われたのはしかたがない。だが、わしは父上のお苦しみがわかったゆえ、却ってわしだけでも気ままに生きたいと思うようになった」

長政が筑前国の領主となったころ、博多には宣教師がいた。

如水の葬儀は京の寺と同時に博多のキリシタン教会でも行われた。しかし、長政は江戸に上って、幕府がキリシタンを禁じていこうとする動きを悟って信仰を捨てたのだ。

うつろな表情で言った忠之は酒をあおるように飲んでから舞に顔を向けた。

「大膳めは、いつも、わしにいらざる説教をする。そなた、わしのもとに来るにあたって、何か言い含められたのではないか」

舞は大膳の言葉を思い出して手をつかえた。

「加藤家の行く末をご覧あれ、と」

舞の言葉を聞いて、忠之の目が光る。

「そうか、加藤家はもう危ないか」

考えている。

忠之はうつむいて飲み干した盃を見つめた。ひどく孤独な顔をして忠之は何事かを

大膳が言っていた、忠之は荒いだけのひとではない、というのはこのようなことなのだな、と舞は思った。そう感じると自然に体が動き、酒器をとって忠之の盃に酒を注いだ。

忠之は驚いたようにまじまじと舞を見つめたが、顔をうつむけて酒を口にした。その様には素直なものがあった。しばらくして、忠之はふと気づいたように顔を上げた。舞を見つめる目が厳しくなった。

「小賢しいのは、大膳もそなたも同じじゃ。そなたのごとき女子はわしの側にあがることはかなわぬ。とっとと下がり、明日には大膳のもとへ帰れ」

忠之はつぶやくように言って、なおも酒を飲み続けた。舞は頭を下げて、そっと寝所を出た。

広縁を通っていくと、冴《さ》え冴《ざ》えとした月が上っているのが見えた。

十二

舞が忠之のもとへ召し出されながら、翌日には戻ってくると、大膳は、卓馬や赤西源八、梅津龍翁らと広間で迎え、

「やはりな」

と笑って言った。傍らに控えた源八が渋い顔をした。

「お館《やかた》様、すでに倉八十太夫殿屋敷から合子《ごうす》の兜《かぶと》と鎧《よろい》を持ち出すという乱暴をなすったのです。せめて殿のお側に差し出された舞殿がお気に召せば、と思っておりました。そうはいかなかったことは残念至極でございますぞ」

「いや、殿は舞を気に入られたからこそ、さっそく戻されたのだ。もし、気に入らなければ側女にされたうえで城内奥深く閉じ込められたであろうな」

大膳の言葉に源八は不承不承、うなずいた。

「さようなものでございますかな」

卓馬がやや首をかしげて言った。

「お館様の思し召《おぼ》《め》しはありがたくございますが、お館様に召し出された舞が杖術師範として抱えられることもかなわず、翌日には戻されたのです。殿のご威光を思えば、このままというわけにはいかぬように思いますが」

大膳は首を大きく縦に振って答えた。

「そうだな。殿が戻された者をそのままこの館に置くというわけにもいかぬ。それゆえ、卓馬と舞にはしばらく長崎に行ってもらう」

「長崎へ——」

卓馬と舞は驚いて目を見交わした。

「ある者のしておることについて、いささか知りたいのだ」

卓馬が片手を畳につき、大膳をうかがうように見て訊《き》いた。

「ある者とはどなたでございましょうか」

大膳はきっぱりと答えた。

「竹中采女正様である」

采女正の名が出て卓馬は驚いた。

卓馬と舞は竹中采女正の命によって大膳を探りにきているのだ。これまで知り得たことは書状にして飛脚に託し、長崎奉行所の采女正のもとへ送っている。

その采女正を調べよと大膳に言われるのは、思いがけないことだった。卓馬と舞が迷っていると、大膳は薄笑いを浮かべた。

「どうした。何を迷っておるのだ。主命であるぞ」

重々しく言われて、卓馬が手をつかえようとすると、大膳はからりと笑った。

「もともと、そなたらをわたしのもとに送り込んだのは竹中采女正様であった。その采女正様を探れと言われれば戸惑うのも無理はないな」

はっきりと言われて卓馬は却《かえ》って落ち着いた。舞もうろたえた様子は見せていない。

「やはり、われらが竹中様の間者であること、ご存じでございましたか」

卓馬が言うと、大膳はうなずいた。

「無論のことだ。そなたを召し抱えた日、細川からの間者と立ち合わせて斬らせたであろう。あの者が間者だとは前々から察しておった。お主たちにわが家に入り込んだ間者はこうなるぞという見せしめのために斬らせたのだ」

「さようでございますか。それではわれらは長崎に向かわせたという名目にて斬られるのでございましょうか」

卓馬は鋭い目をして訊いた。舞はさりげなく踵《かかと》を浮かせ、いつでも動ける態勢になった。

「いや、さようではない。わたしが命じたのはまことのことだ。竹中様を探って欲しいと思っている」

「竹中様の間者であるわたしどもにでございましょうか」

卓馬はうかがうように訊いた。大膳の話はいつものことながら、とりとめがなく、その真意を知ることは難しい。

「そなたは、〈反間《はんかん》〉ということを知らぬか。孫子にある言葉だ。戦国の世では中国の毛利元就《もうりもとなり》公がしばしば敵の間者をわが間者として使う〈反間〉の策を用いられたというぞ」

毛利元就は〈厳島《いつくしま》の戦い〉で長門周防《ながとすおう》の陶晴賢《すえはるかた》勢二万をわずか四千の軍勢で破った際に、〈反間〉を使ったとされる。

元就は厳島に築いた囮《おとり》の城を陶勢に攻めさせたかった。大軍が動けない島ならば、兵力が少なくとも勝てると考えたからだ。

元就は陶勢が厳島を攻めることを恐れているという風説を陶方の間者に流した。さらに毛利勢の武将のひとりが裏切っているという偽書もつくって、敵方の間者を欺《あざむ》いた。

この結果、陶晴賢は元就の謀略に操られるようにして、厳島を攻め、大敗して滅亡への道をたどるのだ。かわって毛利家は中国の覇者となっていく。まさに間者の使い方が毛利元就と陶晴賢の運命を分けたと言える。

大膳はゆったりとした口調で言った。

「兵は詭道《きどう》なりという。つまるところ戦いとは詭道、すなわち、だまし合いだからな」

「それでは、われらがお館様に従ったと見せて、なおも竹中様の間者を続けるということもあり得ますが」

卓馬が試すように言うと、大膳は口辺に微笑を浮かべた。

「そういうこともあろう。しかし、長崎に赴けば、少なくとも舞は竹中様の間者であることをやめるであろう。竹中様は長崎にてキリシタンを拷問《ごうもん》にかけている。その話を見聞きしたならば、キリシタンの舞が竹中様の間者であり続けることはできまい。そして、舞が間者でなくなったとあらば、卓馬はこれを斬らねばならぬ道理だが、そなたには舞は斬れぬ」

卓馬はしばらく考えて、口を開いた。

「いかにも、それがしには妹は斬れませぬ。お館様の仰《おお》せの通りに動くしかしかたないようでございます」

卓馬が頭を下げるのを見て、舞が嬉《うれ》しげに言った。

「わたくしもさようにいたしたいと存じます」

大膳は舞の顔を見つめたが、何も言わない。源八が感心したように、

「なるほど、殿の〈反間〉の策はお見事でございますな」

とつぶやいた。卓馬はあらためて膝を乗り出す。

「されど、われらは長崎に赴き、いったい何をいたせばよいのでしょうか。いまのままでは皆目、見当もつきません」

大膳は鋭い目になって言った。

「まずは、長崎奉行所へ行け。竹中様の動きを探れば、何を意図されているのかを突きとめることができよう」

「しかし、わたしどもがさような動きをすれば、竹中様はどうされましょうか」

卓馬が訊くと大膳はさりげなく言った。

「おそらく命を狙《ねら》われるであろう。そなたらが、生きてわたしのもとに帰れるかどうかが竹中様とわたしの勝負の分かれ目になろうか」

卓馬は緊張した顔になって言葉を継いだ。

「いまひとつだけ、お聞かせください。お館様は殿より目障りに思われ、お命を狙われておられると存じます。われらが長崎に赴いております間、ご身辺の御守りはいかがされるのでございますか」

源八が顔をしかめた。

「われら家臣がついておるのだ。新参者のそなたがさようなことを案じるのは増上慢《ぞうじょうまん》に聞こえるぞ」

不機嫌な表情で言う源八を手で制して、大膳は口を開いた。

「さように案ずるのも、もっともじゃ。されど、わたしには備えがある」

大膳は手を叩《たた》いて、誰かを呼んだ。それに応じて縁側から大柄な男が広間に入ってくる。男を見て、卓馬と舞は異口同音に驚いた。

「先生――」

「お師匠様――」

広間に入ってきたのは、夢想権之助だった。権之助は黒の袖《そで》なし羽織を着てカルサン袴をつけている。腰に脇差《わきざし》だけをさしていた。

権之助は大膳に向かい合って座ると、手をつかえて頭を下げた。

相変わらず髭《ひげ》を生やしたいかつい顔だ。権之助は、卓馬と舞に顔を向けてにやりと笑った。

「息災そうで何よりじゃ」

権之助に声をかけられて、ふたりはあわてて頭を下げた。

大膳は権之助を見遣《みや》りながら、

「そなたらが留守の間は権之助がわたしのそばにいてくれるゆえ、安心いたせ」

と言った。卓馬は目を瞠《みは》った。

「先生、それでは竹中様の仰せに背くことになりはしませぬか」

権之助は頭をかきながら、平然として言ってのけた。

「何を言う。竹中様には、広島より九州まで連れてきていただき、宝満山で修行ができるよう面倒を見ていただいたが、それだけのことだ。わしは五年前から栗山様より、捨て扶持《ぶち》八十俵をいただいておる。ご恩と言うなら栗山様の方が重い。わしが栗山様のために動くのは武士として当たり前だ」

「では、先生は初めから、わたしたちがお館様のために働くことになると思われていたのでございますか」

卓馬は息を呑んだ。

「それは、お前たちの心まかせにすればよいと思っていた。あくまで竹中様の府内藩に召し抱えてもらいとうて、働くのであれば、それまでのことだ」

「しかし、それではお館様から捨て扶持を頂戴《ちょうだい》している先生とわたしたちが戦わねばならぬことになったかもしれません」

「それはそうだが。互いに戦うて、強い方が相手の頭蓋《ずがい》を杖にて打ち砕くだけのことではないか」

権之助はからからと笑った。

そして黒田様に対してはかねてから遺恨がある細川家も動いているゆえ、ひょっとすると巌流島で佐々木小次郎《ささきこじろう》と戦わせて以来、縁のある宮本武蔵を使うてくるかも知れん、と言った。

「そうなれば、久しぶりに武蔵と立ち合えるぞ」

権之助が嬉しげに言うと、卓馬は苦笑してつぶやいた。

「なるほど、さようでございますな」

ふたりの話が終わるのを待って、大膳は口を開く。

「長崎に行くにあたって、舞には特に申し聞かせることがある」

「なんでございましょうか」

舞は手をつかえて大膳を見上げた。

「わたしと殿の仲が悪くなったのは、気性が違うゆえだが、それだけではないのだ」

舞は懸命に大膳を見つめて話を聞いている。

大膳は庭に目を遣りながら、言葉を続けた。

「殿は幕府の禁じる大船の鳳凰丸《ほうおうまる》を造られ、さらに足軽二百人を召しかかえられた。何のためであったと思う」

「参勤交代のおり、大坂までは大船で行かれ、さらには供ぞろいも増やされて、黒田家の威信を高めようとされたのだと存じますが」

舞が言うと、大膳はゆっくりと頭を振った。

「いいや、違う。殿は鳳凰丸にて海を越えた交易に乗り出されようとしていたのだ」

「海を越えた交易――」

舞は息を呑んだ。卓馬と権之助、源八、龍翁も驚きの表情を浮かべた。

「大友宗麟《おおともそうりん》公ら九州の大名がキリシタンとなったのは、南蛮との交易が狙いであった。イエズス会はポルトガル国王より、南蛮船が交易を行う相手を決めてよいという許しを得ていた。そのため、キリシタンでなければ南蛮との交易はできなかった。それゆえ競ってキリシタンとなったのだ」

「では黒田如水様や長政様も同じ思惑でキリシタンになられたのでしょうか」

舞は首をかしげた。交易の利のためにキリシタンになったのだとすれば悲しいことだと思った。

「いや、如水様も先君もキリシタンの教えに心を動かされ入信されたのだ。しかし、九州の大名として交易の利を考えておられなかったはずはない」

「それでは、お殿様は如水様や長政様がなそうとされたことをなしとげようと、思い立たれたのでございますね」

　舞は昨夜、寝所で会った忠之の顔を思い出した。常に乱暴に振舞ってはいても、どこか素直なやさしさを持っているひとに見えたのだ。

　もし、忠之が祖父や父のできなかったことをしようとしたのだとすれば、それは父に認められたいゆえだったのではないか。

「殿がどのようなお心で思い立たれたのかは知らぬ。だが、わたしは大船で海を越えた交易をするなど、いまとなっては夢物語だと殿に申し上げた」

「それで、お殿様はなんと言われたのでございましょう」

　舞は膝を乗り出した。忠之が何を思っていたのかを知りたいと思った。

「殿は夢を見て、何が悪いと言われた。如水様も長政様も夢を見て戦国の世を生き抜かれたに違いない、わしもそうしたいのだとな」

　大膳は厳しい表情になって言葉を継いだ。

「わたしは泰平の世の大名は夢を見ることは許されませぬ、と申し上げた。領民や家中の者たちが安穏に暮らせるよう願うことだけが泰平の世の大名の夢だとも言った。それを聞かれて、殿は憤られ、それ以来、わたしを憎まれるようになったのだ」

「さようでございましたか」

忠之の胸には果たそうとして、果たすことができない夢があるのだ、と舞は思った。だとすれば忠之の乱暴な振舞いは悲しいものにさえ思えてくる。

「よいか、舞。殿には交易への野心がお有りだ。キリシタンを許されるところがある。だが、わたしは夢を追って生きるわけにはいかぬと思っている。それゆえ、わたしはキリシタンの敵ではないが、味方でもない。そのことを覚えておけ」

大膳に懇々と言われて、舞はうつむいた。

キリシタンである舞を咎めはしないが、キリシタンの味方になってやれるわけではない、とはっきり言われて、不思議に心が軽くなる気がした。

わたしに頼るな、と大膳は言っているのだが、そのようにあらかじめ言うのもやさしさなのではないだろうか。

「わかりましてございます」

舞は手をつかえて大膳を見つめた。その目が潤《うる》んでいることに卓馬は気づいて、顔をそむけた。

権之助が皆の胸の裡《うち》など構わぬ様子で、

「さて、いずれ武蔵が福岡に乗り込んでくる日が待ち遠しいぞ」

と嘯《うそぶ》いた。

十三

数日後——

卓馬と舞は屋敷を出た。

福岡から長崎へ向かうには、日田までの日田街道を行って、途中の山家宿《やまえ》で長崎街道に出なければならない。ふたりとも笠《かさ》をかぶっている。卓馬は杖を背に負い、舞は手にして歩んだ。

そのころ、福岡城の本丸の御座所で倉八十太夫が忠之に、卓馬と舞が旅姿で大膳の屋敷を出たことを報告していた。

この日、忠之は奥から愛猫である白猫を胸に抱いてきていた。

「ほう、あの生意気な女め。とうとう大膳にも放り出されたか」

忠之は白猫の頭をなでながら笑った。十太夫は膝に手を置き、真面目《まじめ》な顔つきで言った。

「あるいは、栗山様に何かを命じられたのかもしれません」

「どの街道に向かったのだ」

「日田街道でございます」

日田街道と聞いて忠之はしばらく考えた。白猫の頭を撫《な》でる手をふと、止めた。

「後はつけさせたであろうな」

忠之はじろりと十太夫を見据えた。

「ぬかりはございません」

「それが、大膳めの狙いかもしれぬがな」

忠之は、白猫を抱え上げ、いとしげに猫の顔を見つめながらつぶやくように言った。

十太夫は首をかしげた。

「栗山様の狙いと言われますと」

「あの女武者はひと目に立つ。隠密《おんみつ》の使いには向いておるまい。むしろ、これ見よがしにどこかへ行かせ、わざと後をつけさせようというのではないか」

忠之は眉根《まゆね》を寄せて言った。

「なぜ、栗山様はさようなことをされるのでしょうか」

「あの男はいつも、わしに何かを教えようとする。それが気に食わぬのだが、あの男が伝えようとすることを知っても損はない。もっとも、そこまで読み切ってしておることかもしれぬがな」

忠之は舌打ちして言った。白猫が驚いたように忠之の顔を見上げた。

十太夫はなだめるように口を添えた。

「栗山様はまさに黒田家の柱石とも申すお方かと存じます」

「そうだ。わが家に忠義を尽くそうとする男だ。しかし、わしへの忠義ではない。家のためならわしをないがしろにすることもためらわぬ男だ」

「それもまた忠義のありようのひとつかと存じます」

十太夫は落ち着いた声で言った。忠之は薄い笑いを浮かべる。

「では、そなたはどうなのだ」

「それがしは殿にお引き立てをいただきました。それがしの忠義は殿に捧《ささ》げるのみにございます」

十太夫はためらうことなく答える。忠之は満足そうな表情を浮かべて、さらに訊いた。

「では、大膳めが黒田家への忠義を言い立てて、わしをないがしろにいたしたときはどうする」

「迷わず、大膳殿を斬りまする」

十太夫は淡々と言ってのけた。

「それで、黒田家が亡《ほろ》びることになってもか」

忠之は白猫の頭をゆっくりと撫でた。

「もとより、家の行く末は殿がお決めになることでございます。家臣の分際でお家の行く末を決めようとするのは、僭上《せんじょう》の沙汰《さた》かと存じます」

十太夫はまっすぐに忠之を見つめた。十太夫の忠義心は疑いようがない、と忠之は思った。

「それに比べて、大膳めは――」

忠之は言いかけて言葉を飲んだ。十太夫は首をかしげ、声をひそめて訊く。

「栗山様はいかなる家臣と思し召されますか」

「希代の叛臣《はんしん》であろう」

忠之は目をぎらぎらさせて言い切った。

十太夫は深々とうなずきつつ、いずれ大膳を斬らねばならない、と思い定めていた。

白猫が、忠之に甘えるように鳴いた。

十日が過ぎた。

長崎の本博多町《もとはかた》にある長崎奉行所で竹中采女正は手紙を読んでいた。かつて、一度、

手紙を寄越した黒田藩家臣と名のる、

——影山四郎兵衛
からのものだった。相変わらずの金釘《かなくぎ》流の文字で、

——深草卓馬と妹舞なる者、栗山大膳の命により、長崎に探索に遣わされて候《そうろう》、ご用心致されたく
と書かれている。

大膳の身辺を調べるために送り込んだ卓馬と舞が長崎に探索にくるとはどういうことなのだろう、と采女正は考えた。

(長崎の探索とは、わしについて何かを調べるということではないか)

その任務がなぜ、卓馬と舞に命じられたのかと考えるうちに、あ奴《やつ》ら裏切りおったな、と思い至った。

大膳を探るはずのふたりが長崎に来るとすればそれしか考えられない。だが、大膳は何を調べさせるつもりなのか、と思いをめぐらすうちに、

——もしや

と思い当たることがあった。

もし、そうだとするならば、卓馬と舞は生かしておけない。ふたりが長崎に姿を見せたなら、すぐさま牢《ろう》に入れるか、斬り捨てるかだ、と采女正は思った。

采女正が下僚を呼んで、長崎に入る者を厳しく監視させようと思ったとき、部屋の外から、

「末次様がお見えでございますが、いかがいたしましょうか」

と下僚が声をかけてきた。

「末次だと。ひとりで参ったのか」

「さようでございます」

会いたくはない、と思ったが、仮にも長崎代官が訪ねてきたのを門前払いするわけにはいかない。

「会おう。通せ――」

采女正は苦い顔で言いながら、影山四郎兵衛の手紙は懐《ふところ》に仕舞い込んだ。

間もなく、ひとりの男が部屋の前の縁側に来て膝をつかえ、頭を下げた。

「竹中様にはご機嫌、うるわしゅう存じます」

丁寧だが、底響きのする声で言った。

采女正の顔がさらに苦虫を噛《か》み潰《つぶ》したようになる。この、末次平蔵という男が嫌いなのだ。

末次平蔵の祖父は博多の商人で末次興善《おきよし》といった。元亀《げんき》二年（一五七一）に長崎が開港すると博多から移り住み、交易で大をなした。

父の平蔵政直《まさなお》は豊臣秀吉から朱印状を下付されて安南に船を出して交易を行った。徳川幕府に政権が移っても、朱印状を受けて船を出し、莫大《ばくだい》な富を築いたのだ。

平蔵は戦国大名のような獰猛《どうもう》な気概にあふれていた。

元和《げんな》四年（一六一八）、平蔵はもと末次家の使用人で、その後、長崎代官となった村山等安《むらやまとうあん》が勢威におごるのを憎んで幕府に訴えた。

平蔵は江戸で等安と対決し、等安が幕府禁制のキリシタンであることを暴《あば》いた。このため等安一族は幼児にいたるまで処刑され、平蔵は等安に代わって長崎代官となった。

平蔵はその後、明国から生糸や絹織物を購入する交易に力を入れたが、このころ東アジアに進出してきたオランダと交易の利をめぐって対立、確執が生じた。

オランダは台湾を中継貿易の基地としてゼーランディア城を構えており、これまでも台湾を交易の拠点としていた日本人商人を排除しようとした。

これに憤った平蔵は寛永五年（一六二八）四月に浜田弥兵衛《はまだやひょうえ》に指揮させて、持ち船二隻《せき》に武装した乗組員四百七十人を乗せ、台湾に派遣した。

弥兵衛はオランダの台湾長官であるヌイツを脅して、人質にとられていた日本人を解放させた。

オランダに対し一歩も退《ひ》かず、闘争心を露《あらわ》にした平蔵は寛永七年に病死し、その後を長男の平蔵茂貞《しげさだ》が継いだのだ。

二代目の平蔵は、放蕩《ほうとう》者として知られ、父親とも仲が悪かったが、それだけに獰猛な気質は似ていた。

突然、面会に訪れた平蔵の顔を采女正は訝《いぶか》しい思いで見ながら、

「きょうは、何用じゃ」

とあえて権高に声をかけた。いかに末次家の者であるとはいっても、先代平蔵ほどの辣腕《らつわん》ではないだろう、と値踏みしていた。

平蔵はあごがながい馬面《うまづら》で目が落ちくぼんでおり、陰気な印象を与える。短足だが、膝頭が分厚く、肩幅があって胴が長いため、座っていると貫禄《かんろく》十分に見えた。

平蔵は大きな口をかっと開けて話し始めた。

「きょう、おうかがいしたのは、ほかでもございません。近頃、長崎では奇怪な噂《うわさ》が

ながれております」

「ほう、どのような噂だ」

采女正はつぶやくように言うと、煙草盆《たばこぼん》を引き寄せ、煙管《きせる》に煙草を詰めて吸い始めた。その様子を平蔵はじっと見つめてから口を開く。

「おそれながら、お奉行様は台湾より参る唐船には一割三分もの関銭をかけておられます。これはお上に入る金ではなく、お奉行様が懐に入れておられます。さらに渡航許可状につきましても、お奉行様の名で出されているものが多く、これについては法外な礼銀を取られているそうですな。それどころか、お奉行様がひそかに密貿易をされて金銀を蓄えられておられるのではないかという噂もございます。これが何のためかと申しますと――」

「待て、それ以上のことは申すな」

采女正は煙管を平蔵に突き付けるようにして、話を制した。

平蔵は憮然《ぶぜん》として口を閉じる。

「そなたの申すことはわかっておる。わしが船を仕立てて、マカオやルソンに船を出し、密貿易の利を得ているということであろう。さりながら、これは、何もわしが私利私欲で行っていることではないぞ、ご老中のお指図に従ってのことだ」

「ご老中土井利勝様のことでございますか」

平蔵は素っ気なく言った。采女正はにやりと笑った。

「わかっておるなら、それ以上、言うには及ぶまい。長崎は商人の集まった町じゃ。奉行たるわしが密貿易をしておってはしめしがつかぬということであろうが、かといって、書類もととのわずに、船を出しておるのは、わしだけではあるまい。面倒な手続きを経ていては、利を失うからと船をひそかに出しておる商人はいくらでもおろう」

「さようでございますなあ」

平蔵はのんびりした声で答えながらも、目は厳しく采女正を見据えている。

「それとも、何か。わしが密貿易で蓄えた金の使い道が気に入らぬと申すのか」

采女正は試すように平蔵を見つめた。

「気に入りませんな」

平蔵は肚《はら》の座った声で答えた。

「なぜだ。申してみよ」

采女正はつめたく言った。

「されば、竹中様は貯《たくわ》えられた金銀を武器弾薬に替えてルソン攻めに使われるおつもりでありましょう。島原藩主の松倉重政様がルソン出兵を唱えておられましたが、昨年、亡《な》くなられ沙汰やみになったかと思うておりましたが、竹中様がその気になられていたとは存じませんでした」

「わしがルソンに兵を出すかどうかはともかく、そなたはルソンへの出兵は反対だと申すか」

采女正に訊かれて、平蔵は大きく首を縦に振った。

「わたしだけでなく、長崎の者は皆、ルソン出兵など喜ばぬと存じます」

「ほう、なぜだ。わが国の力がルソンにまでおよぶのは喜ぶべきことではないのか。台湾でオランダ長官を人質にして連れ帰った末次家の跡取りの言葉とは思えぬぞ」

采女正は皮肉な笑みを浮かべて平蔵を見つめた。

「台湾とは違い、ルソンは遠うございます。たとえ、いったんは占領できてもイスパニアがまた手を伸ばして参りましょう。そのおりにも守り切れましょうか」

「さて、それはやってみねばわかるまい」

「やらずともわかることでございます。何事もやってみなければわからないのは愚か者でございます」

「なるほど、わしは愚か者か」

采女正の目が光る。平蔵は自分の言葉に采女正が腹を立てたことを気にする様子も見せずに、

「竹中様のことを申し上げたわけではございません」

と言って大声で笑った。

采女正は苦い顔になって、

「わたしとそなたのどちらの考えが正しかったか、いずれわかることだ」

「まことにさようでございます」

平蔵は手をつかえ、大仰に頭を下げてから部屋を出ていった。采女正はしばらく煙管をくわえていたが、不意に、

「末次平蔵、このままでは捨て置かぬぞ」

とつぶやいた。

十四

卓馬と舞が長崎に向かってひと月がたった。

この日、大膳は珍しく本丸に上った。

茶の裃《かみしも》姿の大膳が玄関から大廊下を進んでいくと藩士たちが頭を下げ、緊張した表情で見送った。

いまや、大膳が城中に現れることは何かが起きる前触れではないか、と思えるようだ。大膳が御用部屋に入って茶を飲んでいると、十太夫がやってきて頭を下げた。

「栗山様、殿がお召しにございます」

「ほう、殿がわたしに会われるとは、近頃、珍しいことだ。倉八殿が会うように進言されたのであろう」

「さようではございますが、これまでにも、栗山様とお会いくださるよう言上いたして参りました。お聞き入れになられたのは、本日が初めてでございます」

「そうか――」

大膳は立ち上がると、皮肉な目を十太夫に向けた。

「忠義者であることよ」

十太夫はひややかしめいた大膳の言葉に耳を貸さず、無表情なままだった。大膳が廊下に出ると十太夫が従った。

忠之が待つ黒書院に向かう間、藩士たちは大膳と十太夫が連れだっている姿に異様なものを感じるらしく、目をそむけてやり過ごした。

ふたりは、しんと静まり返った大廊下を進んで行く。やがて黒書院の前に出ると十太夫は進み出て廊下に膝《ひざ》をつき、

「栗山様、お召しにより参上されてございます」

と声をかけた。小姓がにじり寄って、手をつかえ、頭を下げて迎え入れる。

「お待ちにございます」

大膳はうなずいて入ると、忠之の前に進み出て跪《ひざまず》き頭を下げた。しかし、顔を上げても何も言わない。

忠之も黙って大膳を見据えている。さすがに、この日は白猫を抱いていない。傍らの十太夫が見かねたように、

「殿、お言葉を――」

と声を発した。忠之はにやりと笑った。

「ほう、自らの我儘《わがまま》でろくに出仕もせぬ、一の家老がひさかたぶりに顔を見せたからといって、わしの方から声をかけねばならぬか」

忠之の言葉を聞いて、大膳はわざとのように両手をつかえ、深々と頭を下げながら言上した。

「殿にはご機嫌うるわしゅう、恐悦至極に存じます」

「機嫌がよいはずはあるまい。ことあるごとにわしに逆らい、説教をいたしおる者がいるのだからな」

忠之が言い放つと、大膳は薄い笑いを浮かべた。

「さて。かように君臣が胸襟《きょうきん》を開いて話し合える家中は諸国にもありますまい。まことにお家安泰かと存じます」

「主君と家老が悪口を言い合える方が、家は長く保てると申すか」

「いかにも」

忠之は黙って考えていたが、

「肥後の加藤家はいかが相成っておる。それを申しにきたのであろう」

大膳はうなずいて話し始める。

肥後の初代藩主だった加藤清正は慶長十六年（一六一一）三月、家康と豊臣秀頼の二条城の会見に立ち会った後、船で九州へ帰る途中倒れ、三カ月後には熊本城で死去した。

嗣子《しし》の虎藤《とらふじ》はまだ十一歳と幼かったため、幕府が家督相続を認めないのではないか、と藩内は動揺した。

幕府は主君が幼いため、五人の家老による合議制とすることで襲封を認めた。しかし、このとき、筆頭家老となった加藤右馬允《うまのじょう》と筆頭から格下げとなった加藤美作《みまさか》の間に確執が生じた。

虎藤は将軍秀忠から一字をもらって忠広《ただひろ》と名乗り、秀忠の養女琴《こと》姫を正室とするなど秀忠のお覚えはめでたかった。

しかし元和四年（一六一八）加藤家の内紛が表面化した。加藤右馬允派が加藤美作派の謀反《むほん》を幕府に訴えて激しく争い、決着がつかなかった。

秀忠の直裁に持ち込まれた争いは、美作らが密《ひそ》かに大坂の豊臣秀頼に通じ援助していた事実が判明したため、右馬允派が勝ち、美作派は流罪《るざい》となった。

忠広の家中取り締まり不行届の罪は年少を理由に免除された。しかし、忠広はこの騒動から領主としての力を蓄えねばならないと痛切に思った。

元和五年の大地震で城が被害を受けており、出費が莫大になったため、忠広は年貢《ねんぐ》を徹底して取り立てた。

鉄砲衆を村々に派遣して年貢を強引に徴収し、さらに夫役《ぶやく》なども押し付けた。このため農民たちは疲弊し、他領への逃散《ちょうさん》も相次いで、農地はたちまち荒廃していった。

しかも忠広は秀忠の嫡男《ちゃくなん》家光の弟の忠長と仲がよく、しばしば忠長へのご機嫌伺いに参上した。このことを側近から聞いた家光は忠広を快く思わなかった。家光が将軍となると、忠広は忠長派だと目されるようになっていた。

「それゆえ、加藤家は危ないと申すのか」

忠之は大膳から顔をそむけ宙を睨《にら》んで言った。

「さようにございます。おそらく秀忠公が逝去《せいきょ》あそばされれば、忠長派と見なされた大名には鉄槌《てっつい》が下りましょう」

「わしは忠長様に親しんではおらんぞ」

「殿はひとを目上に見ることが嫌いゆえ、目上の方と親しもうとはされぬ。それがよいところでもあり、悪いところでもございます」

「また、説教か。聞きたくはないな」

忠之はそっぽを向いた。

「されば、殿のお気に召した者のことを申し上げます」

大膳はやわらかな表情で話を続ける。十太夫は自分のことを言われるのだろうか、と目を鋭くして大膳を見つめた。

「気に召した者とは誰のことだ。十太夫に合子《ごうす》の兜《かぶと》を与えたことなら、そなたが自ら乗り込んで取り返したそうではないか。また、話を蒸し返すつもりか」

「いえ、そうではございません。舞のことでございます」

「舞だと、わしはあの女子が気に入らなかったゆえ、追い返したのだ。よもや勘違いいたしてはおるまいな」

大膳は微笑を浮かべた。

「殿はまことにお気に召した女子には素っ気なくされるのを、それがしは存じております。されど、舞を気に入られたのは、それだけではございますまい。舞がキリシタンであったがゆえでございましょう」

大膳がキリシタンという言葉を口にするのを聞いて、十太夫はあわてて、小姓たちに、下がっておれ、と命じた。小姓たちがそそくさと黒書院から出て行くと、大膳は言葉を継いだ。

「殿のご心中には、父君長政公への思いからキリシタンに同情するところがおありだと、それがしは拝察いたしております。されど、それは幕府のもっとも忌《い》むところでございます。加藤家が忠長様派として嫌われるなら、黒田家はキリシタンにひそかに通じる家として憎まれましょう」

大膳が言うと、忠之はからりと笑った。

「大膳が異なことを申す。わしはキリシタンではないぞ。されば幕府から痛くもない腹を探られることはあるまい」

「ならば、ルソンへ出兵いたされますか」

「ルソンだと？」

忠之は目を瞠《みは》った。十太夫が見かねたように膝を乗り出した。

「栗山様、ルソン出兵のことは松倉重政様が亡くなられ、沙汰やみになったと聞いております。されば、殿には申し上げておりませぬ」

大膳はじろりと十太夫を睨んだ。

「愚か者め、さように、殿には耳触りのよいことだけを申し上げておるゆえ、そなたは佞臣《ねいしん》と言われるのだ。忠義の道を履き違えておるぞ」

大膳に決めつけられて、十太夫は口惜しげに唇を噛んだ。

「松倉重政様は領内のキリシタンがいっこうに減らぬことに手を焼き、宣教師を送り込んでくるルソンを攻略いたしたいと幕府に願い出て、許しを得てございます。松倉様は昨年十一月に亡くなられましたが、ルソン攻めを引き継ごうとしている方がおられます」

大膳は声をひそめて言った。

「誰だ、それは――」

「竹中采女正様にござる」

忠之は、ふふ、と笑った。

「竹中殿は府内二万石の小大名ではないか。ルソン攻めの兵など持つまい」

「されば、兵を得る手立てを考えられましょう」

「どういうことだ」

忠之は訝しげに大膳を見る。

「わが黒田家や加藤家の非違を咎《とが》めて取り潰すのでござる。さすれば浪人があふれましょう。ルソン攻めの兵を集めることなど容易でございます」

大膳は淡々と言った。十太夫は息を呑《の》んで大膳の横顔を見つめた。しかし、忠之は表情を変えない。

「なるほどそなたの申すことはわかった。幕府が罠《わな》を仕掛けて参る故《ゆえ》、油断いたすなと申すのであろう。そのことは承知したが、そなたの賢《さか》しらな物言いは気に入らぬな。家臣たる者が主君に言うには、もっと違う申し様があるはずだ。たとえ、諫言《かんげん》が正しかろうともわしは気に入らぬぞ」

「それがしも殿に気に入られようとは、もとより思っておりません」

平然と大膳が言ってのけると、忠之は額に青筋を立てた。

「慮外者め、いずれ成敗してくれるぞ」

忠之の大喝をどこ吹く風と聞き流した大膳は、

「どうやら、ご機嫌を損じたようでございますれば、引き下がりますが。最後にひとつだけ申し上げておきます」

「なんじゃ」

忠之は吐き捨てるように言った。

「殿のお気に召した舞を兄の卓馬とともに、長崎へ向かわせました。これは、それがしが幕府へ向けて放つ第一矢《だいいっし》でございます」

「なんと、幕府と戦をするというのか」

忠之は息を吞む。

「すでに戦は始まっております。これからも、第二、第三の矢を放たねばなりません。されば、殿にもお覚悟をめされよ」

大膳は、ひややかに言い放った。

十五

栗山大膳は居室で文机《ふづくえ》に向かい、書状を認《したた》めていた。書状を丸めてさらに、包んで封をした。それを手に立ち上がると、広間へ向かった。

広間には、夢想権之助と赤西源八、梅津龍翁が待っていた。大膳は座ると手にした書状を源八に示した。

「これを長崎の竹中采女正様に届けよ」

源八は膝を進めて書状を受け取った。

「卓馬と舞についての書状でございますか」

「そうだ。よしなに頼むと書いておいた」

大膳は薄く笑う。

「しかしながら、お館《やかた》様の思惑通りに竹中様は動かれましょうか」

源八が首をひねって言うと、大膳はうなずいた。

「竹中様はひとの思惑では動かぬ。それだけに却《かえ》って自らの策に溺《おぼ》れるところがある。そこが弱みであろうな」

大膳は権之助に顔を向けた。

「そなたには言うておかねばなるまい。此度《こたび》、長崎に赴いた卓馬と舞は長崎奉行所に追われることになろう」

「ほう、お館様の狙《ねら》いは何でござる」

「竹中采女正様に追われれば、竹中様の敵のもとに逃げ込むしかなくなる。卓馬と舞には竹中様の敵の懐に入ってもらいたいのだ」

「なるほど、ならばやむを得ませんな」

権之助は平然と答える。

「そなたの弟子を危うきに置くのだぞ。かまわぬのか」

大膳が鋭い目で見つめると、権之助は笑った。

「何を仰《おお》せになります。武芸を志す者は身を常に危地に置いております。危うきに応じることができぬようでは武芸者とは申せません」

「そうか、ならば卓馬と舞は危難を切り抜けるであろうな」

「おそらくは。ただ――」

権之助は腕を組んだ。

「ただ、どうした」

大膳は目を細めて権之助を見た。権之助は苦笑する。

「卓馬はともかく舞は見かけによらぬ奔馬《ほんば》でござる。ましてキリシタンであれば、長崎に行ってどのような騒動を起こすかわかりませんぞ」

「騒動はわたしの望むところだ。地獄の釜《かま》の底を打ち破っていかねばならぬと思っておる。舞が騒動を起こせば、それもまたわたしにとって助けになろう」

大膳は穏やかな眼差《まなざ》しを権之助に向けた。権之助はうなずきながら、

「わかり申した。しかし、弟子が危うい使命を果たそうとしておるときに、師である
それがしが何もせぬのは心苦しゅうござるな」

と言った。大膳はゆったりとした笑みを浮かべた。

「なんの、そのうち働いてもらわねばなるまい」

「何かいたすことがございますか」

権之助はうかがうように大膳を見た。

「先に城の宝物庫に入れた合子の兜を奪うのだ」

さりげなく大膳は言った。

「なんと、如水公の兜を――」

「殿は生ぬるい。それぐらいのことをせねば、わたしの命を奪おうとはされぬようだ
からな」

つめたい表情で大膳は答える。

「殿にお館様の命を狙わせるために合子の兜を奪うのでござるか」

権之助は目をむいた。

「驚くことはない。如水様や長政様であれば、わたしのように不遜《ふそん》な家臣の首はとっくにはねられておる。いまの殿はひとにやさしい」

「さようでございましょうか」

忠之がひとにやさしいとは意外だという面持ちで、権之助は首をかしげた。

「一介の武士ならばそれもよいが、藩主たる方がそれでは困る。非情であってこそ、黒田家が生き延びることができるのだ」

大膳は当たり前のことのように言ってのけた。源八がため息をつく。

「お館様はまるで殿に戦を仕掛けられておるようでございますな」

笑いながら大膳は答える。

「武門は泰平の世であっても常に戦をしておるのだ。武士が生きるとはそういうことだ。それが嫌なら武士をやめねばならぬ」

大膳の言葉の厳しさに権之助と源八は顔を見合わせた。

大膳はおのれの向かうところに卓馬や舞だけでなく権之助や源八も伴おうとしている。それは地獄への道ではないか、という気がしたのだ。

「では、如水公の兜をいつ奪うのでございますか」

源八が膝を乗り出して訊いた。

「時を待っておる」

「時を——」

「そうだ。大御所秀忠公が逝去されるときだ。そのときから、すべては動くことになろうからな」

大膳は不敵な笑いを浮かべた。


そのころ、卓馬と舞は本博多町の長崎奉行所を訪れていた。

采女正に面会を申し込むと思いのほかすぐに許された。ただし、中庭にまわるようにと指示された。座敷では会わぬということらしい。

役人に案内されて進みながら、舞は卓馬に囁《ささや》いた。

「中庭に通されるということは、竹中様は、すでにわたしどもが裏切ったと見抜いておられるのではありますまいか」

「そのようだな」

卓馬は平然と答える。

「では、いかがいたしましょうか」

「おとなしく斬《き》られるわけにもいくまい。囲まれたなら、打ち破って逃げるまでだ。

わたしの傍から離れるな」

中庭に入った卓馬と舞は目を瞠った。庭には白い砂利が敷き詰められており、周囲には奉行所の下役が物々しく並び、広間には吟味役と思《おぼ》しい役人が座っている。あきらかに罪人の裁きを行うお白州だった。

「なるほど、かようなことか」

卓馬はあきれたようにつぶやいた。吟味役らしい役人が、卓馬たちに向かって、

「それへ直れ」

と命じた。見ると白州にはすでに十一、二歳ぐらいの武士の子らしい少年が座っていた。卓馬と舞は少年の傍らにおとなしく座った。両刀と杖《つえ》は携えたままだ。

少年は卓馬と舞に白い歯を見せてにこりと笑いかけた。利発そうな目をして、ととのった顔立ちの美少年だった。

卓馬と舞は思わず微笑を少年に返した。すると、吟味役の役人が、

「何を笑っておる。神妙にいたせ、お奉行様のお出ましである」

と叱《しか》りつけた。奥の襖《ふすま》が開いて竹中采女正が出てきた。

采女正は卓馬と舞をつめたく見据えて、

「そなたらが、わしから栗山大膳めに寝返ったことはわかっておる。かようなときの

ためにそなたらの身元はよく調べておいた。深草卓馬の妹、舞がキリシタンであることは紛れもない。すぐさま棄教いたすなら許してとらすが、さもなくば、その者ともに拷問《ごうもん》にかけるぞ」

と言い放って少年を指差した。采女正はさらに言葉を継いだ。

「その者は長崎の町で不思議なる振舞いをいたしおるキリシタンだ。ただいまより牢《ろう》問いにかけてキリシタンであることを白状させるのだ」

采女正の言葉に少年は落ち着いた表情で顔色も変えなかったが、唇を丸めて、口笛を吹いた。采女正が膝を乗り出して、

「不届き者、何をいたす。白州を何と心得ておるか」

と怒鳴った。しかし、少年は口笛をやめない。

役人たちが止《や》めさせようと、側《そば》に寄ろうとしたとき、空から数羽の鳩《はと》が飛んできて少年の肩に止まった。役人たちはぎょっとして少年を見つめた。

少年は鳩を肩に止まらせたまま立ち上がった。

「わたしは町を歩いていて、いきなりここへ連れてこられただけです。もはや、帰ってもよろしゅうございますか」

少年は静かに言った。采女正は目を怒らせて、

「ならぬ。そなたもキリシタンの疑いをかけられたのだ。詮議《せんぎ》はこれからだ」

「わたしは小西行長《こにしゆきなが》の旧臣、益田甚兵衛《ますだじんべえ》の息子で天草《あまくさ》の大矢野《おおやの》村に住んでおります。長崎には医術を学びに来ております。南蛮医術をご存じの方がいないかと町で訊《たず》ねておりましたら、キリシタンの嫌疑をかけられたのです」

少年は清々《すがすが》しい様子で答えた。采女正はなおも厳しく少年を見つめる。

「名は何と申す」

「大矢野村におりますゆえ、大矢野四郎《しろう》と称しておりますが、長崎のひとたちは、天草郡の四郎なので、天草四郎などと呼んだりもします」

四郎はさりげなく言うと頭を下げ、白州から出ていこうとした。采女正は声を高くして、

「詮議はまだ終わっておらぬ。その者を取り押さえよ」

と役人たちに命じた。四郎を押さえようとした役人の手を舞の杖が、

――ぴしっ
と打った。役人はうめいて手を押さえてかがみ込んだ。采女正が立ち上がって舞を睨み据えた。

「そなた、何をいたす」

舞は杖を構えたまま、采女正を見つめ返した。

「長崎におけるキリシタンへの酷《むご》い拷問は伝え聞いております。竹中様はかような少年まで拷問にかけるおつもりでございますか」

「長崎奉行たるわしの務めだ」

采女正は目を光らせて言い放った。卓馬がゆっくりと立ち上がると、背に負っていた杖を手にする。

「竹中様、お察しの通り、われらは裏切り申した。されば、お暇《いとま》仕《つかまつ》ります」

采女正は叫んだ。

「出会え、こやつらは逃げるつもりだぞ」

役人たちが刀に手をかけて詰め寄った。その瞬間、舞の杖がうなりをあげて役人たちの足をないだ。悲鳴をあげて役人たちが倒れる。

卓馬は倒れた役人たちを見据えながら、四郎に向かって、

「さて、参ろうか」

と声をかけた。四郎は白い歯を見せて笑った。

「おふたりに出会えたのもデウス様のお導きでしょう」

四郎は懐から金のクルスがついたロザリオを取り出すと、自分の首にかけた。金の

クルスが日差しにきらりと光った。

役人たちが次々に迫ってきたが、卓馬と舞の杖で叩《たた》き伏せられていく。

四郎はあたかも卓馬と舞という守護天使に守られるかのように、奉行所の門から走り出た。

四郎の肩にとまっていた鳩が空へと飛び立っていった。

十六

卓馬と舞は長崎奉行所の追手を振り切り、長崎の町の坂を駆け上がった。すると、四郎が、

「こちらです」

とふたりに声をかけて導き出した。町屋が続くあたりを抜けていくと、大きな屋敷の裏門に出た。四郎が裏門に近づいて、

「ジェロニモです」

と声を低めて告げる。

門が、ぎぎっと音を立てて開いた。四郎がためらうことなく門内に入るのを見て、

卓馬と舞も続いた。

総瓦《かわら》屋根の広大な屋敷だった。門を開けたのは、屋敷の下僕らしい白髪の男だった。男は四郎を見ると胸に十字を切った。

「追われています。匿《かくま》って欲しいと末次様に伝えてください」

四郎は落ち着いた声で言った。男がそそくさと屋敷の中に向かうと、卓馬が訊《き》いた。

「長崎で末次と言えば、末次平蔵のことか」

「さようです」

「長崎代官の末次平蔵ならキリシタンを取り締まる側ではないか」

卓馬は眉《まゆ》をひそめた。四郎は微笑《ほほえ》んだ。

「表向きはそうです」

「裏では違うというのか」

「長崎には幕府へ見せる表の顔と南蛮に向けての裏の顔があります。キリシタンを取り締まる者が裏ではキリシタンをかばうのです」

「それはキリシタンの信心のためか」

「いえ、長崎の商人は皆、交易の利得のために、ひそかにイエズス会の宣教師とつながりたいと望んでいるのです」

四郎が言い終えたとき、下僕らしい男が戻ってきて、

「旦那《だんな》様がお会いになるそうでございます」

と告げた。四郎はうなずくと、卓馬と舞をうながして裏口から屋敷に上がる。そこに女中が待っていて、四郎たちを案内した。

暗い廊下を何度も曲がって、中庭に面した広間に入った。中庭には松や杉ではなく、葉の大きな南方の植物が植わっている。

広間の真中に螺鈿《らでん》の卓と卓を囲む四つの椅子《いす》があり、そのうちのひとつにひとが座っていた。

豪奢《ごうしゃ》な身なりの町人が末次平蔵だとすぐにわかった。平蔵は、ギヤマンの器で南蛮渡来らしい赤い酒を飲んでいた。

「まあ、お坐《すわ》りなさい」

平蔵に勧められて卓馬たちは椅子に腰かけた。平蔵は三人を案内してきた女中に向かって、皆さまに酒を、と言い付けた。

そして平蔵は三人の顔を見まわした。卓馬は頭を下げて、

「ご厄介になる。それがしは深草卓馬、これなるは妹の舞、ふたりとも黒田藩の家老栗山大膳様にお仕えいたしておる。きょうは四郎殿に導かれてお屋敷に参ったしだい

です」

　と言った。

　平蔵は、ほう、黒田藩の、と言ってしばらく考えてから卓馬をじろりと見た。

「奉行所から逃げたキリシタンを捜して長崎の町はいま大騒ぎになっていますぞ」

「さようか。されど、そのキリシタンを長崎代官の末次殿が匿《かくま》ってくださるとは思いませんでした」

　平蔵は薄い笑いを浮かべた。

「わしの父も昔はキリシタンだったが、棄教した。父は邪魔になる村山等安という男がキリシタンだと幕府に密告して葬《ほうむ》った。だが、まことにキリシタンを敵にしようと思っているわけではない。それでは南蛮との交易ができないからな。すべてはそのための方便というわけだ。それゆえ、困ったキリシタンにはひそかに恩を売るのだ」

　平蔵が言い終えると、四郎が十字を切って手を合わせた。

「神よ、この迷える者をお救いください」

　平蔵は苦笑した。

「わしは迷ってなどおらん。ただ、その子が近頃、長崎の町で神の子として評判の天草四郎だと聞いたから、匿ってもよいと思ったまでだ」

「それが、長崎の表と裏の顔というわけですか」

卓馬の皮肉な問いかけに、平蔵は傲然《ごうぜん》と答えた。

「そうでなければ、この長崎の町では生きてはいけんのだ」

「匿う代わりにわたしたちに何をしろと言われるのです」

卓馬が訊くと、平蔵は唇を舌で湿してから口を開いた。

「キリシタンの復讐《ふくしゅう》だ」

「キリシタンの復讐?」

卓馬は首をかしげる。舞はキリシタンだが、自分は違うだけに復讐などは思いもおよばなかった。

卓馬が答えずにいると、舞は身を乗り出した。

「キリシタンならば敵を憎むなと教えられます。しかし、いまわたしは竹中奉行を憎いと思っています」

「そうだろう。だから、あんたらにキリシタンの復讐をさせてやろうというのだよ」

舞が問い返す前に、平蔵は四郎に顔を向けた。

「本当に神の子ならば苦しむキリシタンたちのために立ち上がるだろうからな」

「わたしは神の子ではありません」

四郎はきっぱりと答えた。平蔵は鼻で笑う。

「ひとが神の子だと思えば、そうなるのだ。もともと神様とはそういうものでないのかね。ひとがどのように思うかでできあがったものだ、とわしは思うがね」

四郎はゆっくりと頭を横に振っただけで何も言わない。平蔵は四郎を睨み据えた後、卓馬に顔を向けた。

「奉行所から追われているあんたたちだから言うが、わしは竹中采女正様の不正を江戸表へ訴え出ようと思っている」

「なんと」

卓馬と舞は息を呑んだ。

「竹中様は長崎奉行でありながら、ひそかに密貿易を行い、蓄財をしている。わしの睨んだところ、竹中様が蓄えた金は十万両を越える。竹中様はこの金を軍資金にルソンを攻め取るつもりなのだが、そんなことをされたら、交易ができなくなって長崎の者は難渋する。だから訴え出るのさ」

「さようなことをしてはただではすみますまい」

卓馬が緊張した表情で言うと、平蔵は嗤《わら》った。

「金儲《もう》けをするために商人が命をかけるのは当たり前のことさ」

「それで、わたしたちに何かをしろと言われるのですか」

　卓馬は油断なく目を光らせて訊いた。

「察しがいいな。あんたらは、福岡から来たらしいから、江戸までとは言わん。この屋敷を出て、筑前《ちくぜん》の秋月に行くまで、わしを護衛して竹中采女正様の手から守ってくれないかね」

「秋月まで、わたしたちがあなたを守るのですか」

　秋月が故郷である舞は驚いた。

「秋月にはわしの祖父興善様の屋敷がある。あそこでなら、ゆっくりと訴えの準備ができるというものだ。長崎では何をするにしても奉行所の目が光っている。秋月で上訴の書状を書き上げ、博多から、わしの使いを江戸へ向かわせようと思う。いま言った通り、わしのやろうとしていることはキリシタンの復讐にもなる。奉行所から逃げ出したキリシタンのあんたらなら、守ってくれそうだ、と思ったのだ」

　卓馬はじっと平蔵を見た。

「われらの主人である栗山大膳様の館は秋月からほど近うございます。そのこともご存じなのですね」

「知っているとも、栗山様が藩主忠之公と犬猿の仲だということもな。だからこそ、わしのような者がすることを黙って見て見ぬ振りをしてくださるのではないかね」

平蔵はからりと笑った。あまりにも途方もない平蔵の頼みに戸惑った卓馬と舞は顔を見合わせる。

舞は何を思ったのか、四郎に問いかけた。

「四郎様はどう思われますか」

四郎は少し考えてから答えた。

「神のなされることには、なにひとつ無駄がないと思います。その理由がわたしたちにはわからなくても、神にはきっと何かお考えがあるのです。あなたがたがわたしと出会い、この屋敷に来たのも、神のお考えによるものでしょう」

「では、末次様を秋月にお連れすることは神の御心にかなうのですね」

舞があらためて訊くと、四郎ははっきりとうなずいた。

「何事も主の思し召しです」

四郎の目は澄んで輝いていた。

「わかりました。主のお教えに従いましょう」

舞はうなずく。四郎は首をかしげて、舞を見た。

「不思議です。あなたはまるで主にお会いしたことがあるように落ち着いておられます」

「いいえ、わたくしは信仰が足りず、主にお会いすることはいまだにできません。ただ、主がひとびとの苦しみを背負われて磔《はりつけ》になられたように、多くのひとの苦しみを背負い、茨《いばら》の道を歩もうとしている方を存じているのです」

四郎は微笑して訊いた。

「わたしもお会いしたい。それはどなたなのですか」

「申し上げられません」

舞は目をきらめかせて答えた。

末次屋敷に身をひそめた卓馬と舞が秋月に向かう平蔵の供に身なりを変えて、屋敷を出たのは三日後のことだった。

平蔵が予測した通り、屋敷のまわりには奉行所の役人の目が光っていた。

しかし、平蔵は秋月にある祖父の屋敷に行くと届けており、長崎港から船に乗るわけではないとわかると、役人たちの警戒の目は緩んだ。

舞は女人の姿になって侍女を装《よそお》い、旅姿で手に杖を持った。卓馬は駕籠《かご》かき人足の身なりで平蔵が乗る駕籠を担《かつ》ぎ、息杖《いきづえ》を手にした。

平蔵の出発とともに四郎は天草郡大矢野村へと帰っていった。

奉行所の役人の目をかいくぐって、平蔵の一行は長崎街道に出た。秋月の末次屋敷に入ったのは十日後のことだった。

卓馬が秋月から福岡の大膳のもとへ書状で仔細《しさい》を報《しら》せると、返書とともに、福岡藩領内から江戸までの通行手形が届いた。そして返書には、

――虎《とら》
の一字だけが判じ物のように記されていた。卓馬が大膳からの返書を見せると、平蔵はにやりと笑った。

「虎は千里を走って千里を帰ると申します。江戸への訴えの上首尾を願われているということでしょう」

だが、大膳が「虎」の文字に託したのは、〈黒田八虎《はっこ》〉のひとりであった父栗山備《び》後《ご》の志を継いで、すべてのことを行っているという意なのではないか、と卓馬は思った。

平蔵は秋月の屋敷で訴状を認めて、番頭と手代に託して江戸へ向かわせた。その後、何気ない様子で長崎へ戻った。

寛永八年（一六三一）十二月のことだった。

卓馬と舞は福岡の大膳のもとへ平蔵の訴状の写しを持参した。

平蔵の訴状は綿密を極めており、証《あかし》となる書類なども添えられていた。大膳は卓馬と源八、夢想権之助、舞、龍翁が控えた広間で熱心に訴状に読みふけった後、

「なるほど、ここまで詳しければ、老中方も無視するわけには参るまい。竹中采女正様は思わぬ手強《てごわ》い敵を作ったようだ」

と満足げにつぶやいた。源八が案じるように首をかしげる。

「されど、窮地に落ちた竹中様は老中方の歓心を買うため、わが藩への攻め手を強めるのではありますまいか」

大膳は薄く笑みを浮かべた。

「それも考えられるな。足もとが崩れるまえに、大きな獲物《えもの》を仕留めて老中方のお覚えをよくせねばならぬと覚悟するやもしれぬ。そうなれば、まさに手負いの虎だな」

「いずれにしても戦は避けられぬということでございましょう」

権之助は何でもないことのように言った。

「闇《やみ》に潜む虎と戦うことになろうな」

大膳は皮肉な笑みを浮かべて、

さらばよ急げ　急げ使、涙を文に巻き込めて

と謡曲を口ずさんだ。『夜討曽我《ようちそが》』の一節である。源頼朝《みなもとのよりとも》の側近、工藤祐経《くどうすけつね》を父の仇《かたき》と狙う曽我兄弟が、征夷大将軍《せいいたいしょうぐん》の催す富士の御狩で仇討を果たした話は、能などで伝えられている。

仇討を前に曽我兄弟はふたりの従者に母への形見を届けさせようとする。主人たちとともに死ぬ覚悟でいた従者たちは必死でこれを拒む。しかし、曽我兄弟の母への思いをこめた説得に応じ、涙ながらに形見の品を受け取り、母のもとへ向かうのだ。末次平蔵が江戸へ向かわせた使者が早く着けばよいがとの意を、大膳は謡曲にこめていた。

龍翁が大膳に応じて、謡《うた》った。

けふ出《い》でていつ帰るべき故郷《ふるさと》と、

思へば猶《なお》もいとどしく。

名残りをのこす我が宿の、名残りをのこす我が宿の、

垣根の雪は卯《う》の花の、咲き散る花の名残りぞと、
我が足柄や遠かりし、
富士の裾《すその》野に着きにけり、富士の裾野に着きにけり。

曽我兄弟が富士の裾野に着き、間もなく仇討が始まろうとしている情景を、龍翁は謡った。卓馬と舞は、龍翁の謡《うたい》に耳を傾ける大膳の厳しい表情に粛然となった。

十七

竹中采女正はこのころ、大御所秀忠の重篤《じゅうとく》を知り、江戸へ行っていた。末次平蔵が老中に対し、訴え出たことはすぐに知らされた。土井利勝はひそかに采女正を屋敷に呼び寄せた。

利勝は家康によく似ていると言われている、しもぶくれの顔に苦笑をうかべて、訴状を采女正の膝元《ひざもと》に放り出した。

「竹中殿も随分と長崎の者に憎まれたようでござるな」

采女正は訴状を手に取り、丹念に読んだ後、静かに巻き終えた。

「まことに末次めは、よう調べております。いささかも間違いがございません」

「ほう、罪を認めるというのじゃな」

「罪でございますか――」

采女正はちらりと利勝に鋭い視線を投げかける。罪と言えば、自分に密貿易を行わせ、ルソン征討の軍資金を蓄えさせた将軍家光にあるのではないか、と言いたげだった。

利勝はさりげなく目をそらして、

「竹中殿が言いたいことがわからぬわけではない。されど、それはまだ表に出さぬ方がよろしかろう」

「さようにございますか。それでは、それがしは罪に問われることになってしまいませぬか」

「何を言う。わしの胸三寸で長崎の者の訴状などにぎりつぶせる。ただし――」

利勝は思わせぶりに口を閉ざす。そのまま、黙った利勝にしびれを切らした采女正が、

「何でございましょうか」

と訊くと、利勝はようやく答えた。

「九州の加藤、黒田の始末がうまくいったならば、上様は長崎の者の訴えなどに耳を貸されまい」

「それは加藤と黒田をつぶさなければ、それがしも咎《とが》めを受けるということでございましょうか」

「上様はルソン征討を楽しみにしておられる。加藤、黒田をつぶし、九州の兵を率いて竹中殿がルソンに向かわれるならば、お咎めになろうはずもない」

「では、もし、加藤、黒田がつぶせなかったときはいかがなるのでございますか」

采女正がうかがうように訊くと、利勝は温厚な表情で、

「まあ、覚悟はしておけ」

と当たり前のように言った。

采女正は利勝の顔を見つめながら唇を嚙《か》んだ。


寛永九年（一六三二）正月二十四日――

大御所徳川秀忠が逝去《せいきょ》した。二十六日の夜、増上寺へ野辺送りが行われた。さらに二月二十二日に勅使が弔問に京を出発し、二十六日には諸大名に形見分けが行われた。

忠之は秀忠の葬儀に参列して、三月十一日に暇《いとま》を賜わり、帰国の途についた。

忠之が福岡に着いたのは四月に入ってからのことだった。このころ肥後の加藤家をめぐる、あわただしい動きが起きていた。老中土井利勝のもとに、熊本藩主加藤忠広に逆心ありとの投げ文が届けられた。利勝が調べてみると、投げ文を行った者は加藤家の家臣で、前田五郎八《まえだごろはち》というものだった。

このとき、家光は日光東照宮に参詣《さんけい》していたため、利勝は宇都宮で宿泊していた家光のもとに急使を立てた。

急使の報せを受けた家光は事態を重く見て、稲葉丹後守正勝《いなばたんごのかみまさかつ》を上使として肥後に遣わすことを命じた。

この時、在国していた忠之は上使が筑前国遠賀郡山鹿《おんがやまが》を過ぎると聞いて、倉八十太夫と黒田市兵衛《いちべえ》を遣わして接待させようとした。

十太夫は命を受けるや、市兵衛とともに黒田家の威信を損なわぬよう、足軽多数を供に引き連れて山鹿に向かった。

ところが山鹿では意外なことが起きる。上使稲葉丹後守は十太夫に対して、

「黒田家にさような者がおるとは聞いておらぬ。筋目の者にしか会わぬ」

と面会を拒絶し、市兵衛とだけ会った。

このことを福岡に戻った十太夫から広間で聞いた忠之は激怒した。大膳が幕閣に手をまわして、十太夫を黒田家の重臣と認めさせなかったのだ、と思った。

「大膳め。手討ちにいたしてくれる」

忠之は大膳の屋敷に押しかけようとした。だが、これを十太夫が必死になって止めた。

「お待ちくださいませ。これは栗山様のなしたこととは思えません」

「なんだと」

忠之は顔色を変えた。

「此度《こたび》の上使は加藤家を咎めるために遣わされるのでございます。その上使が黒田家の接待役をないがしろにされたのは、加藤家だけでなく、黒田家をも屠《ほふ》ろうという将軍家の狙いがあるからでございましょう」

「まことさように思うか」

忠之はじろりと十太夫を睨《にら》んだ。十太夫は大きくうなずく。

「大御所様がお亡《な》くなりになり、世の流れが変わろうとしているのではございませんか。その大きな渦に巻き込まれてはなりません。栗山様が加藤家の成り行きを見よと申されたのは、このことかと存じます」

十太夫の言葉を聞いて、忠之は大きく息を吐いた。

「またしても大膳の言葉に踊らされるのか。腹立たしい限りじゃ」

十太夫は手をつかえて言った。

「いま、しばらくのご辛抱にございます。殿が思うままに生きられる日が、きっとやって参ります」

十太夫に言われて、忠之はそうかな、とつぶやいた。そして胸の内で、

「大膳めが生きている間は、わしはさような生き方はできぬのではないか」

とつぶやいた。

この日から、しばらくして福岡城下に奇怪な噂《うわさ》が流れた。

幕府の上使から恥をかかされたことに憤《いきどお》った忠之が、山鹿での顚末《てんまつ》を噂する町人を側近の者に斬《き》らせているというのだ。

かねてから成り上がり者の十太夫は福岡や博多の町人たちから評判が悪く、十太夫が上使に会えなかったという話は評判になっていた。

このため町人たちの間で山鹿の噂をする者は多かったが、そんな話をした後、藩士に斬られるのだという。

博多綱場《つなば》町で夜中に立話をしていた町人ふたりは、いきなり闇の中から出てきた武士に斬り付けられ、ひとりは絶命し、もうひとりは命からがら逃げた。

福岡呉服《ごふく》町でも町人三人が襲われ、ひとりが斬られてほかのふたりは逃げ延びた。

この話は瞬《また》く間に広がり、町人たちは震え上がった。

ある夜、唐人《とうじん》町で薬の行商の男ふたりが世間話をしながら家路をたどっていると、辻角《つじかど》から頭巾《ずきん》をかぶった武士が出てきた。武士はすらりと刀を抜いて、

「山鹿の話をしていたであろう」

と言った。行商のひとりが、

「滅相もない。世間話でございます。山鹿の話などいたしておりません」

と答えたが、武士はゆっくりと頭を横に振った。

「いや、たしかに山鹿の話をしておった。わしはこの耳で聞いたのだ」

白刃を光らせて行商の男たちに近づこうとした武士は、ぴたりと足を止めた。行商の男たちの背後に大柄な黒い影が立っている。

「山鹿の話ならわしもいたしたぞ。斬るなら、わしを斬れ」

黒い影が行商の男たちの前に出てきた。見ると、手に杖を持っている。その杖を見た武士は、

「夢想権之助か」

とうめくように言った。

「ほう、わしを知っておるのか。それならばちょうどよい。訊きたいことがあるゆえ、このままおとなしくついて参れ」

権之助が近づこうとすると、武士は気合いを発して斬り付けてきた。権之助は無造作に刀を杖で叩く。すると、その一撃だけで刀が根元から折れた。

武士は折れた刀を呆然《ぼうぜん》として見つめたが、すぐさま、刀を投げ捨てて脇差《わきざし》を抜いた。

権之助は悠然と近づく。

「刀でかなわぬ者が、脇差でどうするというのだ。おとなしくつかまることだ」

権之助は杖を突きつけた。

武士は腰を落として身構えていたが、不意に踵《きびす》を返して逃げ出した。

「たわけ――」

権之助はふわりと跳躍すると武士の後頭部を上から杖でなぐりつけた。男はたまらず、うつぶせに地面に倒れる。

権之助は倒れた武士の側に寄り、気を失っているのを確かめると背中にかつぎあげた。

武士を軽々とかついだ権之助が去っていくのを、行商の男たちは怖々と見送った。

権之助は武士をかついだまま、大膳の屋敷に戻ると、中庭に入っていった。中庭で男を下ろして、まだ灯りがともっている部屋に向かって呼びかける。

「お館《やかた》様、お言いつけ通り、怪しい者を召し捕って参りましたぞ」

障子が開いて、手燭《てしょく》を持った着流し姿の大膳が出てきた。

大膳は中庭に下りると、倒れている男の傍に寄って頭巾に手をかけてはがし、顔を手燭で照らした。

「もはや、死んでおるようだな」

大膳はひややかにつぶやいた。権之助は驚いて武士の傍に片膝をついた。

「何と、さようなはずはござらん。わしは気絶させただけですぞ」

「これを見よ」

大膳は手燭を武士の口元に近づけた。口から赤い糸を引くように血が流れている。

「やっ、いつのまに舌を嚙みおったか」

権之助はうめいた。

「正体を知られることを恐れたのであろう」

大膳は淡々と言った。

「では幕府が放った隠密《おんみつ》でございますか」

「いや、おそらくは細川だ。加藤家が危ういのを見て、わが藩も一気にゆさぶろうというのだろう」

「まことに油断なりませぬな」

権之助はため息をついた。大膳は立ち上がると、

「かようなことがこれからはますます多くなろう。大御所が亡くなられ、これからは正真正銘、家光様の治世となる。あの方は酷いことがお好きなようだからな」

大膳は冷徹な物言いをすると、この遺骸《いがい》を始末しておけ、と権之助に命じて背を向けた。しかし、二、三歩してから振り向いた。

「主命を守って自害して果てた男だ。ねんごろに弔ってやるがよい」

大膳は言い残して広縁に上がり、座敷へと入る。燭台の灯りで大膳の影が障子に映っていたが、間もなく明かりがふっと消え、影も見えなくなった。

肥後に着いた上使は忠広に対して、

「二十一ヶ条の不審の条々を申し渡す。至急出府せよ」

との命を伝えた。

これに驚いた忠広はあわてて参府の途についた。しかし忠広の行列が五月に入って品川に着いたとき、上使が入府を止めた。

そして忠広に池上の本門寺で待機せよと命じた。忠広がやむなく本門寺に入ってまつほどに、六月一日になって、上使が本門寺に遣わされて、

「平素の行跡正しからず」

の名目で五十二万石没収の沙汰《さた》が下った。忠広はあまりに突然の改易に仰天したが、幕命を拒むことはできなかった。忠広は出羽庄内《でわしょうない》の酒井忠勝《さかいただかつ》に預けられて一万石をあてがわれ、嫡男光正《ちゃくなんみつまさ》は飛騨《ひだ》に配流《はいる》されて金森重頼《かなもりしげより》に預けられた。

加藤清正の武名を伝える加藤家は、九州から消滅したのである。

加藤家の改易にともない、その跡には小倉から細川忠利が熊本五十四万石に加増移封されることになった。

細川家の後、小倉には忠利の義兄弟である小笠原忠真《おがさわらただざね》が入る。忠利は加藤清正の築いた熊本城に入り、忠利の父である忠興は隠居所として八代城《やつしろ》に住むことも定まった。

細川家の肥後入部が決まって間もなく、小倉城をひとりの浪人が訪れた。忠興は広間で機嫌よく浪人と面会した。

浪人は総髪を梳《くしけず》らず、垢《あか》じみた筋骨たくましい体をしている。眼光が異様なほど鋭

く、虎を思わせた。

忠興はにこやかな表情で浪人に声をかけた。

「武蔵、よく来てくれたな」

浪人は二天一流を創始した武芸者として世に名高い、

――宮本武蔵
だった。

「それがしの養子である伊織《いおり》がお仕えいたす小笠原様が小倉に入られることになりましたゆえ、なにはともあれ、細川様にご挨拶《あいさつ》いたさねばと思い、参上いたしました」

武蔵は野太い声で答えた。忠興はうなずいてから、武蔵を見据えて口を開く。

「そなたにしてもらいたいことがあるのだが、よいかな」

「なんなりとお申し付けくだされい」

「夢想権之助なる武芸者が邪魔立ていたすかもしれぬが、かまわぬか」

忠興に訊かれて、武蔵は権之助など歯牙《しが》にもかけていないといった様子で、声をあげずに笑った。

十八

寛永九年（一六三二）六月十二日——

竹中采女正は江戸から豊後《ぶんご》府内城に戻った。

加藤家改易に伴う城明渡しなどの手続きを差配するためだ。家臣を熊本城に派遣すると同時に、九州の諸大名の動向を探った。

加藤家改易は九州の諸大名に衝撃を与えていた。

猛将加藤清正の家でさえ、幕府の意向によってあっさりとつぶされるのだ。明日は、わが身ではないか、という思いが大名たちの心胆を寒からしめたのだ。

すでに加藤家改易後に肥後への移封が内定している細川家は別としても、薩摩《さつま》の島津、肥前の鍋島《なべしま》、さらに筑前の黒田など大藩の動向に目を光らせた。その中でもただならぬ気配を漂わせているのが黒田藩だった。

府内に戻った采女正のもとへ、また影山四郎兵衛から、

——忠之公、近々、栗山大膳殿を誅《ちゅう》されるとの噂之《こ》れ在り。大膳殿、忠之公の謀反《むほん》

の証を所持せられる由《よし》
との手紙が届いていた。

(黒田は相変わらず、もめているようだ。これを機に何か打つ手はないか)

府内城の居室で影山四郎兵衛からの書状を読みながら考えた采女正は、

「ここは、あのお方を頼るしかないか」

とつぶやいた。采女正の脳裏にあったのは、

——細川忠興
の顔である。黒田家の初代藩主長政と武勇だけでなく調略の才も競ってきた忠興は、采女正にとって頼もしい味方だった。

熊本城の明け渡しが終われば、細川家が肥後へ入国することになる。その打ち合わせという名目で小倉を訪れることができると采女正は思い当たった。

翌日——

采女正はわずかな供まわりだけで、小倉に騎馬で向った。城に入り、藩主細川忠利と熊本城引き渡しについて打ち合わせした後、隠居所の忠興を訪ねる。

忠興は三斎と号し、利休七哲のひとりでもあるだけに茶の嗜《たしな》みが深い。采女正を隠

居所の茶室でもてなした。

狭い茶室でふたりきりになると、采女正は懐《ふところ》から、影山四郎兵衛の書状を取り出し、忠興に差し出した。

忠興は書状にちらりと目を走らせたが、眉毛ひとつ動かさなかった。書状を膝前に置いて茶を点《た》て始める。

「今年の四月、黒田忠之殿が帰国したおりのことを聞かれたか」

忠興は茶筅《ちゃせん》を手にして采女正に訊《き》いた。采女正は眉をひそめる。

「いえ、存じませぬが」

「それは、幕府の九州探題とも言うべきそこもとにしては迂闊《うかつ》なことだな。秀忠公の葬儀に参列した黒田殿が福岡に戻ってきたときのことだ。藩主の帰国のおり、主立った家臣は箱崎まで出迎えるのが黒田家の習わしなのだ。ところが、忠之殿が箱崎に着いたとき、道端にそろった家臣たちの中に栗山大膳の顔はなかった」

「まことでございますか」

采女正は興味深げに忠興の顔を見た。

今年の正月は采女正も江戸にいた。秀忠の薨去《こうきょ》であわただしい日々を送り、黒田家の内情にまで目が届いていなかったのだ。

「それで、忠之殿は激怒されて、行列が城に入る前に家来を大膳の屋敷に遣わして問い質《ただ》したそうな。だが、栗山家の家臣は病だとの一点張りで、けんもほろろであったそうな」

「それでは黒田様の怒りは静まりませぬな」

采女正はうなずく。忠興は茶碗《ちゃわん》を采女正の膝前に置きながら、

「それにしても忠之殿は不覚人だな。先代の長政殿であれば帰国したその日のうちに無礼を咎めて、大膳を手討ちにするか、討手を差し向けたであろう」

とつぶやくように言った。

「さようでございますか」

茶人めいた風貌《ふうぼう》を備えながらも、戦国大名の荒々しさを失わない忠興の言葉に采女正は息を呑《の》んだ。

「少なくとも、わしならそうするのう。しかし、黒田家ではいまだに忠之殿と大膳が睨みあったままのようだ。なんとも生ぬるいのう」

忠興はくっくっと笑った。

采女正は茶を喫した後、膝をあらためて忠興に顔を向けた。

「本日、おうかがいいたしたのは、お願いがあってのことでござる」

「わかっておる。黒田家のことを手伝えというのであろう」

忠興はさりげなく答える。采女正は頭を下げた。

「さようにございます。何分にも加藤家より、黒田家は手強い相手と思いますゆえ」

「案じるな。すでに宮本武蔵という剣術使いを黒田に潜り込ませておる」

武蔵の名を聞いて、采女正は首をかしげた。

「その者は、それがしが使っておった夢想権之助なる武芸者を敗った男ですな」

「武蔵はわが家とはいささか関わりがあるのだ。目先の利《き》く男ゆえ、我が家が肥後に移封になると聞いて挨拶にきた。それゆえ、福岡に放ったのだ」

「それは、まさに好都合でございました」

忠興がすでに手を打っていると聞いて、采女正はほっとした表情になった。忠興は膝前の書状に目を遣《や》って、

「さしずめ、大膳が握っておるという忠之殿の謀反の証を手に入れることだな」

「大膳がそれがしに差し出すのであればよろしいのですが」

采女正が言うと、忠興は含み笑いをもらした。

「そこもとは黒田をご存じないな」

「何と言われまするか。それがしは黒田家とは戦国の世から因縁浅からぬ竹中家の者

にございますぞ」

采女正は心外な顔をした。だが、忠興はふたたび、茶を点てながら、

「戦国の世を渡るに際し、黒田如水殿がどれほど凄《すさ》まじい謀略を行ったかは、同じ時代を生きた者にしかわかるまい。もし、如水公譲りの謀略を行う者がいまなおおるとすれば、黒田は手強いと思わねばならぬ」

と諭すように言った。

忠興は自ら点てた茶をゆっくりと喫した。その横顔には戦国大名の厳しさが滲《にじ》み出ている。

この日――

黒田忠之は倉八十太夫を福岡城の御座所に召し出した。

「どうだ。大膳は、いまだに登城せぬようだな」

忠之が薄ら笑いを浮かべて言うと、十太夫は片膝ついて答えた。

「病との届けを出したまま、屋敷に引き籠《こも》っておられます」

「ほう、そうか。大膳め、仮病とは芸のないことだ」

忠之は嗤った。どす黒いまでの怒りが表情に滲み出ていた。

（大膳め、主を主とも思わぬ奴《やつ》だ。このままには捨て置かぬぞ）

加藤家が内紛を起こしたがゆえに、幕府につぶされたことは忠之にもわかっていた。幕府の次の狙《ねら》いが、豊臣系大名である黒田家だということは小児でも予想のつくことだった。しかし、幕府を恐れて家中を平穏に保とうとは、忠之は考えていない。

幕府何するものぞ、という気概が忠之にはあった。

加藤家改易を聞いてから忠之は側近の者たちにもらしていた。

「加藤はなぜおめおめと引き下がるのだ。熊本城は清正公が精魂傾けて建てた難攻不落の名城だというではないか。幕府が何を言おうが九州で籠城《ろうじょう》いたさば、江戸から軍勢を送ろうともさしたることはない。かといって近隣の大名たちは、いずれは、わが身も同様かと思えば、まともに戦いはすまい」

大いに息巻く忠之はさらに激しい口調になるのが常だった。

「城に籠って遠路はるばると九州まできた幕府軍を迎え討てば、おのずと勝機は生まれようぞ」

側近たちは、あまりの放言にうろたえて、酒色を勧め、忠之の猛気をなだめようとしたが、いまも収まってはいない。

そんな忠之は帰国のおり箱崎にまで出迎えなかった大膳を何度も登城するように、

うながしていた。忠之は苦い顔で告げた。

「大膳の屋敷に馬廻り役の山下平兵衛《やましたへいべえ》を遣わし、病が癒《い》えたであろうから、すぐに出仕いたすよう伝えい」

十太夫ははっと頭を下げたが、

「栗山様は、なかなかお出にならぬかと存じますが」

とうかがうように忠之の顔を見る。

「根気競《くら》べじゃ。主君たる身がいつまでも家臣にないがしろにされておるわけにはいかぬ。決着をつけてくれよう」

忠之の押し殺した声を聞いて、十太夫ははっとした。

「それでは登城された栗山様を誅《ちゅう》されるのでございますか」

笑っただけで忠之は答えようとはしなかった。

十太夫に命じられて山下平兵衛が栗山屋敷に向かった。平兵衛は門番に呼びかけて門を開けさせ、さらに玄関先に立つと、

「殿よりお達しである」

と大声で言った。あわてて赤西源八が出て来て玄関に跪《ひざまず》く。平兵衛は源八を見据え

て口を開いた。

「殿には、栗山様の病を気遣われておられます。ご容態はいかがでござろうか。さらには、ご本復なされたら、すぐに登城されるようにとの仰《おお》せでございます」

源八は手をつかえて答える。

「申し訳ございませぬ。主人はいまだ病は癒えておりませず、登城できるのはいつになるかわかり申さず、まことに恐れ多いことにございます。殿のお気遣いの旨《むね》、主人に伝えますゆえ、本復いたしたならば、必ずやすぐにも登城いたすと存じます」

源八の言葉が終わらぬ内に屋敷の奥から小鼓《こつづみ》の音が聞こえてきた。平兵衛の顔色が変わった。

「栗山様のお屋敷にては、主人が病床にあるにも拘《かか》わらず、音曲をなす方がおられますのか」

厳しく問いかけられて源八は困惑した表情を浮かべる。

「いや、病の主人をなぐさめるための鼓かと存じます」

「ほう、栗山様の病とは登城はできぬが、音曲は楽しめるのでござるか。さても都合のよい病でござるな」

平兵衛は皮肉たっぷりに言うと、このことは殿にご報告いたしますぞ、と言い捨てて踵を返し、門から出ていった。

源八はやれやれという顔をして奥に向い、中庭に面した大広間に入った。

大膳は大広間に座り、中庭に設《しつら》えた能舞台で、舞が梅津龍翁の介添えで能を舞うのを見物していた。

大膳の前には酒器をのせた膳《ぜん》がある。大膳は朱塗りの盃《さかずき》を口元に運びながら能舞台を見遣っていた。傍らに権之助と卓馬も控えている。

大広間に入ってきた源八は大膳の前で手をつかえた。

「殿より、お館様の容態を問い合わせる使者が見えられました。殿には本復したならば、すぐに登城せよとの仰せだそうでございます」

「そうか」

大膳はかすかな笑みを浮かべただけで能舞台から目を離さない。

源八は膝を乗り出した。

「殿はもはや我慢の糸が切れたようにございます。もし、ご登城されねば討手を差し向けてこられるのではありますまいか」

「焦《あせ》るな。わたしの出方はすでに考えてあると申したはずだ」

「では、赤合子《あかごうす》の兜《かぶと》を――」

源八は息を呑んだ。

十九

「宝物庫に納められました兜をなぜ、またもや取り戻そうとなさるのでございますか」

源八が訊いたが、大膳は答えない。そのとき、舞を終えて、能舞台を下りた舞が、龍翁とともに大広間に上がってきた。

「よき舞であった。ふたりに盃をとらせるぞ」

舞と龍翁に大膳は盃を与えた。舞は白い指で盃を持ち、注がれた酒をひと息に飲み干す。大膳が莞爾《かんじ》と笑って、

「舞は酒が強いようじゃ。もう一献、参ろうか」

と言うと舞は、大膳を見つめて、

「それよりも、合子の兜を取り戻すわけをお聞かせくださいませ。お館様は、赤西様が訊《たず》ねられたことに答えておられませぬ」

と毅然《きぜん》として言った。舞いながらも源八の声を耳にしていたのだ。

「なるほど、さように申すならば偽りなきところを申そう。合子の兜の鉢には、黒田家にとって大切な文書が隠してあるのだ」

「さほどに大切なる文書でございますか」

舞は目を瞠《みは》った。

「そうだ。先代の殿はその文書をわが父に託された。わたしが倉八十太夫の屋敷に乗り込んでまで合子の兜を取り戻したのは、文書が失われるのを恐れたからにほかならぬ」

「しかし、いまは、その文書を手にされるおつもりなのでございますな」

卓馬は冷徹な口調で言った。

「幕府は、文書を欲しいであろう。さすれば、黒田家を改易にするのはいとたやすいことゆえな」

「では、それを幕府に差し出されるおつもりですか」

驚いて舞は訊いた。大膳は薄い笑いを浮かべた。

「さて、それはわからぬが。殿はいま、わたしを斬ろうと思われている。殿から身を守るためには、役立つであろう」

はぐらかすような大膳の言い方に舞は眉《まゆ》をひそめた。権之助は腕組みをして、

「さようにうまくいきますかな」

と首をかしげる。大膳はぐいと盃の酒を飲み干した。

「わたしが登城いたす前に合子の兜を賜りたいと殿に言上いたそう。はたして、殿がどう出るか見物だな」


大膳が合子の兜を頂きたい、と藩の役人を通じて言上したところ、三日後には十太夫が栗山屋敷を訪れ、忠之の意向を伝えた。

大膳は病ということで、十太夫には会わず、源八が応対した。

「武門は欲しいものは力で取るのが常道である、まして兜であればなおさらゆえ、宝物庫に武芸自慢の者を差し向けよ、その者が宝物庫の備えを破ったならば、合子の兜は与えると殿は仰せでござる」

十太夫はあっさりと言った。源八は首をひねる。

「はて、まず武芸試合をいたせとの仰せでございましょうや」

「いや、明日の夜、宝物庫にひとを遣わせ、真剣での勝負にて勝ったならば合子の兜は栗山様のものということでござる」

「さて、それでは家中の者が城内で斬り合いをいたすことになりますぞ。穏やかではありませんな」

源八が顔をしかめると、十太夫はにやりと笑った。

「いや、栗山様は深草卓馬とその妹の舞なる杖術《じょうじゅつ》の使い手を召し抱えておられるはず。このふたりに取りにこさせればよい。宝物庫の備えは家臣ではない者に命じるゆえ、家中の争いにはならぬ」

謎《なぞ》めいた言い方をされて源八は不承不承、うなずいた。十太夫が去った後、このことを伝えると、大膳はなにげなく答えた。

「ならば、卓馬と舞を遣わすだけのことだ。殿の備えがいかなるものか見せていただこう」

傍らに控えた卓馬と舞が膝に手をつかえて、頭を下げる。すると、権之助があごをなでながら、

「宝物庫を守るのは、家中の者ではない、と言われたのですな」

と訊いた。源八が、いかにも、そうだ、と答えると権之助は嬉《うれ》しげに笑った。

「これは面白いことになりそうな」

権之助が野太い声で言うと、大膳はひややかな表情で言い放った。

「これは殿とわたしの戦だ。卓馬と舞には先陣を務めてもらう。構えて油断いたす

な」

卓馬と舞は、声を合わせて答えた。

「かしこまって候《そうろう》」


翌日の夜更《よふ》け、月が中天にかかるころ、卓馬と舞は杖《つえ》を持って栗山屋敷を出た。石段を歩いて二の丸のはずれにある宝物庫に向かう。

蒸し暑い夜で、歩くだけでもじっとりと汗ばんだ。ふたりとも無言であたりの気配をうかがいながら歩く。

日ごろになく、城内はしんと静まり返り、二の丸へ続く石垣が黒々とそびえていた。

卓馬と舞が宝物庫の前に着くと、篝火《かがりび》が扉の前で焚《た》かれているのが見えた。

篝火の明かりが、扉の前に立つ大柄な男を赤く照らし出している。

男は蓬髪《ほうはつ》でがっしりとした体つきで、袖《そで》なし羽織を着て袴《はかま》をつけていた。獣のように闇《やみ》の中でも爛々《らんらん》と輝く目をしている。

卓馬が男の前に出て、

「栗山大膳様、家来、深草卓馬と申す。合子の兜を頂きに参上いたした」

と告げると、男は無言で宝物庫の扉を指差した。扉の前には鎧櫃《よろいびつ》が置かれ、上に合子の兜が置かれている。

「すでにご用意してくださっているとは、ありがたい。では、勝負仕《つかまつ》ろう」

卓馬は二、三歩下がって杖を構えた。舞も左側にまわって杖を構える。男は動じた様子もなく、

「そなたら、夢想権之助の弟子だそうだな」

と言った。卓馬は油断なく構えながら問うた。

「いかにもさようだ。お手前は何者なのだ」

男は薄い笑いを浮かべた。

「わしは宮本武蔵という」

「やはり、武蔵か――」

卓馬はぱっと跳び下がって間合いを開いた。同時に舞も下がる。

武蔵はふたりをゆっくりと見まわしながら、

「さように間合いを取られては斬れぬではないか。もっと近くに来い」

と言いながら、左右の手で大刀と脇差をすらりと抜き、蝶《ちょう》が羽根を広げたかのように大きく構えた。

武蔵が創始した二天一流の二刀の構えだ。

「兄上、ご油断なさいますな」

舞が声をかける。

武蔵が声に反応するかどうかを見るためだった。しかし、武蔵は微動だにしない。あたかも樹木のように、大地に根をはったかと思える力強さで夜の闇に立っている。

卓馬は気合いも発しないで動いた。

下段に構えた杖が地面から跳ねあがるように武蔵を狙う。同時に舞も上段から杖を振り下ろして打ちかかった。

かっ、かっと音がして杖が弾《はじ》かれる。だが、その瞬間、武蔵が動いたようには見えなかった。

卓馬と舞の杖はたしかに武蔵の刀によって弾かれた。しかし、その動きは見えない。武蔵はあくまで静かに立ったままだ。

「馬鹿《ばか》な——」

卓馬がうめいて、打ちかかると、武蔵の姿が陽炎《かげろう》のようにゆらいだ。卓馬の杖は地面を打ち据えており、そこに武蔵の姿はなかった。

舞が叫んだ。

「兄上、後ろです」

卓馬はとっさに背後に向って杖を振るった。しかし、その瞬間、杖は両断されていた。息を呑んだ卓馬は退きながら刀を抜こうとするが、武蔵はすかさず風のように間合いを詰めてくる。

武蔵の振り上げた刀が卓馬に迫ろうとしたとき、横合いから飛び込んだ舞の杖が、

――かっ

と音を立てて刀を弾いた。武蔵はちらりと舞を見る。舞はぞっとした。武蔵の刀を弾いたはずだが、わずかに動きを遮っただけだ。

武蔵の構えは少しも崩れていない。それなのに、舞の手はあたかも杖で大きな岩を打ったかのように痺《しび》れていた。

「舞、そ奴から離れろ」

その間に刀を抜いた卓馬が大声で言った。

舞が退こうとしたとき、風が吹きつけた。武蔵が軽く薙《な》いだだけで、杖があたかも草を刈るかのように両断されていた。

卓馬が刀を振りかざして斬りつける。だが、武蔵はわずかに身動きしただけで、これをかわすと卓馬の腰を蹴《け》った。

卓馬は地面に転がり、跳ね起きた。舞も刀を抜いて構える。だが、武蔵が恐るべき

使い手であることは明らかだった。とてもかなう相手ではない、とふたりとも思い知った。

「舞、逃げろ。こ奴はわたしが引き受ける」

卓馬は舞に向って言った。舞だけでも逃がそうと思った。舞は頭を横に振る。

「嫌です。兄上とともに、この男を倒します」

武蔵はふたりの言葉を聞いて嗤《わら》った。

「何を言っておる。逃げたければ、逃げろ。だが、わしは必ず、そなたたちの首を刎《は》ねるぞ」

武蔵は楽しむかのように言う。すると、篝火が大きく揺れた。火の粉が金粉を撒《ま》き散らしたように飛ぶ。

武蔵は卓馬と舞から目を放し、闇に顔を向けた。

「ひさしぶりだな。夢想権之助、お主のような男でも弟子を案じるものと見える」

武蔵の声に応じて、篝火の明かりが届く場所に権之助が出てきた。杖をぶらりと手に提げている。

「弟子の心配などはしておらん。今夜ここにいるのは貴様ではないかと思って出てきたのだ。それにしても武蔵ともあろう者が宝物庫の番人とは情けないな」

権之助は悠然と近寄りながら言った。武蔵は二刀の構えを崩さずに答える。

「わしの父、新免無二斎《しんめんむにさい》は黒田家に召し抱えられておったことがある。その縁で福岡に来たら、かような役目を仰せつかった」

「嘘《うそ》だな。父親の縁にすがるようなお主ではあるまい。おおかた、細川にでも頼まれてやってきたのだろう。だが、そんなことはどうでもよい。お主には一度、敗れた。その借りを返させてもらうぞ」

権之助は腰を落としてあたかも槍《やり》のように中段に杖を構えた。武蔵は、じっと権之助を見据えた。

「なるほど、お主に体裁を取り繕っても仕方がないな。いかにも細川に頼まれてやってきたのだ。ひさしぶりにお主の腕前を見てやろう。少しは修行が進んだか」

武蔵は挑発するかのように言った。戦う相手に嘲《あざけ》るような言葉を投げかけ、心気を乱すのは武蔵の兵法だった。

権之助は何も答えず、ずい、と間合いを詰めた。

武蔵はわずかに横に動く。

卓馬と舞は権之助の立ち合いを邪魔してはならぬと後ろに退いた。

武蔵はするすると横に動いたかと思うと、気合いを発して斬りかかった。権之助の杖が槍のように武蔵の胸板を突く。

これを脇差で弾いた武蔵の大刀が権之助の頭上に振り下ろされる。その一瞬、権之助の杖が大きくまわって、武蔵の足を薙いだ。

武蔵が宙に飛び上がりながら振るった刀は権之助の頭をかすめたが届かない。ふわりと地面に降り立った武蔵に向って、権之助の杖が風車のように回って追い詰める。

武蔵は体をかわして杖を弾き、さらに斬り込もうとしたとき、権之助は杖を斜めにあたかも踏み出した左足の爪先《つまさき》につけるかのように構えた。

武蔵の動きがぴたりと止まる。

権之助の構えをじっと見つめていたが、

「なるほど、修行を積んだようだな。わしの水月《みぞおち》を突くつもりか」

とひややかに言った。

権之助は何も答えず、じりじり間合いを詰めていく。その動きに応じて退いた武蔵は、不意にからりと笑った。

「よう工夫いたしたな。その構えを打ち破るのは次に出会うたときじゃ」

言い捨てると同時に武蔵は背を向けて、闇の中へ走り去った。武蔵の姿が消えると権之助は、肩で大きく息をした。

卓馬が駆け寄って、

「先生、見事、武蔵に勝たれましたな」

と言った。権之助は苦笑した。

「いや、勝ってはおらぬ。武蔵めは危うい勝負はせぬ。勝つ工夫をするまで退いただけのことだ」

舞が傍に来て口を開く。

「とは、申されましても宝物庫の番人が退いたからには、合子の兜を持ち帰ることができます。やはり先生の勝ちであることに変わりはありません」

権之助は篝火に照らされる合子の兜に目を遣った。

「武蔵め、相変わらず、強い」

権之助は感嘆の声を発した。

卓馬と舞が権之助とともに合子の兜を栗山屋敷に持ち去ったころ、城内の御座所で忠之は十太夫を相手に酒を飲んでいた。そこへ武蔵が入ってくると無骨な様子で手をつかえた。

「いかがした。合子の兜は持ち去らせたか」

忠之が盃を口に運びながら訊くと、武蔵は手を膝《ひざ》に置き、鋭い目で忠之を見つめた。

「いかにも、あまりに相手が弱くては持ち去らせるのはわざとらしいかと思いましたが、それがしの手に合う男が出て参りましたゆえ、怪しまれずにすんだかと存じます」

武蔵が野太い声で言うと、忠之は酒を飲み干してうなずく。

「それでよい。合子の兜を持ち去ったからには、わしも大膳めに討手を差し向ける大義名分ができたというものだ」

十太夫が忠之の盃に酒を注ぎながら、

「それにしても、なぜ栗山様は合子の兜を望まれたのでしょうか。殿が上意討ちの理由とされることは目に見えておるはずでございます」

「あの男の考えていることは、わしにはわからぬ」

忠之は盃を口に運んだ。そして、御座所の薄暗がりに目を据えて、あたかも大膳が目の前にいるかのようにつぶやいた。

二十

豊後府内に戻った竹中采女正のもとに栗山大膳からの密書が届いたのは六月十五日のことである。

書状は、黒田藩主忠之は幕府に異心を抱いており、謀反の企てがある、というものだった。これまで影山四郎兵衛が送ってきた書状と同じ内容ではあったが、福岡藩の家老の訴えだけに重要だった。

書状を手にした采女正は興奮の色を顔に浮かべた。

(これで、黒田を改易に追い込むことができるぞ)

末次平蔵から密貿易の罪を暴《あば》かれて訴えられ、窮地に陥っていただけに、ほっとした。九州において、加藤、黒田という大藩を相次いでとりつぶしたら、これに勝る功績はないだろう。

もはや、平蔵の訴えなど意に介さなくともよいのだ、と采女正は思った。

このころ、福岡城下は忠之と大膳の対立があからさまとなり、騒然となっていた。

忠之は黒田市兵衛や岡田善右衛門《おかだぜんえもん》ら重臣を度々、栗山屋敷に赴かせて大膳を出頭させようとした。だが、大膳に応じる気配はない。

重臣が訪れた際、さすがに源八に応対させるわけにはいかず大膳自身が会ったが、その際は二十数人の家来がまわりを取り巻き、屋敷の中は槍、薙刀《なぎなた》や鉄砲なども備えられた物々しさだった。

これを聞いた忠之は怒りを発して、

「ならば、わしが自ら大膳を討ってくれる。一同、用意をいたせ」

と叫んだ。応じて若侍たちが屋敷に戻って武具をそろえ、栗山屋敷に押しかける支度をする騒ぎになった。

これを聞いた井上周防や小河内蔵允ら老臣たちが、忠之のもとに来て、

「大膳を切腹させよとの仰せであれば、それがしたちがいたします。なにとぞ、自ら出られることはお止《とど》まりください」

と諌《いさ》めた。

井上周防と小河内蔵允はただちに栗山屋敷に赴いた。

広間で大膳と会った井上周防が困惑した表情で、

「かほどまでの騒動になっていかがいたすつもりじゃ。まず、切腹は免れぬぞ」

と言うと、大膳はひややかに笑った。

「おふたりにはご苦労に存ずる。ただ、これだけではすみませぬゆえ、今少しご静観いただきたい」

大膳の謎めいた言い方にふたりはなす術《すべ》もなかった。ふたりが本丸に戻ったところ、目付から驚くべき報《しら》せが入った。

大膳の屋敷から出てきた飛脚らしい男を目付が捕えて調べたところ、府内の竹中采女正に宛《あ》てた書状が出て来て、忠之が謀反を企《たく》んでいると訴える内容だった。

忠之は大広間に出ると重臣たちが居並ぶ前で、書状を読んだ。手がわなわなと震えた。

「何ということを」

いかに君臣の間の対立が厳しくなろうとも、主君が幕府に謀反しようとしていると訴える家臣がいるとは信じられなかった。

「やはり、討ち取るべきであった。ただちに大膳めを斬《き》るのだ」

忠之が立ち上がって叫ぶと、十太夫が、しばらくお待ちください、と声を高くした。

忠之は苛立《いらだ》たしげに十太夫を見た。

「なんだ。この期《ご》に及んで止め立ては無用だぞ。不忠の臣を討つのに、何をためらうのだ」

　忠之は吐き捨てるように言った。十太夫は冷静な表情で訴える。

「お怒りはごもっともでございます。されど、あの周到な栗山様が飛脚を目付に捕えられるような失策をされましょうか」

「どういうことだ」

　忠之は目を光らせた。

「おそらく、栗山様はわざと飛脚を捕えさせたものと見受けられます」

「なぜ、そんなことをするのだ」

「栗山様の密書はすでに竹中様のもとへ届けられておりましょう。さすれば、此度《こたび》の一件は幕府の耳に入ったことになります」

　十太夫に言われて、忠之は歯ぎしりした。

「大膳め、わしが手出しできぬように、わざと密書を目付につかませたのか」

「おそらくさようにございます。栗山様の謀《はかりごと》はまさに鬼神の如《ごと》きものでございます」

　忠之は、どんと音を立てて座った。

「どうすればよいのだ」

　大きくため息をついて、忠之は重臣たちを見まわす。だが、誰もが良策を思いつかないらしく目をそらすばかりだった。

十太夫が忠之のそばにより、耳元で囁《ささや》いた。

「かくなるうえは、栗山様をひそかに殺すしかありませぬ。これほどの騒ぎを起こしたからには、栗山様は江戸に出て幕府に訴えるはずでございます。城下を離れるのを待って刺客《しかく》を放ちましょう」

「だが、大膳は杖術使いを護衛といたしておる。たやすくは討てぬのではないか」

忠之も声を押し殺して言った。十太夫はつめたい表情で言う。

「いえ、武蔵ならばできましょう。先日は、殿のお指図があったゆえ、あえて退きましたが、刺客として放てば、日ならずして栗山様の命を縮めるものと存じます」

「そうか」

忠之は考えていたが、やがて、

「よし、わかった。大膳めを江戸にはいかせぬ」

とうめくように言った。

大膳からの密書を受け取った采女正が福岡に赴いたのは、七月に入ってのことだった。

その間、栗山屋敷は静まり返り、まわりは藩士が取り囲んで蟻《あり》が這《は》い出る隙間《すきま》もなかった。

采女正は大膳に会おうとはせず、井上周防と小河内蔵允だけに会った。采女正はさほどの大事ではないといった面持ちで、

「とりあえず、ご老中方の詮議《せんぎ》がありましょうから、栗山大膳を江戸に上らせるしかございますまい」

とだけ告げた。

井上周防と小河内蔵允は抗《あらが》う術もなく、承知したと返答した。

采女正が城に入ったと聞いた大膳は家来に出国の支度をさせた。

采女正は三日の間、福岡に止まった後、府内へと帰っていった。

大膳が屋敷を出たのは、その翌日である。

これまで屋敷を取り巻いていた藩士たちは門を開いて出てきた大膳の一行を見て、ぎょっとした。

大膳は家来たちに火縄のついた鉄砲を持たせ、さらにそのまわりに長槍を構えた家来を取り囲ませ、自らは騎馬で進んだ。

まさに戦陣に臨もうとする備えだった。このため、屋敷の周囲にいた藩士たちは気《け》圧《お》されたように後退《あとずさ》りした。

大膳は屋敷の門を出たとき、ちらりと本丸に目を向けたが、無表情なままだった。

一行は城下を粛々と進んでいく。

その後ろから、見え隠れについていく武蔵の姿があった。

二十一

栗山大膳が福岡を出た際の一行は武具をそろえてものものしかった。

先頭に小者が引く荷駄が数頭、さらに火縄をつけた鉄砲が二十挺《ちょう》もあった。一行の中には大膳の長男利周《としちか》とふたりの娘がおり、妻と次男は福岡の黒田兵庫《くろだひょうご》に預けていた。

十人が騎馬で進み、女人の乗り物が二十、竹中采女正が護衛のため派遣してきた家臣が二十人ほど付き従っている。

大膳は騎馬で行列の真ん中にいた。

大膳の後は六十人の家臣が守り、鉄砲二百挺、槍百本が備えている。最後尾には馬二十頭が引かれていた。

福岡の町を南に進んだ一行は麻底良館《までらやかた》には戻らず、太宰府を過ぎて、さらに日田街道を日田へと向かった。日田街道に入っても付き従う者が持つ鉄砲には、火縄がつけられており、戦支度《いくさじたく》そのままだった。

大膳の傍らには赤西源八と舞、卓馬が騎馬で続き、梅津龍翁は徒歩で従っている。

一方、夢想権之助は何を思ったのか行列の最後尾にいた。

笠《かさ》をかぶり、袖なし羽織を着た大膳は馬上で揺られながら卓馬に声をかけた。

「権之助はなぜ、わたしの傍ではなく、一番、最後からついてくるのだ」

「師匠は武蔵が背後から襲ってくると思っているようでございます」

卓馬が答えると、大膳は微笑した。

「ほう、武蔵は待ち伏せはせぬというのか」

「さようでございます。武蔵は後の先《ごのせん》を取ると師匠は申しました」

「後の先とは何だ」

ゆったりと馬に乗った大膳は物見遊山《ゆさん》に出かけているかのような落ち着きぶりだった。

「相手を先に動かしておいて、その出鼻を討つのでございます」

「なるほどな。しかし、さようなことは口で言うのはたやすいが、実際に行うのは至難ではないのか」

「されど、武蔵はやってのけて、いままで多くの決闘に勝ちを制して参ったと聞いております」

「そうか。すなわち、われらがこうしている間にも権之助と武蔵は戦っているということだな」

大膳は白い歯を見せて笑った。傍らの卓馬がそんな大膳の顔をちらりと見て、

「それはお館《やかた》様も同じでございましょう。これまですべての動きが戦いの一手、一手であったかと存じます」

と言った。大膳は卓馬の顔を見ずに答える。

「その通りだが、戦う相手は誰だと思う」

「お館様の胸中はわたしどもには測りかねます。されど、まずは黒田のお殿様、あるいは竹中采女正様、それとも江戸の将軍家でございましょうか」

卓馬は前を行く竹中家の者たちの背にちらりと目を向けた。采女正は大膳に、

――府内の城に参られよ
と告げて来ており、そのために家臣を派遣した。府内までの道中の警護と言えば聞こえはいいが、大膳を黒田家の謀反《むほん》の証人とするための護送役とも言える。

大膳は竹中家の者たちを気にする様子もなく、軽くうなずいて、舞に声をかけた。

「舞はどう思う」

「わたくしには、難しきことはわかりかねます。ただ、お館様はご自分の宿命のようなものと戦っておられる気がいたします」

舞は真剣な表情で答えた。大膳は、はは、と声を立てて笑った。

「なるほどな。舞はさような戦いをした者を知っているのか」

大膳は機嫌よさそうに訊《き》いた。

「はい、神の御子《みこ》、イエス・キリスト様はさような方であったように思います。さらに申せば、長崎で会った天草四郎というキリシタンの少年もまた、さような生き方をしているような気がいたします」

「わたしもそのひとりか」

大膳は淡々と答えて馬を打たせる。しばらくして、大膳は口を開いた。

「舞の言うことがあたっておるやもしれん。わたしが戦っているのは黒田の殿に非《あら》ず、竹中采女正様でもなく、まして江戸の将軍家ではない」

「では誰と戦っておられるのでございますか」

卓馬が訝《いぶか》しげに言うと、大膳はあっさりと答えた。

「神君家康公だ」

大膳はそれ以上口にせず馬を進めた。

福岡城では倉八十太夫が大膳の退去の様子を御座所で忠之に報告していた。

「ほう、戦支度であったか。大膳め、相変わらず大仰なことだ」

「まことにさようでございます」

十太夫は眉をひそめて答えた。大膳は、常に忠之を苛立たせようと考えているのではないか、と思えるやり方をする。その意はどこにあるのだろうと考えるのだが、よくわからない。

「大膳めは、南に向かったということは、目指すところは日田か」

忠之は首をかしげる。十太夫はうなずいた。

「とりあえずはさようかと存じます。栗山殿の一行には竹中采女正様の家来が付き添っておりますゆえ、日田から、さらに府内を目指すものと思われます」

「ふむ、府内に入られては手を出すわけにはいかぬな」

「それゆえ、武蔵が栗山殿を狙《ねら》うとすれば日田であろうかと存じます」

十太夫が答えると、忠之はあごをなでながらしばらく考えた。

「あの武蔵という男、信じられるであろうか」

十太夫は目を鋭くして問うた。

「と、申されますと」

「あやつ、わしのもとに転がり込んで来たが仕官が望みではないようだ。誰ぞに命じられて福岡に来たのであろう」

忠之は薄い笑みを浮かべて、十太夫を見る。十太夫は、あたりをうかがってから声を低めて、

「おそらく細川三斎様ではなかろうかと」

と答えた。三斎は細川忠興の号である。

「わしもそう思う。されば、細川の意を受けて動いておる武蔵が、黒田のためにまことに働くであろうか」

「栗山殿を殺《あや》めるのは、黒田家のためではなく、細川様のためかもしれません。竹中様が黒田家の謀反を証立《あかしだ》てようとする証人である栗山殿を斬《き》るのは、すなわち公儀に背くことでございますゆえ。さような苦境に黒田家が陥ることを細川様は望んでおられましょう」

十太夫は冷徹な表情で答える。忠之は、ふふっ、と笑った。

「なるほどな、それでも大膳を武蔵に斬らせた方がわしに利があるというのじゃな」

「さようでございます。栗山様の知謀は測り知ることができませぬ。このまま公儀の手に渡しては危ういかと存じます。いまはまだ、栗山殿は黒田家の家臣でございます。殿がご成敗されたとて、公儀に対して、腹をくって申し開きをいたせば通らぬことではございますまい」

諭すように説く十太夫の顔を見つめていた忠之は、ぴしゃりと膝を叩《たた》いた。

「よし、わかった。大膳を斬ったあかつきには、堂々と将軍家と渡りおうてやろう。さように腹を決めたぞ」

「それでこそ、戦国の世を斬りぬけた如水公、長政公の跡を継ぐ黒田家のご当主にございます」

十太夫は頼もしげに忠之を見た。忠之は苦笑して、

「されど、わしが、かように腹を固めることも大膳めに見通されているような気がする。ひょっとして、わしは大膳の掌《てのひら》の上で動かされているのではあるまいな」

十太夫は頭を横に振る。

「決して、さようなことはございませぬ」

だが、十太夫の胸の裡《うち》には、大膳が蜘蛛《くも》の巣のように罠《わな》を張り巡らせているのでは

ないか、という不安があった。

（もし、そうなら、殿は黒田五十二万石を失うことになるやもしれぬ）

そうさせてはならぬ、そのためには命を投げ出す覚悟で大膳の策に抗しようと、十太夫はあらためて決意した。


大膳が日田に入ったのは福岡を出て二日後の夕刻である。

日田はこの当時、まだ日田代官所の陣屋が置かれておらず、元和《げんな》二年（一六一六）に譜代大名の石川忠総《いしかわただふさ》が美濃《みの》大垣城五万石から移封された。

石川忠総はそれまで丸山城と呼ばれていた日田の城を改築し、永山城と称し城下町を作っていた。

大膳は竹中家の者に石川家へ挨拶《あいさつ》をしてもらい、城下の旅籠《はたご》に泊まった。

夜になって、大膳は不意に、河原で月を愛《め》でながら酒を飲もうか、と言い出した。

赤西源八が目をむいて、

「何を仰せになります。いかなる者がお館様を付け狙ってくるやも知れませんぞ。おやめくださりませ」

と言った。大膳は笑った。

「だからこそ、月見をいたすのだ。福岡を出たおりから、凄《すさ》まじい剣気がつけてきておる。おそらく殿の放った刺客であろう。一度は受けてやらねば、わが父以来、仕えて参った黒田家への義理がたたぬ」

大膳は源八と権之助、卓馬、舞、龍翁だけに供を命じ、小者ふたりに酒器と床几《しょうぎ》をかつがせただけで、日田を流れる三隈《みくま》川の河畔に出た。

すでに月が出ており、川面が銀鱗《ぎんりん》のように輝いている。大膳は河原に床几を設《しつら》えさせて座ると、舞の酌で盃《さかずき》に注がせた酒をゆっくりと飲んだ。

権之助が無遠慮に言った。

──来ましたぞ
笠をかぶり、袖なし羽織を着た大柄な男が薄闇の中を近づいてくる。卓馬と舞は立ち上がると、携えてきた杖を構えた。

権之助が悠然と杖を手にして立つ。

「待ちかねたぞ、武蔵──」

権之助が声をかけると、武蔵は笠をとり、河原へと放り捨てた。

風が吹き、武蔵の総髪が乱れる。

「待ち受けてくれるとはありがたい。さすがに黒田八虎《はっこ》のひとり栗山備後《びんご》の子、大膳殿じゃ。虎《とら》の性をお持ちと見える」

武蔵は語り掛けながら間合いを詰めてくる。大膳は床几に座ったまま、盃を口に運びつつ微笑《ほほえ》んだ。

「虎は千里行って、千里帰ると言う。これから江戸へ参る身としては嬉しい言葉だな」

「江戸へ行くことはかないますまい」

「ほう、ならばわたしはいずこへ参ると申すのだ」

大膳は武蔵を睨《にら》んだ。

「地獄にて候――」

武蔵が刀の柄《つか》に手をかける。

卓馬と舞は左右に分かれて武蔵を囲んだ。しかし、武蔵はいささかも気にならない様子で、平然と言葉を継いだ。

「栗山殿のお命を頂戴《ちょうだい》いたす」

言い放った武蔵はすらりと刀を抜いた。間をおかず、大膳に向って駆け寄ってくる。

「待てっ」

卓馬が追いすがって杖で打ちかかった。だが、武蔵はこの杖を一瞬で両断した。さ

らに舞が振るった杖も弾き返して、

「無駄だ」

と叫んだ武蔵は、さらに大膳に向かって突き進む。権之助が杖を風車のように回しつつ、武蔵の前に立ちはだかった。

「邪魔立て、無用――」

斬り込む武蔵の刀をかっ、かっ、と権之助の杖が弾いた。権之助の体は大地に根を張った大樹のように動かない。

「来いっ、武蔵」

権之助は杖を斜めに構えて怒号した。

武蔵は脇差《わきざし》を抜いて二刀を構えると、夜空に向って月輪の如く構えた。

二十二

この夜――
江戸城では本丸大広間の広縁で家光が月見を行っていた。相伴しているのは老中土井利勝である。

家光は月に目をやって盃を傾けつつ、

「加藤のその後は、いかがあいなりしか」

と訊《たず》ねた。利勝は恭《うやうや》しく頭を下げてから、

「ご威光により、城明け渡しもつつがなく終えております。もはや加藤のことはご懸《け》念《ねん》に及ばぬかと存じます」

「そうか、ならば、次は忠長の始末じゃな」

家光はぐいと盃を干した。利勝は眉《まゆ》をひそめる。

「忠長様はすでに甲府から高崎へ移され蟄居《ちっきょ》が続いております。このうえのご処分がいりましょうか」

家光は利勝に顔を向けてにやりと笑った。

「土井らしゅうもないな。知らぬのか。加藤が改易となったゆえ、不満を持つ家臣が騒動を起こすであろう、と忠長はまわりの者に言うておるらしい。騒ぎが起きれば自らも乗じるつもりなのじゃ」

「さて、いまの忠長様にさような力はございますまい」

利勝は苦笑いした。家光は、顔をそむけて、

「さようなことはない。それについてはあの者が存じておるわ」

家光は目で庭に設えられた能舞台を差した。能舞台では、――関寺小町《せきでらこまち》が演じられている。家光は能を好み、家臣にも度々、演じさせていた。

能舞台に立っているのは、眉が八の字で目を伏せ、泣いているのか微笑んでいるのかわからない「姥《うば》」の面をつけ、金地と銀地に蔓草《つるくさ》の模様をあしらった唐織を壺折《つぼおり》にしている老女だ。

〈関寺小町〉は演じるのに難しい秘曲とされている。しかし、能舞台で舞う老女は、老いの悲しみとせつないはなやぎを巧みに演じていた。

やがて、舞が終わると、家光が声をかけた。

「ようできた。酒を遣わすゆえ、これへ参れ」

能舞台の老女は跪《ひざまず》いて頭を下げた後、するすると後ろへ下がった。能衣装を着替えてから家光の前に出るのだろう。

やがて裃《かみしも》姿で広縁に出てきた男を見て、利勝は目をむいた。

「但馬《たじま》殿であったか」

男は家光の剣法師範、柳生但馬守宗矩《やぎゅうたじまのかみむねのり》だった。

宗矩は大和国柳生に、柳生石舟斎宗厳《せきしゅうさいむねよし》の五男として生まれた。文禄《ぶんろく》三年（一五九四）徳川家康に仕えて関ヶ原の戦に功があった。その後、徳川秀忠、家光父子の剣法師範となって三千石を与えられた。

寛永六年（一六二九）三月、従《じゅ》五位下但馬守に叙任されている。

宗矩が剣法師範だけでなく、大名や旗本の取り締まりの役を与えられるのはこのころからで、この年十二月に総目付に任じられることになる。

家光は能を好むことで知られていたが、宗矩もまた能に堪能《たんのう》だった。宗矩の父、柳生石舟斎の高弟に能役者の金春七郎《こんぱるしちろう》がいたことや、もともと柳生の地である大和は能が盛んだったためだ。

金春七郎は能の秘曲とされていた〈関寺小町〉を若くして舞って一門の勘気を被《こうむ》った異端児だった。宗矩の〈関寺小町〉も七郎譲りかもしれない。

宗矩は能に熱心で稽古《けいこ》が過ぎたあまり、霍乱《かくらん》を起こしたことがあるほどだった。このため、親しい禅僧の沢庵《たくあん》から、

「能はほどほどにされよ」

とたしなめられた。だが宗矩にとって、能は剣の進退における呼吸を知るためのものであったともいう。

家光は宗矩が能に心得があることを知っており、江戸城で観世左近《かんぜさこん》の能を見た際、

「そなた、あの者が斬れるか」

と問うた。能を見終わった宗矩は言上した。

「さすがに観世左近の舞に寸分の隙《すき》もございませんでした。しかし、柱の陰に入ったおりだけ、拙者が打ち込めそうな間がありました」

家光はなるほどとうなずいた。このとき、楽屋にいた左近は傍の者に、

「上様の隣におられたのはどなたであろう」

と訊いた。まわりの者が柳生宗矩だと答えると、左近は、

「さてこそ。但馬守様であったか。わたしは柱の陰に入ったおり、思わず気が抜けた。そのおりを見逃さず、あの方はにこりとされた。恐ろしいひとがいると思ったが、但馬守様ならば、さもあるべし」

と嘆声をもらしたという。

利勝は宗矩をじろりと見て、

「忠長様に穏やかならぬ様子が見えるというのは、まことか」

と問うた。

宗矩はこの年、六十歳を過ぎている。翁《おきな》の面のような無表情な顔で、

「いかにも、さようにございます」

とあっさり言ってのけた。

宗矩の言い方が簡明に過ぎて利勝は二の句が継げない。家光はそんな利勝の様子を見て、楽しげに言った。

「のう、利勝、たとえ、忠長のまことがどうであれ、もはや、生かしてはおけぬとわしは思っておる。将軍がさように思えば、それが謀反の証《あかし》ではないのか」

利勝は何か言いたげだったが、言葉を飲みこんだ。

「御意にございます」

「そうであろう」

家光は高笑いして、また盃をあおった。利勝はじろりと宗矩を睨んだ。

「忠長様の様子にさほど詳しいのであれば、九州にも目は届いていよう。黒田の動きはいかがじゃ」

「さすれば、栗山大膳なる家老が黒田公に謀反の疑いありと訴えておると聞き及んでおります」

宗矩は打てば響くように答えた。利勝は鋭い目で宗矩を見つめる。

「されば、黒田も加藤と同じ道をたどるか」

宗矩はすぐには答えず、わずかに首をかしげた。しばらくして、考えながらゆっくりと口を開く。

「黒田は加藤とはいささか違うように存じます」

家光が身を乗り出した。

「どう違うというのだ。申してみよ」

宗矩は頭を下げてから言った。

「加藤家の内紛は漏れるべくして、漏れたように思われます。しかし、黒田家のもめ事は栗山大膳なる者が自ら竹中采女正様に訴え出たと聞き及びます。あまりにあからさまにて、いささか謀があるのではないかと存じます」

家光は大きくうなずく。

「なるほど、栗山なる田舎家老は何か企みおるというのだな。もし、そうだとすれば訴えを受けた竹中と、さらには竹中の報告を信じた土井までもが騙《だま》されておるということになるな」

家光のからかうような言葉に利勝は苦笑した。

「上様、それがしは騙されておりませんぞ」

「わかっておる。もし、騙されておるとしたら、竹中であろう。だが、いずれにしても黒田を江戸に呼び、訊問《じんもん》いたしたならわかることだ」

家光の言葉はひややかだった。利勝は眉をひそめた。大名を呼び出して糾明するからには、その処分は切腹か改易である。

「やはり、黒田を召し出されますか」

「無論だ」

「加藤に続き、黒田まで改易にいたせば、九州に浪人があふれますな」

利勝は確かめるように訊いた。家光はにやりと笑う。

「だからこそ、ルソン討伐を行うのだ。浪人どもは国に留め置いても騒ぎのもととなるだけじゃ。それより海を越えて、切り取り次第で領地をあたえると告げれば、勇み立ってルソンへ赴こう」

「さて、思惑通りに参りますか」

利勝がためらうように言うと、宗矩が能面のような顔に微笑を浮かべた。

「上様の思し召《おぼめ》しに従い、それをなしとげるのが、われら徳川家に仕える者の使命かと存じます」

宗矩の言葉を聞いて、利勝は、阿諛《あゆ》者め、と胸の中で吐き捨てたが、口には出さなかった。宗矩を見据えて、

「そこまで申されるからには、但馬殿はすでに黒田をつぶすための手を打たれている

のであろうな」

と厳しい口調で言った。

「無論のことでございます」

家光は盃を口に運んでつぶやく。

「黒田めが江戸に出て参る日が楽しみじゃな」

中庭の上空にかかった月は青く、冴《さ》え冴《ざ》えと輝いていた。


同じ月光の下、武蔵と権之助の戦いは続いていた。大膳は床几《しょうぎ》に座ったまま戦いを見据え、卓馬と舞、源八、龍翁はまわりを取り囲んでいる。

権之助の杖《つえ》は風を切り裂いて武蔵に襲い掛かった。武蔵はこれをものともせず、刀で跳ね返し、踏み込んで権之助に斬りつける。

跳ね返された杖は回転して、上段や下段から再び、三度《みたび》、武蔵を狙う。武蔵はこれも弾《はじ》き返しながら、腰を低くして跳躍の構えをとった。

「もはや、勝負はこれまでだ」

武蔵が怒号すると、権之助は杖を斜めにして踏み出した足に添えた。先夜、武蔵に対してとった、水月《みぞおち》を撃つ構えだ。

「さような技はもはや見切った」

武蔵が跳躍した時、杖は吸い寄せられるように武蔵の水月を狙って突き出された。宙に飛んだ武蔵は杖を両断する。

地に立っていれば、権之助の突きを避けられなかったかもしれないが、跳躍した武蔵を狙ったことで、杖の勢いがわずかに削《そ》がれた。

だが、地面に降り立った武蔵は、うめいて膝《ひざ》を突くなり、腹に突き立った杖を払いのけた。

「夢想、これが貴様の新たな秘技か」

武蔵は凄まじい目で権之助を睨む。権之助は腰の刀を抜いた。

「いかにもそうだ。お主を倒すには杖を捨てるしかないと悟ったぞ」

権之助は突いた杖が武蔵によって両断されることを想定していた。

その際、杖の先端が斜めに斬られるようにして、手元に残った杖を武蔵に向って投じたのだ。先端がとがった杖は、武蔵の腹に突き立った。

武蔵はゆっくりと立ち上がると、腹をなでて、にやりと笑った。

「わしは腹に鎖を巻いておる。お主の工夫はなかなかだったが、いま一歩でわしを殺せなかったな」

武蔵は両手に刀を下げたまま、権之助に近づいて、

「杖を失えば、もはや、お主はわしの敵ではない。栗山大膳をわしに渡せ。そうすれば貴様の命は助けてやる」

と嘲《あざけ》るように言った。権之助は刀を構える。

「さようなことはできぬ。勝負はまだ、終わっておらぬのだからな」

「なんだと」

武蔵が間合いを詰めたとき、権之助は刀を武蔵に投じた。同時に、

「卓馬、舞、杖を寄越せ――」

と叫んだ。卓馬と舞は手にしていた杖を権之助に向って投げた。武蔵が刀を叩き落とす。権之助は杖を両手でそれぞれ受け止めた。

「こ奴《やつ》――」

武蔵はうめいた。権之助は武蔵の二刀に合わせるかのように二本の杖を構えている。

「どうだ。わが二本の杖で貴様の二刀を破ってやるぞ」

権之助が一歩、踏みだし、武蔵もこれに応じて前に出たとき、

「それまでになされよ」

と男の声がかかった。

いつの間にか舞の後ろに笠をかぶり、袖《そで》なし羽織、裁付袴《たっつけばかま》という旅姿のがっしりとした体つきの武士が立っていた。

権之助はじりじりと武蔵に迫りながら、

「邪魔立て無用——」

と叫んだ。しかし、武士は落ち着いた様子で、

「夢想殿には申し上げておらぬ。宮本殿に退かれるよう申し上げておる」

「なんだと」

武蔵はちらりと武士を見て、嫌な顔をした。

「それは貴様の親父《おやじ》殿の指図か」

「いかにもさようでござる。それがいかなることか、宮本殿はおわかりのはずでござる」

「これ以上、わしが動くことは許さぬというのか」

武蔵が言うと、武士は何も答えない。武蔵は舌打ちして、

——やむなし

と言うなり、飛び下がり背を向けて走り出した。

「待てっ、武蔵——」

追いすがろうとした権之助は、武蔵の姿がたちまち闇に消えたのを見て、武士を振り向いた。

「おのれ、いらざる邪魔立てをしおって」

権之助は二本の杖を振るって武士に打ちかかった。

「これは、迷惑な——」

武士は隼《はやぶさ》のような俊敏な身ごなしで権之助の杖を避けたが、避けきれぬと見たのか、抜刀して一瞬で二本の杖を両断してのける。

権之助があっけにとられて立ちすくむと、武士は大膳に向って頭を下げた。

「江戸でお待ちしており申す」

武士は云《い》い残すなり、踵《きびす》を返して闇の中に駆け去った。卓馬と舞、源八が後を追おうとしたが、大膳が声を発した。

「待て、追うな」

大膳は床几から立ち上がると、権之助に近づいて訊く。

「いまの武士は何者なのだ」

「あの者の剣の手筋には見覚えがござる。武蔵も何者か知っておったゆえ、退いたのでしょう」

「ほう、武蔵が遠慮するとはただ者ではないな」

「さよう、柳生でござろう」

権之助は苦々しげに言った。

「そうか。柳生が出てまいったか」

月の光が大膳の顔を青白く照らし出している。

二十三

八月十五日——

幕府の使者が福岡を訪れ、忠之に参府を命じた。

忠之はかしこまって命を承ったが、その後、十太夫や井上周防、黒田美作、小河内蔵允ら重臣を召していかがすべきか協議した。

すでに改易となった加藤忠広は江戸に呼ばれながら、市中に入ることさえ許されず、そのまま改易の沙汰《さた》を受けたのだ。忠之も同じ目にあうかもしれない、と誰もが思った。

周防が顔をしかめて、

「さて、さて面倒なことでござる。いっそのこと、籠城《ろうじょう》いたし、天下の兵を相手に戦をいたしますかな」

と戦場往来の古豪らしいことを言った。忠之が苦い顔をして、

「いまの世でさようなことができぬのは、周防も承知しておるはずだ。それよりも将軍家の糾問にいかに答えるかだ」

と言うと、黒田美作は膝を進めた。

「されば、すべては栗山大膳の訴えがもとになっておることでございますれば、まことのことを申し上げ信じていただくしかありますまい」

美作の実直な言葉に忠之は顔をしかめる。

「さて、向こうが信じる気があればそれでよいが。聞く耳を持っておれば、もともと江戸に呼び出しはすまい」

十太夫が身じろぎして口を開いた。

「さりながら、ここは火中の栗《くり》を拾うしかございません」

十太夫の言葉に忠之は笑う。

「なるほど、火中の栗とは栗山大膳のことか。江戸に上り、大膳めを引き渡せと申すのだな」

「さようにございます。あるいは栗山様もそれを望まれているのかもしれません」

「ほう、大膳めがな」

忠之はしばらく考えた後、悔しげにつぶやいた。

「大膳め、何を企《たくら》んでおるのか、わしにはわからぬ。いかなる罠を仕掛けてくるのであろうか」

しばらく考えた忠之は、はっとして顔を上げた。

「よもや、大膳め、あの書状も持ち出したのではあるまいな」

周防が顔をしかめた。

「いかな大膳でもそこまではいたしますまい」

十太夫は冷徹な声で言う。

「いえ、わかりませぬぞ。仰《おお》せの書状の在り場所は栗山様の父上、栗山備後様しか知らぬと聞いております。あるいは、栗山様に伝えられていたかもしれませぬ」

「おのれ――」

忠之は憤《いきどお》りを顔に表した。

「とは申しましても、書状がいずこにあるか、我らにはわからぬことでございます。いずれにせよ、すべては江戸での詮議《せんぎ》にかかっております」

十太夫の言葉に周防と美作、内蔵允もうなずく。

忠之は深々とうなずいた。

「江戸に赴き、きっぱりと身の証を立てて、大膳めの鼻をあかしてやろう」

忠之は美作と内蔵允を供にして江戸に向かった。

馬を急がせて箱根まで来ると、江戸からの飛脚に会った。老中からの報《しら》せでは急ぐことはないという。忠之は半信半疑ながらゆっくりと道中した。

江戸入りをひかえたあたりまで来ると、公儀の使者が品川の東海寺に入るよう伝えた。忠之は、これは加藤家と同様に改易の言い渡しになるのだ、と覚悟した。そして美作に、

「どうせ公儀に捕らわれ、改易の沙汰を待つぐらいなら江戸の屋敷に参りたい」

と言い出した。美作と内蔵允は相談して、忠之の考えももっともだと思い、忠之は先行して単身で桜田の黒田藩邸に入った。

その後、忠之がいない黒田家の行列が品川に着くと、幕府の使者が待ちかまえていて、東海寺に入るよう指示した。しかし、美作と内蔵允は、忠之は公儀の命により、道中を急いで、すでに藩邸に入っているはずと答えて、使者を驚かせた。

その後、忠之は親しくしている尾張《おわり》家の家老成瀬《なるせ》隼人正《はやとのしょう》と紀伊《きい》家の家老安藤帯刀《あんどうたてわき》の説得により、郊外の長谷寺に移って謹慎した。

忠之が幕府の使者に先んじて藩邸に入ったことが不遜《ふそん》と見なされたのか、老中からの呼び出しはすぐにはなかった。

忠之がようやく江戸城、西の丸に呼び出されたのは十一月十八日のことだった。長谷寺で退屈していた忠之は、

「やれやれやっとだぞ」

と言いながらも、緊張のためか顔色はすぐれなかった。美作が声を低めて、

「殿、ここが、黒田家が生き残るかどうかの正念場でございますぞ」

と言うと、忠之は苦い顔になった。

「わかっておるわ」

忠之は裃に威儀を正して江戸城に向った。

西の丸の評定所では土井利勝ら老中とともに、柳生宗矩らも居並んで取り調べが行われた。利勝からの糾問に対して忠之は臆《おく》せず、明瞭《めいりょう》に答えた。

日ごろ、粗暴な物言いが多い忠之だったが、さすがに言葉を選んで慎重に答えていくと、利勝が微笑した。

「黒田殿は、なかなか強気のおひとで、言葉も激しいと聞いておったが、思いのほか丁寧なる応対をされまするな」

半ば褒め、半ばは揶揄《やゆ》するような利勝の物言いだったが、忠之は緊張した表情を崩さず、

「ご公儀に叛臣《はんしん》の言をお取り上げにならず、まことのことをお知りいただきたいと思うばかりでござる」

と答えた。すると、末座に控えていた宗矩が、

「それがしからも、いささかお訊ねいたしたき儀がござる」

と口を挟んだ。

利勝がうなずいて、問うことを許すと宗矩はさりげなく訊いた。

「黒田様は、先々代の如水公、先代の長政公のおふたりがキリシタンであったという噂《うわさ》ですがまことでござろうか」

「さて、それがしは存ぜぬ」

忠之は突っぱねるように答えた。宗矩は能面のような顔にわずかに笑みを浮かべる。

「それはいかがでござろう。黒田様にとっては祖父上、父上のことでござる。いささかなりとも耳にされたはず。それとも、先ほどまでのお答えとは違ってとぼけられるおつもりか」

宗矩の手厳しい言い方に忠之はむっとなった。

「されば、たとえさようなことがあったにしても、ご公儀のキリシタン禁制より、はるか前のことでござる。それともご公儀は、徳川様が天下を治められるようになる前の罪科をすべて問われるおつもりか」

忠之が鋭い口調で切り返すと、宗矩は目を細めた。

「滅相もござらん」

利勝がふたりの話に割って入る。

「われらは何も昔のことをほじくろうなどとは考えておらぬ。さようなことをすれば、どのような大名でも首が飛ぶことになるやもしれませんからな」

利勝は、はっはは、と快活に笑って見せた。そして親しみをこめた眼差《まなざ》しを忠之に向けた。

「黒田家は関ヶ原の戦のおり、神君家康公に忠義を尽くされたこと、われらはよく存じておりますぞ。それゆえ、ただいまの黒田家の忠義の証を見せていただければ、それで十分でござる」

忠之はうかがうように利勝を見返す。

「ただいまの忠義とは何でござろうか」

利勝は少し首をかしげてから何気ないことのように言った。

「たとえば、亡《な》くなった松倉重政殿はルソン討伐の兵を出すことを上様に進言され、許されていた。ところが、松倉殿が亡くなられ、これをなす大名がおらぬ」

利勝の言葉に忠之は息を呑《の》んだ。

「われらにルソンへ兵を出せと言われますのか」

「出せとは言うておらぬ。いかがお考えかと訊《き》いておるだけでござる」

利勝の言い方は柔らかかったが、真綿で首を絞めるようだった。忠之は息苦しさを感じつつ、

「お答えはいたしかねる」

と言った。利勝の目が光り、宗矩の口の端はきゅっと上がった。

「それは如水公と父上の長政公がかつてキリシタンであったゆえでござろうか」

利勝は忠之を見据える。

「決してさようなことではござらぬ。ただ、わが黒田家は関ヶ原の功により筑前《ちくぜん》一国をいただき申した。それは九州を鎮《しず》めよとの仰せであったと存ずる。されば、われらの念頭には九州のことしかないのでござる」

「なるほど、九州の固めが大事と申されるか」

利勝はうなずいた。

「さようにございます。もとより、わが祖父や父なれば海を越えて兵を出す器量があったと存ずる。しかし、それがしには無理と存ずる」

忠之はきっぱりと言ってのけた。

利勝はひややかな笑みを浮かべる。

「黒田殿の申されることわからぬではない。されば、われらとしても、黒田家のことをこれ以上、糾問いたしても埒《らち》はあくまい」

忠之はほっとした。

「それはいかなることでござろう」

利勝の目に冷酷な光が浮かぶ。

「されば黒田殿を訴えた栗山大膳なる家老を呼び出し、黒田殿と対決していただくしかなかろう」

「なんと、主君たる身が家臣と対決するなど、面目が立ち申さぬぞ」

いきり立つ忠之に利勝は素っ気なく言った。

「上様の意に従い、ルソンに兵を出すことができぬ黒田家にいかに関ヶ原の功ありとは言え、筑前一国を与えているのはおかしいと思う老中もおりましょう。されば、家臣と対決して身の証をたてるぐらいのことはしていただかねばならぬ」

忠之は膝で拳《こぶし》を握りしめ、歯ぎしりした。その様子を宗矩がじっと見つめている。

府内にいた大膳が竹中采女正に伴われて江戸に入ったのは、翌寛永十年（一六三三）正月のことである。

間もなく竹中屋敷を柳生宗矩が訪れて、大膳に面会を求めた。大膳は源八と卓馬、舞を傍らに控えさせて宗矩と会った。宗矩は淡々とした様子で、

「黒田様についてご老中方が、評定所にて糾問いたしておる。そこで栗山殿と対決いたしてもらいたいと申し上げたところ、黒田様には何としても嫌じゃと申される。そこでいかがしたらよいものか、本日は相談に参った」

「さようでござるか。さていかがしたものか――」

大膳は宗矩の言葉を吟味する風だったが、視線は隣室に向けられていた。

隣室には宗矩の供らしい武士がひとり控えていた。

がっしりした体つきで彫りの深い、浅黒い顔をして口元が引き締まっている。身ごなしに油断がなく、武芸者であることをうかがわせた。

その武士を見た瞬間、卓馬と舞が色めき立った。日田で武蔵と権之助の戦いに割って入った男に紛れもなかった。

卓馬は大膳に目を向けて、何事か告げた。大膳はやわらかく微笑して、わかっているという様子で、うなずく。

大膳は、さりげない様子で言った。

「隣室に控えられたお供の方とは、それがしどこかでお会いした気がいたす」

宗矩はちらりと隣室の武士を見た上で、顔を大膳に向けた。

能面のような無表情な顔で、

「はて、さようなことはございますまい。この者はそれがしの倅《せがれ》でございますが、上様のご勘気を被り、謹慎いたしておりまして、めったに表には出ませぬ。おひと違いでありましょう」

と宗矩は答えた。大膳は笑みを浮かべて、

「さようか。世には似た者がおると言いますからな。それにしても体つきやただならぬ気配がよう似ておわす。せっかくゆえ、お名前をうかがわせていただけるとありがたく存ずるが」

大膳の丁寧な物言いに宗矩は頭を下げ、隣室を振り向き、栗山殿のお尋ねに答えよ、と短く言った。

武士は頭を下げてから寂びた声で言った。

「柳生但馬の嫡男《ちゃくなん》にて十兵衛《じゅうべえ》三厳《みつよし》と申します」

二十四

竹中屋敷を訪れた柳生宗矩は、忠之との対決について、

「いかが思し召すか」

と大膳の意を問うた。大膳は少し考えてから、

「それがしはいかなる対決も厭《いと》いませぬが、忠之公は望まれますまい」

「いかにもさようらしい。家来との対決など大名たる者の面子《めんつ》に関わると大層、立腹されていると聞きました」

「さようでありましょう」

「では、やむなし、といたしますかな」

宗矩はさりげなく話柄《わへい》を変えて、大膳としばらく談笑した。その中でふと思い出したように、

「黒田公の先代長政公は関ヶ原の戦のおりは、大功があり、神君家康様より感状を与えられたと聞き及んでおりまするが、まことでござるか」

と訊いた。

大膳は微笑してうなずく。

忠之の父、黒田長政は猛勇の武将として知られているが、如水譲りの謀略の才もあった。関ヶ原の戦に際しては、福島正則ら豊臣家恩顧の武将たちを徳川方につくように説得して成功している。

長政自身、関ヶ原では武功をあげたが、何よりもこの調略工作こそが関ヶ原での家康の勝利に貢献した。このため、家康は長政に対して、

——子々孫々にいたるまで粗略にはしない
という感状を与えたという。

「関ヶ原感状は黒田家の宝でございます」

大膳はさりげなく答えながら、うかがうように宗矩を見た。

「さよう。ありがたき感状ゆえ、いまも福岡城深くにしまわれておるのでございましような」

「さて、どうでありましたか」

大膳はとぼけたように言った。

宗矩の目が鋭く光る。

「一の家老であられた栗山殿がご存じないわけはない」

「さよう、存じてはおります。先君が亡くなられるおり、病床にて見せていただきましたゆえ」

「ならば在り場所はご承知のはず」

宗矩は追い詰めるように問いかけた。

「いや、それがさにあらず。なにしろ神君家康公の感状でございます。何かあっては一大事であると、それがしの父栗山備後《びんご》だけが在り場所を知っておったはずでござる」

「ほう、父上は栗山殿にはお伝えにならなかったと言われるか」

大膳はゆったりとした顔つきで答える。

「さよう、関ヶ原感状は黒田家にあることだけが伝わっておればよい。みだりにひとの目にふれてはならぬものだ、と父は話しておりました」

「それはまた、なぜでござろう」

宗矩は首をかしげて見せた。

「神君の感状があると思えば、将軍家にお仕えする忠義の心にゆるみが出る。ないと思って励まねばならぬ、と父は申しておりましたな」

「まことに天晴《あっぱれ》なお覚悟ですな。それでこそ黒田家でございます」

宗矩は熱のこもらぬ口調で褒めた。

大膳は頭をわずかに下げて見せただけで、それ以上のことは言わない。宗矩は間も無く辞去していった。

その後、大膳は居室に戻ってしばらく考え込んだ。

傍らには夢想権之助と卓馬、舞が控えている。黙したまま考え込んだ大膳にしびれを切らしたのか、権之助が、

「お館《やかた》様、なにゆえ、柳生は訪れたのでござろうか」

と底響きする声で問うた。大膳は、ふと我に返ったように苦笑いを浮かべた。

「やはり関ヶ原感状に狙《ねら》いをつけてきおった」

「柳生の狙いは関ヶ原感状でござるか」

権之助は膝を乗り出した。

「そうだ。関ヶ原感状は将軍家にとって、ぜひとも取り戻しておきたいものであろう」

卓馬がうかがうように大膳を見て問うた。

「お館様は赤合子《あかごうす》の兜《かぶと》には黒田家の大切なる文書が隠されていると仰《おお》せでございまし

た。文書とはもしや関ヶ原感状でございましょうか」

大膳は目を光らせ、頭をかしげただけで、答えない。卓馬は訝《いぶか》しげに黙り、権之助が口を挟んだ。

「それにしても、柳生但馬が伴った倅はなかなかの腕前と見申した。あの男、気になりますな」

大膳は深々とうなずいた。

「柳生但馬が倅の十兵衛を伴ったのは、おそらくこの屋敷の間取りを見せておくためであったろう」

権之助が首をかしげる。

「何のためでございまするか」

「柳生は関ヶ原感状がわたしの手元にあれば十兵衛に奪わせるつもりであろうな。さらに、これからの成り行き次第ではわたしを十兵衛に斬《き》らせるつもりと見える」

ほう、と権之助は声をあげ、卓馬が膝を乗り出して口を開いた。

「武蔵がお館様を襲ってきたおりに、柳生は武蔵の邪魔をしたではありませぬか。それなのに今度は柳生がお館様の命を狙うのでしょうか」

大膳は笑って答える。

「武蔵からわたしを守ったのは、細川の勝手にはさせぬということだ。わたしを江戸に呼び、黒田家謀反《むほん》の証人としたうえで、無用になれば斬るつもりだ」

舞が眉《まゆ》をひそめた。

「柳生と言えば武芸の家として知られておりますのに、さような非道をいたすのでございましょうか」

「柳生はすでに一介の武芸者ではない。あの男の目は政《まつりごと》を行う者の目だ。利に敏《さと》く、非情に徹している。わたしを斬ろうと思えば一瞬もためらうまい。しかもおのれの手は汚さず倅にやらせるのだ」

権之助はうなり声をあげて言った。

「柳生もつまらぬ男に成り果てましたな。自らひとを斬ることを楽しむ武蔵のほうがよほどましじゃ」

「さて、世間はそうは思うまい。柳生は剣禅一如《けんぜんいちにょ》と称して、禅に通じていることを自らの流派の飾りにいたしておるそうな。政に長《た》けた柳生流こそが天下を統《す》べる剣だと世のひとは思うであろう」

大膳は皮肉な口調で言った。

この日、夜になって、大膳の居室の縁側から、

「殿がお見えでござる」

と竹中家の家臣が告げる声がした。

「さようか」

答えた大膳が控えて間もなく采女正が部屋に入ってきた。燭台《しょくだい》の灯りに不機嫌そうな采女正の端正な顔が浮かぶ。

采女正はせわしなく大膳の前に座って、

「昼間、柳生但馬が来たそうだな」

と訊いた。大膳はじらすように采女正の顔をじっくりと見つめてから答えた。

「お見えでござる」

「何用で参ったのだ」

采女正はうかがうように大膳に顔を向けた。

「さて、それがしは、柳生様には竹中様と談合のうえにて、それがしに話に参られたものと思っておりましたが」

大膳はさも意外だという表情をして見せる。采女正は苛立《いらだ》たしげに舌打ちした。

「談合などはせぬ。柳生は常にひとを出し抜こうとする。此度《こたび》、そなたを江戸に連れ

出すことができたのは、わしの手柄だ。しかし、柳生はその手柄を奪おうとする」

憤ってこめかみが脈打つ采女正を見据えながら、大膳は大仰に膝を叩《たた》いた。

「なるほど、それで柳生様はあのことをしつこく訊《たず》ねられたのでござるな」

「何のことを柳生は訊いたのだ」

采女正は膝を乗り出した。

「されば、先君黒田長政公が関ヶ原での功により、神君より頂戴《ちょうだい》いたした感状、すなわち関ヶ原感状でございます」

「関ヶ原感状だと」

采女正の顔が緊張する。

「さすがに柳生様は目のつけどころが鋭いですな。此度の黒田家の騒動の行方を左右するのは関ヶ原感状でございましょう。されば、柳生様が関ヶ原感状を手にすれば竹中様を越えて功績第一ということになります」

大膳が感嘆するように言うと、采女正はうめいた。

「おのれ、柳生め。小賢《こざか》しい真似《まね》をいたす」

そのころ宗矩は、江戸城に上り、本丸の家光の御座所に伺候《しこう》していた。

御座所の家光の傍らには土井利勝が控えて、なにやら話していた様子だ。宗矩はふたりの話に遠慮するかのように敷居際《ぎわ》で手をつかえた。宗矩の背後には十兵衛が従っている。

家光は闊達《かったつ》な声をかけた。

「但馬、そこでは遠い。近う参れ」

家光の声に応じて、宗矩はするすると膝行《しっこう》した。十兵衛も影のように宗矩に従う。

家光は十兵衛に目を止め、

「十兵衛ではないか、ひさしいのう。そうか、此度の黒田の一件で但馬に呼び出されたか」

十兵衛は手をつかえ、頭を下げて答えた。

「御意にございます」

家光は薄く笑って宗矩に目を向ける。

「どうじゃ、栗山某とか申す黒田の家老は使えそうか」

家光に下問され、手をつかえていた宗矩は能面のような顔をあげた。

「さて、なかなかに――」

宗矩は曖昧《あいまい》に答えた。家光は片方の眉をあげて問うた。

「使えぬのか」

「たやすく使える者ではないと見ました。おそらく乱世ならば、たとえば仙台の伊達《だて》政宗《まさむね》公の如《ごと》き、梟雄《きょうゆう》になろうかという男でございましょう。されば黒田公はさぞ手こずられたでございましょう」

宗矩は無表情に言ってのけた。家光は少し考えてから、

「まあよい。それほどの男でなければ黒田家をつぶす道具にはなるまい。なにせ、あの家には東照大権現《だいごんげん》様の感状が伝わっているというからな。それを持ち出されるとちと面倒なことになる」

傍らの利勝が身じろぎして口を挟んだ。

「ただいま、上様と話していたのもそのことだ。神君家康公の感状を黒田が持ち出せば、知らぬ顔をするわけにはいかぬ」

宗矩はもっともだという顔でうなずきながら口を開いた。

「それゆえ、此度はよき機会かと存じます。まず、黒田家に伝わる感状を奪うべきでありましょう」

家光が驚いた顔になった。

「奪うだと」

「さようでございます。恐れながら神君の感状があるということになれば、未来永劫《えいごう》、黒田には手が出せませぬ。それでは諸大名に示しがつきませぬ。黒田様を江戸に呼びだされたのを好機に奪い取りましょう」

家光は目を光らせる。

「さようなことができるか」

「倅、十兵衛がいたします。黒田家にとって関ヶ原感状は、切り札でございますから、江戸に持参いたしたのではありますまいか。あるいは、栗山大膳めが筑前を出るにあたり、ひそかに持ち出したかもしれませぬ。いずれにいたしましても関ヶ原感状が江戸にあるいまが、奪い取る好機でありましょう」

宗矩の言葉を聞いて家光は眉をひそめた。

「はたして栗山大膳は関ヶ原感状を所持いたしておるであろうか」

「大膳はしたたかな男であろうと存じます。上様に関ヶ原感状を差し出すことで身の安泰を図るのではありますまいか。黒田家はうかつに大膳に手が出せませぬ」

利勝が首をひねって、言葉を発した。

「だが、主家にとって大切なる感状を持ち出すことなどできようか」

「いや、あの男はひとにできぬこともやってのけましょう。黒田家との間で詮議《せんぎ》が行われるおり、最後に持ち出すのが、もっともよいやり方でございます。そこを狙うのではありますまいか」

「なるほど、もしも栗山大膳が関ヶ原感状を手に入れておったならば、黒田家の命運はすでに尽きたな」

家光が嬉《うれ》しそうに言う。

「さようにございます」

宗矩は無表情な顔で頭を下げた。背後の十兵衛は目を閉じ、押し黙っている。

二十五

三日後、大膳は源八だけを供にして赤坂の紀州藩中屋敷に赴いた。笠《かさ》をかぶり、袖なし羽織に袴《はかま》をつけた牢人《ろうにん》のような身なりだった。だが、広大な紀州藩邸の門前に立ち、門番に、

「栗山と申す。安藤帯刀様とお約束がござる」

と告げた。門番は承知していたらしく、大膳をすぐに通し、小姓を呼んで案内させた。

安藤帯刀は幼少のころから家康に仕え、戦場では度々、武功をあげてきた。家康の十男頼宣《よりのぶ》が紀州藩主となると付家老《つけがろう》に任じられた。頼宣に対して、時には怒鳴りつける口調で諫言《かんげん》することも珍しくない硬骨の家臣だった。

すでに八十歳に近い帯刀は鶴《つる》のように痩《や》せているが、眼光は鋭く、物腰は壮年に劣らず、しっかりとしていた。

奥の広間に通された大膳の前に現れた帯刀は、立ったまま腰に手を当てて、

「主君を訴えた愚か者が、ようまあ、わしの前に顔を出せたものだな」

と飄々《ひょうひょう》とした口ぶりで言った。

大膳は手をつかえて頭を下げた。

「申し訳ございません。紀州様をお頼りいたすほか道はございませせなんだ」

「そうか。わが紀州徳川家のご正室八十《やそ》姫《ひめ》様は加藤清正公の娘ゆえ、九州の大名には同情があられる。わしにも常々、黒田家によくいたすように言われておるのでな。このこと、忘れるなよ」

帯刀は鋭い目になって言った。大膳はさらに頭を下げる。帯刀は大膳を見据えて鼻で嗤《わら》った。

「まことに、わかっておるのかのう。だが、まあ、よい。そなたに頼まれた男はあれ

におる。さっさと話をいたすがよい」

帯刀があごで差した広縁にはひとりの老武士が座っていた。大膳は近づいて広縁に手をつかえた。

老武士はゆっくりと振り向く。黒田家重臣で大膳の父備後とともに黒田八虎《はっこ》に数えられた井上周防だった。

周防は忠之を追って江戸に来ていた。

「なんじゃ、大膳。主家を幕府に訴えた貴様とかように話をいたしておると殿に知れたら、わしは腹を切らねばならんのだぞ」

苦り切った顔で周防は言った。大膳は微笑した。

「さようには、存じますが、それがしの父栗山備後に免じてお許しください」

「備後は何度も戦場で助け合うた朋輩《ほうばい》じゃ。その倅のいうことだと思えばこそ、かように参ったのだ。ありがたく思え」

周防は大膳を睨《にら》み付けた。大膳は軽く頭を下げると、

「時がもったいのうございますゆえ、申し上げます。柳生但馬《たじま》は関ヶ原感状を狙っておりますぞ」

「なんじゃと」

周防の顔が引き締まる。大膳は落ち着き払って言葉を継いだ。

「関ヶ原感状はわが父が永年、秘蔵して参りました。殿も関ヶ原感状の在り場所はご存知ないかと存じます。されど、柳生但馬の狙いが関ヶ原感状にあるからには、裏をかく手を打たねばなりませぬ」

「ならば、いかがしたらよいのじゃ」

困惑した表情で周防は訊いた。大膳は身を乗り出して、周防の耳もとで何事か囁《ささや》く。

周防は驚いて口をあんぐりと開けた。

「お主、謀《はか》りおったな」

周防は大膳を見据えた。

大膳は懐《ふところ》から袱紗《ふくさ》の包みを取り出して周防の前に置いた。

「栗山大膳、お主をまことに信じてよいのか。備後の葬儀のおりにもわしにさようなことを申したではないか」

「お信じなされませ。されど、それがしは希代の叛臣かもしれませぬ。それを承知で信じてくだされ」

大膳は真剣な眼差しを周防に向けた。

「こ奴《やつ》――」

周防は大きく吐息をついた。しかし、しばらく黙った後、思い返したのか、にやりと笑った。

「お主は面白い男だ」

周防はそれ以上言わずに袱紗の包みを取って懐に入れると立ち上がった。

そのまま座敷に入り、廊下へと出ていく。

周防の後ろ姿に目を遣《や》っていた大膳は、やがて庭に目を転じた。

紀州藩中屋敷の中庭は後代に西園《さいえん》と呼ばれる。庭に長寿に効用があるとされる水が出る古井戸があり、まわりは梅林だった。

庭の紅白梅を眺めながら大膳はつぶやいた。

「ひとも梅も同じだな。美しいものには香がある」


大膳が紀州藩中屋敷を出たのは、間もなくのことだった。さらにしばらくして、周防が玄関先に出てくると、供の家士と中間《ちゅうげん》が出てきた。

「安藤様が、わしが大儀であろうと申され、駕籠《かご》を用意してくださるそうな」

間もなく足軽がかつぐ、乗り物が玄関前に来た。

周防が乗り込んだとき、さりげなくひとりの侍女が乗り物の傍らに立った。笠をか

ぶり、顔を隠している。乗り物の中から、周防が、

「本日より、召し抱えた侍女じゃ」

とさりげなく告げた。

家士と中間は怪訝《けげん》な顔をしたが、何も問い返さず乗り物に随《したが》う。乗り物はゆっくりと門をくぐっていった。

この時になって周防の家士と中間は侍女が手に杖《つえ》を持っていることに気づいて首をかしげた。しかし、侍女は悪びれた風もなく、杖をつきながら歩いていく。

大膳は源八を供に武家地の路地を抜けて歩いた。

やがて両脇《わき》に築地塀《ついじべい》が続くあたりに来たとき、大膳の足がぴたりと止まった。源八が素早く前に出て大膳をかばう。

向こうからゆっくりと袖なし羽織、裁付袴《たっつけばかま》姿の柳生十兵衛が歩いてくる。間合いに入る前に十兵衛は立ち止まり、

「栗山殿におうかがいしたいことがござる」

「何用かな」

大膳は平然と訊いた。

「紀州藩中屋敷で黒田家重臣、井上周防殿と会われたな」

「知らぬな」

素っ気なく答える大膳を十兵衛は射抜くような鋭い目で見つめた。

「黒田家重臣はすべて伊賀者の見張りがついており申す。されば、井上周防殿が紀州藩中屋敷に入ったのは見届けておる。その中屋敷にお手前が入ったとあれば、談合があったは必定でござろう。されば、何を談合されたのかお訊ねいたしておる」

「知らぬな」

大膳がふたたび突き放すように言うと、十兵衛は刀の鯉口《こいぐち》を切った。

「刀にかけてでも、訊き出さずにはおかぬぞ」

源八がさっと刀を抜く。

「慮外者め、柳生但馬様の嫡男であろうと許さぬ」

源八がわめくと、十兵衛はにやりと笑った。

「その父が栗山殿より、訊き出せと命じたのだ」

十兵衛はゆっくりと刀の柄《つか》に手をかけた。だが、抜こうとした一瞬、風を巻いて杖が十兵衛を襲う。十兵衛はひらりと跳躍して築地塀に飛び乗った。

「誰じゃ。邪魔致すのは」

十兵衛は築地塀の上から見下ろした。卓馬が大膳をかばい、杖を構えて築地塀の十兵衛を見上げている。

「そうか。貴様が陰供をいたしておったのか」

十兵衛はすらりと刀を抜いた。そのとき、築地塀の上を疾駆してきた権之助が、

「柳生、わが杖を受けてみよ」

と杖を凄《すさ》まじい勢いで横殴りに振るった。十兵衛は宙返りして地面に降り立つ。そこへ卓馬が杖を振るって襲いかかる。

この杖を弾《はじ》き返したところへ権之助の杖が打ちかかってきた。十兵衛は杖を刀で撥《は》ね上げると同時に後ろへ跳んだ。

十兵衛の足が地面についたときには、卓馬と権之助の杖が呼吸を合わせて繰り出された。十兵衛はじりじりと押されていたが、

「面倒な――」

卓馬の杖を撥ね上げて斬った。さらにその勢いで権之助の杖に斬りつける。だが、杖は両断されず、鈍い音を立てた。

十兵衛は刀を引くなり、大胆にも刃をあらためた。

「おのれ、鉄杖《てつじょう》に木の皮を巻きおったな。見よ、あたら名刀が刃こぼれいたしておる

ではないか」

十兵衛が無念そうに言うと権之助は笑った。

「それは気の毒であった。武蔵とそなたに杖を切られて、いささか工夫したのだ」

「ご苦労なことだ。だが、鉄杖とわかればいたしようがあるぞ」

十兵衛は正眼に構えて、じりっと間合いを詰めた。卓馬と権之助が打ちかかろうとしたとき、大膳がふたりを押しのけて前に出た。

「柳生殿、そこもとが訊きたいのは、関ヶ原感状のことでござろう」

「いかにも」

「ならば教えてやろう。関ヶ原感状は黒田忠之公のもとにある。わたしは、お上に差し出すよう周防殿に掛け合ったがものの見事に断られた。奪いたければ黒田公のもとから奪うことだな」

大膳の言葉を吟味するように十兵衛はしばらく考えていたが、やがて、

「今の言葉が偽りであったなら、ただではすまさぬぞ」

と言い放つと後退《あとずさ》った。間合いを出たところで、刀を鞘《さや》に納める。

大膳に向って一礼した十兵衛は踵《きびす》を返して走り出した。

権之助が遠ざかる十兵衛の姿を見つめながら、

「お館様、いまのような大事なお話をあ奴に漏らしてよろしゅうござったのか」

「よいのだ。策士、策に溺《おぼ》れるというが、関ヶ原感状こそ、黒田家の奥の手だと思い込んだ柳生は、知らず知らずのうちに陥穽《かんせい》に落ちようとしておる」

大膳は高笑いした。


黒田藩邸では、周防が紀州藩中屋敷に出向いたことを忠之に広間で言上していた。かたわらに近頃、江戸に出てきた倉八十太夫が控えている。

忠之は周防が大膳に会ったと話すと嫌な顔をした。

「なぜ、大膳などと会うたのだ。彼奴《きゃつ》は不忠の臣ぞ」

「敵の出方を知らねば戦はできませんからな」

周防は忠之の不機嫌が気にならぬ様子で答える。忠之はそっぽを向いたが、ふと、廊下に控えた侍女に目を止めた。

「周防、あの女子はどうした」

「紀州藩中屋敷より召し連れました。実は大膳とのつなぎの役目を果たす者にてございます」

忠之は侍女に向って闊達に声をかけた。

「舞、ひさしいの。どうじゃ、逆臣の手元で働く気分は。そなたの神、デウスは苦い顔をしておるのではないか」

舞は頭を下げて答える。

「わたくしの信ずる神は、ひとびとの苦難を見過ごしにできず、ともに苦しむことで救おうとされます。栗山様も同じではないかと存じます」

忠之は声を上げて笑った。

「これはよい、大膳が異国の神同様にひとを救うとは面白いことを言う。とんだ買い被《かぶ》りだな」

にこりともせず、ふたりの話を聞いていた周防が膝《ひざ》を進めて忠之の前に出た。周防は声を低めて、何事か告げる。

忠之の表情が見る見る緊張した。

「大膳め、将軍家とわしをともに手玉にとるつもりか」

「さよう、それこそが黒田を救う道だと彼《か》の男は考えておるようです」

周防は苦々しげに言った。忠之は、ううむ、とうなり声をあげた。

舞はそんな忠之の顔を静かに見つめている。

二十六

三月に入って間もなく、大膳は土井利勝の邸《やしき》に呼び出された。黒田藩重臣たちと対決するためだった。

土井屋敷の大広間には井伊《いい》掃部頭《かもんのかみ》、酒井《さかい》雅楽頭《うたのかみ》、酒井讃岐守《さぬきのかみ》、松平下総守《まつだいらしもうさ》、永井《ながい》信濃守《しなののかみ》、青山大膳亮《あおやまだいぜんのすけ》、板倉《いたくら》周防守、稲葉丹後守など幕閣が居並んだ。

中央に坐《ざ》した利勝の左右に柳生宗矩、秋山修理亮《あきやましゅりのすけ》、水野《みずの》河内《かわち》守らが連なった。

詮議は宗矩が行うことになっており、宗矩の席から一間隔てて大膳と黒田家重臣の黒田監物《けんもつ》、小河内蔵允が座った。

その後ろに倉八十太夫が控えている。十太夫は幕府の呼び出しによって出てきたわけではないため、この場で口を利《き》くことはない。

宗矩が軽い咳払《せきばら》いをしてから、

「詮議を始める」

と宣した。まず、大膳に顔を向けて、

「申し開くことがあれば、申してみよ」

と告げた。大膳は宗矩に向かって頭を下げた後、はっきりとした口調で話し始める。

「それがし、此度の事はいささか存念があってなしたことでござる。その内容につきましては先年、竹中采女正様に差し出したる書面をご覧になっていただくにしくはござらん。ただ、この場にて申し上げたきことは、それがしの胸中には一点の曇りもなく、天地に恥じるところもあり申さぬ」

述べ終わった大膳は口を閉ざした。宗矩は無表情に大膳を見遣ると、次に黒田監物に顔を向けた。

「黒田家では、近年、足軽を多数召し抱えたとのことじゃが、いかなる所存じゃ。戦に備えるためと世間では見なすと思うが、如何《いか》に」

問われた監物はいったん、平伏した後、顔を上げた。

「黒田家では代々、戦に備えるを本分といたしております。自ら攻め寄せる戦ではなく、攻め来るものあれば、これを打ち払う戦でござる。特に長崎には異国の船がいつ何時、来襲いたすかもしれず、それゆえ備えを怠るわけにはいかないのでございます」

理の通った弁明に幕閣の中にもうなずく者がいた。しかし、宗矩は能面のような顔で監物の述べたことについての感想を言わない。

「小河内蔵允、述べることはあるか」

宗矩に声をかけられ、白髪で骨ばった体つきの内蔵允は膝行して進み出ると、宗矩だけでなく大膳にも会釈《えしやく》した後、声を高くした。

「わが主君にはもとより、幕府への逆意などあろうはずがございません。栗山殿がなぜ、此度のような訴えを起こしたのか、不審でござる。栗山殿が生まれたおり、先君長政公は脇差や産着《うぶぎ》、樽酒《たるざけ》、肴《さかな》などの祝いの品を贈られてござる。それが、どうしてかような訴えを起こすことになったのか、それがしは無念でござる」

内蔵允は言いながら感極まったのか、ぽたぽたと涙を畳に落とした。幕閣に同情する気配が広がったが、宗矩は動じず、

「それだけであろうか」

と冷然として問うた。内蔵允は涙をぬぐいながら、

「栗山大膳のことは誰よりも井上周防が存じております。周防をお呼び出しくだされ」

と言って頭を下げた。宗矩は眉ひとつ動かさず、

「井上周防をこれへ」

と言って、別の座敷に控えていた周防を呼び出した。

周防は小姓に案内されて評定の間に入ると、宗矩始め幕閣に一礼した。さらに大膳の前に進むとうずくまった。そして、

「わしが座るのだ。少し、下がってもらおうか」

と声をかけた。大膳は迷惑気な顔をして動こうとしない。

「そちらへお座りになればすむことでござろう」

「そうはいかぬ。わしはここに座りたいのだ」

周防は強引に言って、大膳に顔を近づけ、耳もとで何事か囁いた。まわりの者には周防が座るために、大膳を脅したように見えた。しかし、宗矩は一瞬、目を光らせてから、また能面のような顔に戻った。

「わがままなお方じゃ」

大膳は渋々といった様子で下がる。

周防は大威張りで座りながら、大膳に向かって、

「わしはお主の父備後殿とは永年の友であった。備後殿はまこと忠義の武士であったが、倅《せがれ》であるお主はなぜかように不忠の振舞いをいたすのだ。お主は随分と父より見劣りいたすぞ」

と蔑《さげす》むように言った。大膳は苦々しげに、

「井上様は近頃の殿のなされようを知らぬゆえさようなことを申されるのだ」

「さて、そうであろうか。わしはそうは思わぬぞ」

周防は宗矩に顔を向けた。

「大膳めは、おのれの主君に謀反の志ありと訴えたそうでござるが、もし、さような企てがあるなら、戦をしたことのある者に相談があるはずでござる。しかし、戦場を踏んだことのあるそれがしに、わが殿はさような相談をいっこうにされておりませんぞ。しかるに戦に出たこともない大膳めに相談があるはずはない。つまるところ、大膳めの虚言でござる。ご老中方が耳を傾けられるような話ではござらん」

周防は一気に言い切って、からからと笑った。

宗矩は目を細めて周防を見据え、

「戦場往来の武辺者はこの場にいくらでもおる。さような自慢話は、聞くまでもない。慎まれたがよかろう」

と切って捨てるように言った。

周防は目を丸くして宗矩を見つめると、頭に手を遣る。

「いや、まことにさようでござった。田舎武士の武辺誇りほど見苦しきものはござらぬな。許されよ」

周防はいったん頭を下げたが、すぐに顔をあげ、幕閣たちを見まわした。

「されど、わが殿が謀反の疑いをかけられ、所領召し上げになってはまことに無念ゆえ、これだけは申し上げたい。さる関ヶ原の戦のおり、神君は先代の黒田長政公の手を取られて、そなたの働きで勝利を得た、黒田家へは末代まで不沙汰《ぶさた》はせぬと言われ申した。このこと、ここにおられる土井様、井伊様、酒井様も御承知のことでございますな」

周防に睨みつけられて土井利勝は苦笑した。

「たしかに、そのこと、われらも承知しておる。されど、ここは関ヶ原の戦場ではないぞ。また将軍家も代替わりされたのだ。ご当代様にはご当代様のご意向があると知っておかねばなるまい」

「なるほど、さようでございますな。されど、神君が長政公にあてた感状があればいかがなされまするか」

周防が幕閣たちに向って突き付けるように言うと、宗矩が木彫りの面のような顔にわずかに笑みを浮かべて身を乗り出した。

「さような感状があれば、昔の話だと聞き捨てにするわけには参らぬ。黒田公には江戸まで持参されたと存ずる。見せていただこうか」

宗矩の言葉に周防はにやりと笑う。

「さように仰《おお》せになられるであろうと存じておりました。されど、わが黒田家にとっては何よりの宝でござる。うっかり差し出してお召し上げになってはかなわぬゆえ、国許《くにもと》へ戻してござる」

「ほう、国許へ戻されたか」

宗矩はちらりと大膳を見た。そしてわずかに首をかしげた宗矩は、さりげなく言った。

「実はのう。そちと大膳がさる所で密談したことは、伊賀者の調べでわかっておる。そのおり、関ヶ原感状について話し合われたかと思える。さらに、その後も黒田家から大膳に使いが送られた様子はない。であるなら、まだ、黒田藩邸にあるのではないか」

「いや、国許へ戻したと申したからには、戻し申した」

周防はきっぱりと言った。

宗矩は冷笑を浮かべる。

「ほう、さほどまで申すなら、よもや間違いはござるまい。なるほど、本日、かように詮議が行われている間にひと目を忍んで国許へ戻されたのかもしれぬ。されど、無事に届けばよろしゅうござるな。なにぶん、当節は物騒じゃ。野盗の類《たぐい》にでも奪われたなら、せっかくの感状がないものとなってしまうでな」

宗矩が腹に一物ある言い方をすると、周防は厳しい表情になった。だが、傍らの大膳の肩が小刻みに震えている。

宗矩が怪訝な目を向けると、大膳は不敵な笑みを浮かべた。

大膳の様子を見て眉をひそめた宗矩は、何事かに気づいたようにうめいた。

「大膳、謀りおったな」

そのころ黒田藩邸から若衆姿の舞が出てきた。手に杖を持ち、背に状箱を紐《ひも》でくくって負っている。

舞はあたりをうかがってから、歩き出した。

二町ほど武家地を歩いたところで、背後から蹄《ひづめ》の音が聞こえて、はっと振り向いた。

すると、武士が馬を走らせてくるのが見えた。

馬に乗っているのは、十兵衛だった。馬が土を蹴《け》立《た》てて近づいてくるのを見て、舞は杖を構えた。

馬が舞のそばを通り過ぎようとした瞬間、馬上の十兵衛は刀を抜き放って一閃《いっせん》させた。舞が背負っていた状箱を結ぶ紐が切れた。

宙に飛んだ状箱を十兵衛がつかもうとする。だが、その瞬間、舞の杖が状箱を打った。

状箱は割れて飛び散り、中に納められていた書状がひらひらと風に舞う。

「おのれ――」

十兵衛が馬から飛び降りたときには、書状は舞の手にあった。十兵衛は逡巡《しゅんじゅん》することなく舞に駆け寄った。

舞は書状を懐に杖を振るった。

「小賢しい」

十兵衛は杖を払って舞に斬《き》りつけた。舞は杖を引くと背中を見せて走り出す。

「待て――」

十兵衛は刀を鞘に納めて舞を追う。舞は途中で振り向くと白い歯を見せて笑った。

「鬼殿、こちらへお出《い》でなさいませ」

あたかも隠れ鬼遊びをしているかのようだ。十兵衛は足を速める。通行人を蹴散らして走るうちに家並が途切れ、草地に出た。

舞は立ち止まると杖を構えた。

「柳生様、お手並みを拝見つかまつる」

十兵衛は刀の柄に手をかけ、あたりをうかがった。すると、草地の端から権之助と卓馬が近づいてくるのが見えた。

「なるほど、わたしが書状を狙《ねら》うのは見通していたというわけか」

十兵衛がつぶやくと、権之助が嘲《あざけ》るようにくっくっと笑った。

「柳生は狡猾《こうかつ》な狐《きつね》のようだと聞いておるが、お館《やかた》様の方が一枚上手のようだな」

「なんだと」

十兵衛は権之助を睨んだ。権之助は舞に声をかける。

「この男が必死で追ってきた書状を見せてやるがよい」

舞は言われた通り、懐から書状を取り出し、十兵衛に開いて見せる。何も書かれていない、白紙だった。

「どういうことだ」

十兵衛はうめいた。卓馬が杖を構えて十兵衛の後ろにまわりながら、

「お館様は柳生が黒田家の関ヶ原感状に目をつけていることを知って、井上周防様と密談いたし、持ち出していた関ヶ原感状を渡して国許に送り返すよう進言された。黒田忠之様はさっそく感状を九州に送られた。われらの役目は感状が江戸を出るまで柳

生の目を引きつけておくことだった。そのため舞を侍女に化けさせ、黒田藩邸に送り込んだのだ」

と告げた。十兵衛はひややかに笑う。

「そうか、大膳めは、やはり我らをだましたのか」

「いかにも、さようでござる」

卓馬は杖を十兵衛に突き付けた。権之助も杖を大きく上段に振りかぶる。舞も十兵衛の脇にまわった。

権之助は目を光らせて言った。

「三方からの杖、見事受けられるか」

十兵衛は薄く笑った。

「やってみるがよい」

おおっ、と権之助が声を発し、三人は十兵衛の頭上に同時に杖を振り下ろした。その瞬間、十兵衛は腰を沈めると刀を鞘ごと抜いて杖を頭上で受けた。

さらに鞘で三本の杖を支えつつ、抜いた刀で権之助の足を薙《な》いだ。権之助が飛び下がると、鞘を撥ね上げて二本の杖を払った。

卓馬と舞の杖は宙を舞って十兵衛の足を薙ごうとする。だが、十兵衛は跳び上がると、すかさず舞の杖に乗った。

十兵衛の重みで舞は杖を取り落した。その瞬間、十兵衛は舞に鞘を投げつけ、地面に転がりながら、舞の杖を手にして跳ね起きた。

十兵衛は杖を真ん中で握り、頭上高く掲げ、片手で構えた刀を前に突き出す構えになった。

権之助は笑った。

「なかなかやるのう」

言いながら、権之助の鉄杖は下段から十兵衛の胴を狙った。

十兵衛は鉄杖を刀で払いつつ、頭上の杖で片手なぐりに権之助の首筋を打とうとした。権之助の鉄杖が大きくまわってこれを撥ね返す。

権之助は杖を槍《やり》のように構えて十兵衛の胸を突いた。

十兵衛はしのいで退きながらも、胸に権之助の杖を受けて、倒れそうになったが踏みとどまった。

権之助はいったん杖を引いたと見せて、もう一度突く。そのとき、十兵衛は刀で払いつつ、後ろへ下がった。

「逃さぬ」

追いすがる卓馬に十兵衛は杖を投じた。かっ、と鋭い音を発して、卓馬が杖を払ったときには、すでに十兵衛は背中を見せて走っていた。

卓馬が追おうとしたが、権之助が、

――やめておけ

と止めた。卓馬は焦《あせ》りの色を浮かべ、

「あの男、斬っておかねば禍根を残すことになりますぞ」

「だからこそ、たやすく後を追ってはならぬ。これを見よ――」

権之助は自らの胸のあたりを指差した。ちょうど胸のあたりが斜めに斬り裂かれている。

「これは奴の仕業でございますか」

卓馬が息を呑むと、権之助は笑った。

「わしだけではない。お前たちも同じではないか」

言われて卓馬がたしかめると、胸のあたりの衿《えり》が斜めに斬られていた。舞がどこか楽しげに言った。

「わたくしにもございました」

見ると舞の衿も裂けている。

卓馬はうめいた。

「いつの間にやったのであろう。気が付かなかったとは恐るべき腕前だ」

権之助は宙でひゅん、ひゅん、と音を立てて杖を振り回しながら、

「いずれ、奴はお館様の命を狙ってくるだろう。そのときが勝負だ」

と言った。

風が吹き、雨が降り始めた。

二十七

大膳の取り調べは、江戸城桜田門外の井伊掃部頭直孝《なおたか》の屋敷で行われることが竹中屋敷に伝えられた。
直孝は徳川家康の猛将だった直政《なおまさ》の子で、父親に似て寡黙《かもく》であり、豪勇でもあったことから、
――夜叉《やしゃ》掃部《かもん》
という仇名《あだな》があった。大坂冬の陣では真田《さなだ》信繁《のぶしげ》（幸村《ゆきむら》）が籠《こも》る真田丸を挑発されるままに攻めて大損害を被《こうむ》ったが、家康は、

「兵の士気を高めた」

　として咎《とが》めなかった。

　このためか夏の陣では大坂方の木《き》村重成《むらしげなり》を打ち破り、秀頼を追い詰めて自害させるなど大功をあげた。

　彦根藩三十万石の大領を与えられ、幕府の宿老として重きをなしていた。

　今年、四十四歳になる。

　いまも戦陣の気概を失わず、夜も布団《ふとん》を用いず、簀子《すのこ》に寝て、それでは体によくないのではないかとまわりから言われた際には、

「戦場では地面に寝るのだ。体をならしておかねばいざという時に困るではないか」

　と応じた。それだけに屋敷も華美に飾ることがなく、庭なども野草が生い茂るままにしているという。

　直孝の屋敷での取り調べは明日行われると、竹中采女正は広間に大膳を呼び出して言った。大膳は手をつかえ、

「承ってございます」

　と神妙に答えた。采女正は口上を伝えた後、

「おそらく、これが最後のお取り調べにて、その後、お沙汰が下ろうゆえ、心してか

かられよ」

と微笑して言った。

大膳は手を両膝に置いて、背筋をのばすとわずかに首をかしげた。

「されば、忠之公へのご処分、およそ決まったのでございましょうか」

「関ヶ原感状の一件では、柳生がしくじったようだ。それでもご老中方は、黒田公の家中の乱れを重く見ておられる。領国、召し上げということになるのではないか。すなわち、そなたの勝ちだ、栗山大膳。主君と争い、国を失わせるとは、希代の叛臣《はんしん》であるな」

采女正は皮肉な目を大膳に向ける。

「さて、まだお沙汰が出たわけではありませぬので、何とも申し上げようはございませんな」

「ほう、そなたにしては奥ゆかしき申し条だな」

「さようでございます。ひとを呪《のろ》わば穴二つというではござらぬか。すなわちひとを呪えば、相手の墓とおのれの墓として穴が二ついることになると」

大膳はじろりと采女正を見た。采女正は苦笑して、

「主君を裏切るのは、さほどまでに後ろめたい気がするものかな」

と言った。大膳は采女正を見つめたまま話を続ける。

「竹中様はそれがしが主君を裏切ったと思《おぼ》し召《め》すか」

「決まっておろう。主君に謀反《むほん》の志ありと訴え出たのだ。裏切りでなくて何だというのだ」

采女正が眉《まゆ》をひそめると、大膳は声をあげずに笑った。

「なるほど、世間はさように思いましょうな」

「違うと申すか」

大膳をにらみつけて采女正は問うた。

「いや、違いませぬ。まことにさようでございましょう」

大膳ははぐらかすように言うと、素知らぬ顔で訊《き》いた。

「時に、竹中様は明日のご詮議《せんぎ》の場にはご同席なさいましょうか」

「そなたの訴えを受け取ったのは、わしだ。大詰めに立ち合わねばいたしかたあるまい」

大膳は首をかしげたまま、

「しかし、竹中様は先月には長崎奉行を罷免《ひめん》になられたと耳にいたしましたが」

とつぶやくように言った。

采女正の顔色が変わる。

「そなた、どうしてそのことを」

末次平蔵から竹中采女正の不正の訴えを受けた土井利勝は、訴状を握りつぶしたものの、采女正が長崎奉行に留まっていては、長崎の者たちが納得しないと見て、ひそかに職を免じていた。

黒田家の騒動について幕閣の裁定が行われれば、その功により、あらためて采女正を長崎奉行に任じ、家光が念願としているルソン侵攻にあたらせるという話になっていた。

このため采女正は江戸藩邸で謹慎していたが、そのことが大膳の耳に入っていたことに采女正は驚いた。

「それがしも、此度の訴えの一件には命がかかっておりますゆえ、まわりで何が起きているかを常に知ろうといたしております。言うならば、武門の心得かと存じます」

「さようか、ならば申すまでもあるまいが、わしが長崎奉行を免じられたのは、土井様の慮《おもんぱか》りによるものだ。いずれ、復職いたすことになる。そのこともよくわきまえておくことだな」

念を押すように采女正は言った。

「いかにも承知いたしております。ただ、申し上げておきたかったのは、先ほどの諺《ことわざ》でございますよ」

「なんのことだ」

「竹中様はそれがしの訴えを取り上げられ、黒田家を窮地に落されたおりには、まさかご自分が長崎奉行を免ぜられるとはお思いになりませなんだと存ずる。されば、ひとを呪ったおりの、二つの穴ではございますまいか」

大膳はさりげなく言ってのけた。

采女正の表情が一瞬、険しくなったが、大きく息を吐いて落ち着くと穏やかに言葉を返した。

「やはり、そなたには、何もわかっておらぬようだな。いまの世は上様のご威光しだいで何事も決まる。わしは上様の思し召しに従うて動いているだけのことだ。わしに逆らうは上様に逆らうことと同じぞ」

大膳はゆっくりと頭を下げた。

「仰せ肝に銘じておきまする」

采女正は大膳を睨み据えたが、大膳は無表情なまま口を閉ざした。

この日、大膳はいつものように卓馬と舞や権之助、龍翁、源八とともに夕餉《ゆうげ》をとったが、ふと思いついたように言った。

「さすがに、明日、わが身がいかなるかが決まると思うと、気が昂《たか》ぶるようじゃ。今宵の伽《とぎ》は舞に申付ける」

いきなり、夜伽を言われて、舞はさっと頬を紅潮させてうつむいた。権之助は驚いた表情になって、

「これはまた急なことじゃ。お館様には、さほど舞がお気に召されたか」

と言った。

「舞がわが館に参った日からさように思っていた。いずれ、わが傍に置きたいものだ、となり。舞は気が進まぬか。どうじゃ――」

大膳にはっきりした口調で訊かれて、舞はうつむくばかりで何も答えられない。卓馬が身じろぎして口を開いた。

「おそれながら、舞はまだ杖道の修行をいたしたいと常々、申しております。お館様の思し召しながらご容赦くださいませ」

卓馬は舞に代わって頭を下げた。大膳はちらりと卓馬を見たが、意に介さない様子で言葉を継ぐ。

「さようか。それならば、それでよいが、わたしはそなたではなく、舞から返答を聞きたいのだ」

卓馬は舞を振り向いて言葉をかけた。

「舞、そなたの気持ちを申し上げよ。お館様はお断わりいたしてもお咎めにはならぬとわたしは思っているぞ」

だが、舞はなおもうつむいたまま答えようとしない。その様子を見て、龍翁が口をはさんだ。

「さても。お館様はこのような場で若き女人に夜伽を命じるなど無粋なことをされる。舞殿は返答のいたしようもございますまい。今宵、寝所に参るかどうかは、舞殿の心次第ということで、いまは納めてくださりませ」

大膳はじっと舞を見つめて言った。

「なるほど、龍翁の申す通りだ。いかにするかは舞の心にまかせる。卓馬の申す通り、夜伽を拒んだからといって咎めたりはせぬ。だが、わたしは待っておるぞ」

大膳の言葉を聞いて、舞はようやく顔を上げた。思い詰めたような顔で大膳の目を見返した。

「仰せ有り難く承りました。ご返事はこの場にていたしまする」

舞はきっぱりと言った。

大膳は片方の眉をあげて、しげしげと舞を見た。

「ほう、ただいま返事をいたすと申すか」

大膳は思いがけない言葉を聞いたという顔になった。傍らの卓馬が眉をひそめ、案じるように舞をちらりと見る。

「はい、わたくしの心を正直に申し上げれば、初めてお館様にお会いしたときより、慕わしきおひとと思うて参りました。なぜさような思いを抱くのかと胸の裡《うち》を訊《たず》ねてみますと、お館様がある方に似ておわすように、わたくしには思えるのでございます」

舞はためらうことなく答えた。

「誰と似ていると申すのだ」

「わたくしどもの主、イエス様にございます」

「見当違いなことを申す女子だ。わたしは主君を訴え、不忠、不義を行ってはばからぬ栗山大膳だぞ」

「されど、それはお館様が自ら信じる道を歩まれてのことでございましょう」

舞は落ち着いて言った。

「だとしたら、どうだというのだ」

「世の指弾を恐れず、自らを信じて茨《いばら》の道を歩まれた方こそ、主なるイエス・キリスト様にございます。わたくしはさような方に身も心も捧《ささ》げとうございます」

舞の迷いのない口調に卓馬は息を呑《の》んで目を閉じた。

権之助や龍翁、源八も粛然としてひと言も発しない。

大膳はまじまじと舞を見つめる。

「さように申して、後で悔いることになっても、わたしは知らぬぞ」

「たとえ何があろうと悔いはいたしません」

舞は手をつかえ、頭を下げた。権之助が頭に手をやって太いため息をついた。

「やれやれ、まるで果し合いの申し入れのようじゃ。聞いておるこちらまで身がすくむ思いがするわ」

卓馬は重苦しい表情で黙したままだった。

夜が更《ふ》けて、舞は白い夜着に着替えると、広縁を通り、大膳の寝所へと向かった。

月が出て庭を青白く照らしている。

大膳の部屋の前に来た舞は跪《ひざまず》いて声をかけた。

「舞でございます」

部屋から、入れ、という大膳の声がした。舞が障子に手をかけて開けようとしたとき、

「舞、しばし待て」

という大膳の声がして中から障子は開けられた。夜着姿の大膳がゆっくりと広縁に出てくる。

「いかがなされました」

舞がうかがうと、大膳は笑った。

「そなたほどの者がこの殺気に気づかぬのか」

舞ははっとして庭に目を遣《や》る。そこにはいつの間にか卓馬が二本の杖《つえ》を携えて立っていた。

「兄上――」

舞が呼びかけると卓馬はゆっくりと頭を横に振った。

「わたしとそなたは、まことに血がつながった兄、妹ではない。まして今宵、わたしは兄としてではなく、そなたを恋する男として、ここに立っておる」

卓馬が淡々と言うと、舞は信じられないという顔をした。

「兄上様が、わたくしに思いをかけてくださるなど思うてもみませんでした」

「だが、わたしの真の心は昔からさようだった。されど、そなたがキリシタンとして生きるならば生涯、告げずにおこうと思っていた」

卓馬は舞を見据えて言った。舞は苦しげに答える。

「兄上はわたくしがお館様のおそばに侍《はべ》ることはキリシタンを捨てることだと思って、お怒りでございまするな」

「妬心《としん》であることを偽ろうとは思わぬ。しかし、それだけではない。わたしには、そなたがおのれの歩むべき道を踏み迷うておると思えてならぬ」

「さようなことはございません。兄上にはわたくしの心がおわかりいただけませぬか」

舞は必死に訴えた。

卓馬は舞から目をそらさず、手にした二本の杖を前に差し出した。

「言葉にてはわからぬ。われらは杖道《じょうどう》を歩む者であるからには、心の裡は杖に表れよう。お館様のもとに上がる前にわたしと立ち合え。そなたの心がどれほどまことのものか、確かめてやる」

卓馬は厳しい表情で言ってのける。舞は困惑した顔を大膳に向けた。

「お館様、兄の望むようにいたしてもよろしゅうございますか」

大膳はにこりとした。

「よかろう。存分に立ち合え」

舞に言った大膳は庭に顔を向けて、

「それでよいな、権之助、源八――」

と呼びかけた。

庭木の陰から権之助と源八が出て来る。青白く月に照らされた権之助は、苦笑した。

「卓馬がお館様を狙うのではと案じて見張っておりましたが、お館様に気づかれるは不覚でござった」

「もし、卓馬がわたしを狙ったとしたら、どうするつもりだったのだ」

大膳は首をかしげて訊いた。

「無論、躍り出て杖にて卓馬の頭蓋《ずがい》を打ち砕く所存でござった。されど、そういたさずにすんでようござった」

さすがにほっとした表情で権之助は答えた。

傍らの源八もうなずいて、

「いかにもさようでございます。卓馬殿を斬ることになるかと危ぶんでおりました」

と言葉を添えた。大膳は卓馬を見遣りながら、

「いや、まだわからぬぞ。舞がなおもわたしの夜伽をすると言い張れば、卓馬はわたしを殺《あや》めようといたすやもしれん」

と言った。

卓馬は杖を手に舞に目を向けたままで何も言わない。舞は心を決めて、大膳に頭を下げると、庭に裸足《はだし》で降り立った。

近づいて杖を手渡した卓馬はすーっと下がると同時に自らの杖を構えた。舞もまた杖を正眼に構える。

大膳は権之助に声をかけた。

「権之助、そなたが見届け役ぞ」

権之助は、おう、と言いながらふたりに近づいた。

「お館様のお許しが出たからには存分に立ち合え、卑怯《ひきょう》な振舞いはわしが許さんぞ」

権之助が吠《ほ》えるような声で言うと、卓馬と舞は間合いをとって向かい合い、たがいに気合いを発した。

杖を構えたふたりの姿が月光に青白く浮かび上がる。

先に動いたのは、舞だった。

大きく踏み込んで正眼から下段にした杖が地面すれすれに振られ、跳ね上がるようにした卓馬を打とうとした。

卓馬はふわりと宙に跳躍してこれをかわすと同時に杖を大きく回して、舞の頭上に打ち下ろした。

——かっ
鋭い音が響いて卓馬の杖は舞の杖によって弾《はじ》かれた。

卓馬は地面に降り立つと、杖を槍のように構えて突いた。

舞はしのぎつつ、間合いをつめると卓馬の肩先めがけて一撃した。卓馬の杖がうなりをあげて舞の杖を弾き返す。

ふたりの呼吸はぴたりと合って、まるで二匹の胡蝶《こちょう》が戯《たわむ》れるかのようだ。

卓馬と舞の動きを見ていた権之助の表情がしだいに険しくなっていく。権之助が言葉を発しようとしたとき、卓馬が動いた。

斜めに杖を振りかざし、打ち込む。同時に舞が杖を卓馬ののど元に突きつける。

——それまで
大声を発して止めたのは大膳だった。

二十八

権之助は不満げにうなり声をあげた。

「お館様、なぜお止めなさる。このふたり、いまだ本気を出さず、たがいに相手の杖に打たれようといたしておる。まことにもって、わしの弟子とは思えぬ不埒《ふらち》な者どもでございますぞ」

大膳は白い歯を見せて笑った。

「それしきのことなら、わたしの目にも見えておる。卓馬は舞の迷いを払うために自ら打たれようといたし、舞もまた卓馬の杖を身に受けることで詫《わ》びるつもりなのだ」

権之助は目を怒らせて言った。

「されば、かような勝負、百年いたしても無駄でござる。たがいに相手を思い遣って立ち合うなど武人のすることに非《あら》ず。さような心持ちで向かい合いたければ、頭を丸めて坊主《ぼうず》になり読経《どきょう》でもしておれ」

権之助に罵《ののし》られて卓馬と舞は面目なげに杖を引いた。

大膳はふたりを眺めながら淡々と言葉を発した。

「卓馬はおのれが兄であると思い、舞はキリシタンとして生きようと思ったがゆえに、たがいを思う気持ちを偽ってきたのだ」

大膳の言葉にふたりは身を固くした。言われてみれば、その通りだという思いがふたりの表情に表れる。

「舞が今宵、わたしのもとに参ると申したのは、キリシタンとして生きるため、女子の気持ちを伏せておるのが耐え難くなったまでのことだ。卓馬が申した通り、舞はおのれの心を見誤っておる」

叱責《しっせき》にも似た大膳の言葉に舞はうなだれた。

卓馬は顔を上げて言った。

「お館様、まことに修行がいたらず、お恥ずかしき様をお見せいたしました。このうえはいかようなりともご処分、願いとう存じます」

「卓馬、そなたの舞への想《おも》い、わたしがしかと見届けたぞ」

卓馬へ声をかけた大膳はさらに舞に目を遣った。

「舞、ただいま卓馬と立ち合うていかなる心持ちがいたした」

うつむいていた舞は顔をあげた。

「申し訳ございませぬ。兄と立ち合いながら、嬉《うれ》しき想いで満たされておりました。

わたくしは自らの心を今一度、見つめねばならぬと存じました」

大膳は大きく首を縦に振った。

「さようであろう。ならば、おのれの心を知ったそなたたちに命じることがある。明日の早朝、この屋敷を発《た》ち、ただちに長崎へ向かえ。そなたたちにしてもらいたいことがあるのだ」

卓馬と舞は、はっと息を呑んだ。

「明日はお館様にとって運命を決する大事な日でございます。さらに井伊直孝様は〈夜叉掃部〉の名がある荒きお方と聞いております。話の成り行きしだいでは、お館様を討ち取ろうとされるやもしれません。わたしを警護にお連れくださいませ」

卓馬が言上すると、舞も、わたくしもお連れください、と懸命な声で言った。

大膳は夜空を見あげて嘯《うそぶ》いた。

「なに、相手が殺すつもりになればいかに護衛の人数を増やそうと同じことだ。明日は、わたしひとりにて戦う。そなたらには長崎に向かってもらおうと考えたがゆえに、舞に夜伽を命じ、ふたりの心底を確かめたのだ」

大膳の言葉を遮るように権之助が野太い声を出した。

「お館様、それがしがいることをお忘れか。たとえ、〈夜叉掃部〉の屋敷であろうと、それがしをお連れくだされば、必ずやお館様をお守りいたしますぞ」

ははっ、と大膳は笑い声をあげた。

「権之助には長崎へ向かう卓馬と舞の護衛をいたしてもらいたい」

「なんと」

権之助は目をむいた。大膳は構わず、話を続ける。

「この屋敷は柳生の手の者が見張っておる。卓馬と舞が長崎へ向かえば、必ず柳生十兵衛が追ってきて、何が目当てかを知ろうとするだろう。十兵衛に襲われたとき、ふたりを守ることができるのは権之助しかおるまい」

権之助がううむ、とうなると、卓馬が膝《ひざ》を乗り出した。

「されど、お館様はわれらふたりに長崎でいったい何をさせようというおつもりでございますか」

大膳はしばらく黙ってから口を開いた。

「長崎のキリシタンにかように伝えよ。末次平蔵が竹中采女正の不正を訴え出たが、土井利勝がこれを握りつぶした。采女正は長崎奉行を免職となったが、いずれもとに戻るのは明らかだ。そうなれば采女正は上様の命によりルソンへ兵を出し、彼《か》の地のキリシタンを根絶やしにするであろうとな」

「それをキリシタンに伝えれば不穏なことが起きるのではございませぬか」

卓馬が目を瞠《みは》って言うと、大膳はかすかに笑った。

「そうだ。長崎にて乱が起きることがわたしの狙いだ」

「なぜにさようなことを」

舞は息を呑んで大膳の顔を見つめた。大膳は夜空を見上げながら、答える。

「すべてはわが秘策だ。長崎ではそなたらが一度、会った天草四郎なる者にもいまのことを伝えよ。乱を起こすには率いる者がおらねばならぬ。天草四郎はそれだけの器量があると見たぞ」

「天草四郎殿はまだ少年にございます。とても――」

卓馬が言いかけると、大膳は平然として言いかぶせた。

「乱を起こすに、若いも年寄りもあるまい。ただ、おのれの行く道を信じて迷わぬ者だけが力強き者に抗して立つのだ」

大膳は部屋に目を向けて、

「龍翁、酒を持ってまいれ」

と言った。

声に応じて、龍翁が素焼きの瓶子《へいし》と杯を持って部屋から出てきた。大膳は端《はな》から舞と寝所をともにするつもりはなかったようだ。

龍翁が傍らに座って差し出した杯を受け取った大膳は、

「されば、今宵、そなたらに別れの杯をとらせる。明日は皆、出陣の日と心得よ」

広縁に座り、まず自ら一献、傾けた。

龍翁は庭に下りて扇子を手に寂びた声で謡《うた》いつつ、すり足で舞った。能の舞台が立ち現れたかのようだ。

あれを見よ不思議やな
味方の軍兵《ぐんぴょう》の旗の上に
千手《せんじゅ》観音の
光を放つて虚空《こくう》に飛行し
千の御手ごとに
大悲の弓には
智恵《ちえ》の矢をはめて
一度放せば千の矢先
雨霰《あられ》と降りかかつて

鬼神の上に乱れ落つれば
ことごとく矢先にかかつて
鬼神は残らず討たれにけり

謡曲『田村《たむら》』である。

ある僧が京に上り、春の日に清水寺を詣《もう》でた。そこで童子と出会い、清水寺の由来を尋ねる。

童子は坂上田村麻呂《さかのうえのたむらまろ》が建立《こんりゅう》した謂《いわ》れを語る。やがて日が暮れるとともに月が花に照り映える宵となった。

童子は清水寺の桜を愛《め》でて舞い、やがて建物の中に姿を消す。この日の夜半、僧が読経をしていると坂上田村麻呂の霊が現れ、かつて鈴鹿《すずか》山の凶徒征伐のおり、千手観音の助けで、討ち果たすことができた、と語る。

軍勢を率い朝敵を討ち亡《ほろ》ぼす坂上田村麻呂の勇壮さが際立《きわだ》つ能だった。

龍翁の舞いを見つつ、権之助や卓馬、源八に杯をとらせた。そして舞にも杯を差し出した。

舞は進み出て大膳の手から杯を受け取る。

大膳は瓶子の酒を注ぎながら、

「今宵、夜伽を命じたのは、そなたの心を確かめるためであったが、わたしが口にするのは、常に真の言葉だけだ。そなたをそばに置きたいと思うたのも、わたしの真であった、と覚えておくがよい」

「ありがたき幸せにございます」

舞は肩を震わせて泣くのを堪《こら》えた。涙を溜《た》めた目で杯を見つめた舞は、

――おさらば

と告げて飲み干した。

龍翁の声が夜空から降り注ぐように響く。

坂上田村麻呂が千手観音の助けによって凶徒を討ち果たしたと龍翁が謡うのは明日、九州へ旅立ち、大膳とは二度と会えないかもしれない舞への餞《はなむけ》だった。

舞い終えた龍翁は静かに大膳の前に歩み出た。

大膳は杯を与え、瓶子の酒を注いでやる。

酒を飲んだ龍翁が杯を戻すと、大膳はもう一度、酒を注いで、自らひと息に飲み干すと立ち上がった。

「明日は出陣ぞ――」

大膳はひと声、鋭く放って杯を沓脱石《くつぬぎいし》に叩《たた》き付けた。杯は微塵《みじん》に砕けた。
大膳は目を光らせて謡った。

一度放せば千の矢先
雨霰と降りかかって
鬼神の上に乱れ落つれば
ことごとく矢先にかかって
鬼神は残らず討たれにけり

月が雲に隠れ、あたりは闇《やみ》となっていく。

二十九

翌朝、靄《もや》が白く立ち込める中を、卓馬と舞は権之助とともに竹中屋敷から出立した。
昼過ぎになって大膳は采女正に随《したが》い、鎧《よろい》びつを負った源八を供にして井伊屋敷へと赴いた。

噂《うわさ》通り、井伊屋敷は門構えから築地塀《ついじべい》まで荒々しく、およそ飾るところがない。玄関を通り、広縁を進む間に目にした庭も草が生い茂り、およそ風情《ふぜい》というものはなかった。

大膳は荒涼とした庭に目を遣って思わず足を止め、采女正に声をかけた。

「さすがに武辺で聞えた井伊様のお庭でございますな」

「さようだな」

采女正は荒れた庭の光景に顔をしかめたが、幕閣の重鎮である直孝を難じるわけにはいかず、言葉少なに答えた。

大膳は声をひそめて言葉を継ぐ。

「関ヶ原の戦のおり、奥州《おうしゅう》の伊達政宗公は神君家康公より、東軍勝利の暁には百万石を与えるとのお墨付きを頂戴《ちょうだい》しておられたが、神君はこれを反古《ほご》にされたということですな」

「それがどうしたというのだ」

「伊達様はこれが不満で上様にお代替わりの際、お墨付きを持ち出されたところ、これを手にした井伊様が、いまの世では無用の物だとして破り捨てられたとの噂がありますが、まことでござろうか」

采女正は皮肉な笑みを浮かべて大膳を見た。

「まことじゃ。井伊様は相手が戦国古豪の伊達政宗公でもさように荒いことをされる。黒田家にも容赦はないものと覚悟いたしておいたがよいな」

さようでござるか、と大膳は神妙に頭を下げて、采女正に続いた。

大膳たちが大広間に入って待つほどに井伊直孝や土井利勝ら幕閣たちが居並んで座った。末席に柳生宗矩も控える。

眉が太く、目がぎょろりとした直孝は着座するなり、

——但馬《たじま》
と声をかけた。訊問《じんもん》は宗矩にさせるつもりなのだ。

宗矩は膝行《しっこう》して直孝と利勝の前に出ると頭を下げたうえで、大膳に向かい合って座った。

「先頃よりの調べにより、黒田家の騒動について、おおよそのことはわかった。されど、いずれも言葉のみにて、確たる証《あかし》はない。このままでは、一介の家老であるそなたの言よりも、大名である黒田忠之公の言い分を信じるしかないが、いかがじゃ」

証となるものがあれば、見せよと言わんばかりの物言いだった。大膳は手をつかえて申し述べた。

「それがし、福岡を発ちます際、黒田如水公の赤合子形兜《あかごうすなりかぶと》と唐皮威《からかわおどし》の鎧を城中の宝物庫より持ち出してございます。この兜と鎧は如水公より、わが父が拝領いたしたものでございますゆえ、持ち出すのは当然のことでございます。されど、穏やかに国を出ようと思えば置いてくるのも一法でございましたが、それをしなかったのにはわけがございます」

「ほう、いかなるわけじゃ」

宗矩はつめたい声で訊いた。

采女正も身を乗り出して大膳を見つめた。大膳はさりげなく話を続ける。

「それがしが赤合子形兜を持ち出したのは、訴えの証となる書状を、鉢の裏側に張った布と鉢金の間に隠しおいたからでございます」

宗矩の目が光った。

「それが証じゃと申すのだな」

大膳は落ち着いて宗矩を見返す。

「そのことをお答えする前に申し上げたきことがござる。これは竹中様にはよくご存じのことでございまするが、わが黒田家は如水公、長政公ともキリシタンであられたことは紛れもござらぬ」

「さようなことはわれら皆、承知しておる」

宗矩が突き放すように言った。だが、大膳は執拗《しつよう》に話を続ける。

「かつて、世にキリシタン大名と謳《うた》われたのは、高山右近《たかやまうこん》、小西行長、蒲生氏郷《がもううじさと》公にわが如水公でござった。されど、高山右近公はキリシタンであるがゆえに所領を没収され、その後マニラへと追放になり、小西行長公は関ヶ原の戦で敗れ、蒲生氏郷公は早くに病没され、家の力を失われた」

「それがどうしたというのだ」

宗矩は嗤《わら》った。

「キリシタン大名家でいまも生き残るのは、九州の黒田家だけでございます」

「黒田公がかつてキリシタンであったにしろ、棄教されてひさしいことはわれらも承知いたしておるぞ」

不意に直孝が口を挟んだ。大膳は直孝に向って頭を下げた。

「いかにもさようかと存じます。されど、竹中様には違った思惑があったのではありますまいか」

采女正はぎょっとした顔になった。

「大膳、何を申すのだ。さようなこと、ただいまの詮議には関わりあるまい」

「さにあらず、長崎奉行になられた竹中様はキリシタンの取り締まりを行うにつけ、黒田家をかつてキリシタンであった大名として咎《とが》め、取り潰《つぶ》すことができるとお考えになったのではございませぬか。それゆえ、忠之公と仲悪《あ》しきそれがしを唆《そそのか》して、黒田家がキリシタンであった証を持ち出させようと企《たく》まれた。これが、すなわち、竹中半兵衛様の血を引く竹中様の策であったと存じます」

落ち着いて言ってのける大膳を采女正は睨《にら》み付けた。

「だが、そなたは、黒田家の秘事を知っているはずだ」

「いかにも、わが父栗山備後《びんご》は如水公を偲《しの》んで建立した寺の画像に、如水公がキリシタンであったことを書き残しておりました。それがしはこれを削り取りましたが、その文言は書き写してございます」

宗矩が大きく首を縦に振った。

「ならば、その文言が証となるな。黒田家には長政公の関ヶ原での功がある。主君と家老の争いを咎めるだけでは取りつぶしにできぬが、キリシタンの家であるなら話は別となろう」

大膳は薄く笑った。

「されば、わが家臣に赤合子の兜をこちらへ運ばせとうございます」

宗矩は小姓に向かって、

「栗山家中の者をこれへ」

と命じた。小姓は頭を下げて広縁に出て行き、間もなく源八を伴って戻ってきた。

源八は赤合子の兜を捧げ持っている。

直孝はさすがに戦場に出た武者らしく赤合子の兜を見るなり、嬉しげに言った。

「ほう、それが世に名高い赤合子形兜か、よき物を見せてもらえるな」

大膳は頭を下げてから源八に向き直り兜を受け取る。宗矩に向って、

「しからば、仕《つかまつ》る」

と言って小柄《こづか》を抜き、兜の裏側の布を切り裂いた。中の隙間《すきま》から書状を取り出す。

宗矩が、

「これへ持て」

と声をかけると、大膳は頭を横に振った。

「この書状、まずは井伊様にご覧いただきたく存じます」

大膳が鋭く言い放つと、宗矩は眉根《まゆね》を寄せて睨んだ。

「それがしは役儀によって見ようというのだ。なぜに拒む」

「まず、井伊様に見ていただきたいからでございます」

大膳が強情に言い張ると、直孝は笑った。

「誰が先に見ようと同じことであろう。まず、わしに渡せ。それから但馬にも見せよう」

直孝の言葉を聞いて、大膳はすぐに進み出ると書状を差し出した。直孝は受け取って、すぐに開く。思いがけないほど中身の書状は分厚かった。

直孝がゆっくりと読んでいくのを宗矩や土井利勝、采女正はじっと見つめている。

やがて読み終えた直孝は書状を巻いてから、宗矩に顔を向けた。

「但馬、どうやらわれら一同、この男に謀《はか》られたようだぞ」

宗矩は目を見開いた。

「何と仰《おお》せでございますか」

直孝は手にした書状を宗矩に渡す。

「この書状は黒田家がキリシタンであった証などではない。そこな竹中采女正が長崎にて抜け荷を行い、不正に蓄財しているという長崎代官末次平蔵の訴状じゃ」

采女正は蒼白《そうはく》になり、利勝も眉をひそめた。

宗矩はさっと書状を開いた。わずかに読み進んだだけで、大膳を睨み据えた。

「おのれ、貴様、最初から企んでおったな。赤合子の兜に黒田家の秘事が隠されているかのようにたばかったのは、この書状を老中方に見せるためか」

大膳は不敵な笑みを浮かべて宗矩を見返した。

「いかにも左様にございます。そのためにわが家臣たちにも偽りを申して参った。末次平蔵はこの書状を黒田家領内の秋月にある末次屋敷にて認《したた》めました。同じものを二通作り、一通はそれがしが預かりました。たとえ、江戸表に訴え出ても握りつぶされる恐れがあると思うたからでございます。案の定、土井様は竹中様をかばわれたご様子、さればそれがしがご老中方がそろわれた場所にて訴状を持ち出そうと思ったしだいでござる」

采女正は強張《こわば》った顔で膝を乗り出した。

「栗山大膳、なにとて、わしを罠《わな》にはめた」

「罠とは人聞きが悪うございますな。竹中様はわが黒田家を陥《おとしい》れようとされた。それゆえ、当方も策を講じたまでのことにござる。武門なれば当たり前のことと存ずる。申し上げたではございませんか、ひとを呪わば穴二つと」

大膳はひややかに笑った。

それまで黙っていた利勝が口を開いた。

「なるほど、そなたの知恵はまさに鬼謀と申すべきだな。しかし、われらにも面子《めんつ》というものがある。外様の家老の謀《はかりごと》に振り回されたとあっては政《まつりごと》が行えぬ」

利勝は宗矩にうなずいて見せた。宗矩は、承りました、と答えて大膳にひややかな顔を向ける。

「貴殿にはすっかり騙《だま》されたが、いささかやり過ぎたな」

言い終わるや、宗矩は、

——十兵衛
と呼ばわった。

広縁に裃《かみしも》姿の柳生十兵衛が現れた。片膝ついた十兵衛が宗矩に向って、

「お呼びでござろうか」

と言った。宗矩は書状を懐《ふところ》に納めながら、

「取り調べの最中、栗山大膳めが乱心いたした。斬《き》り捨てい」

と押し殺した声で言った。

その言葉を聞いて源八が脇差《わきざし》に手をかけて、大膳に寄り添った。

大膳は微動だにせず、座り続けている。

三十

「栗山殿、立ちませい。ここで斬っては畳が血に染まり、井伊様に迷惑でござる」

十兵衛が片膝を突いたまま落ち着いた口調で言った。

「忠臣の血で汚れることを井伊様は厭《いと》われますまい」

大膳は目を閉じて言い放った。

宗矩が嘲《あざけ》るように言ってのける。

「忠臣だと。主君に謀反《むほん》の志ありと訴え出たそなたが忠臣とは、片腹痛いぞ」

「さようでござろうか」

じろりと大膳は宗矩を見た。その不遜《ふそん》な様子に宗矩は眉をひそめると、十兵衛に顔を向けた。

「何をいたしておる、この無礼な男をすぐさま始末いたせ」

宗矩に厳しく言われて、十兵衛が立ち上がろうとしたとき、

──待て
低いがよく通る声を井伊直孝が発した。宗矩がぎょっとして、振り向くと、直孝は

鬼瓦《おにがわら》のような顔をゆがめて、

「竹中采女正への訴状を他の方々は見ておらぬのではないか。栗山大膳を斬るのは、皆が訴状を見てからのことだ」

と言い放った。

土井利勝が顔をゆがめ、采女正は蒼白になった。宗矩が能面のように無表情な顔で、

「井伊様、大膳が持ち出した、竹中殿への訴状は此度の黒田家の騒動とは関わりがございませんぞ」

と言うと、直孝は鼻で嗤った。

「関わりがあるかないかは、皆が読んでから決めることだ。但馬、いらざる口出しは無用にいたせ」

直孝に一喝されて、宗矩が押し黙ると、小姓が訴状を酒井《さかい》忠世《ただよ》のもとに持っていった。忠世は訴状を開いて、悠然と読み始める。

大広間には、しばらく忠世が訴状を読むにしたがって、紙をめくるさら、さらという音だけが響いた。読み終えた忠世は表情を変えずに、

「中身を知らぬ方は読まれるがよい」

と低い声で告げた。

小姓が訴状を受け取り、求めに応じて幕閣たちのもとに持ってまわった。松平忠明《まつだいらただあきら》、永井尚政《ながいなおまさ》、青山大膳亮《あおやまだいぜんのすけ》、板倉重宗《いたくらしげむね》らが次々と訴状を手にして読むと、一様に大きく息を吐いた。

その様子をチラリと見て、直孝は口辺に皮肉な笑みを浮かべた。

「ほう、知らぬは、わしばかりかと思うたが、やはり他の方々もご存じなかったか。さては土井殿が握りつぶしておられたか」

利勝は苦笑した。

「握りつぶしたとは人聞きが悪うございますな。評定にあげるほどのことではないと思ったまでにござる」

「なにゆえ、さように思われた。長崎奉行たる者が抜け荷をやっているなど、由々しき大事ではござらぬか」

「されば、竹中采女正の長崎奉行職はすでに罷免《ひめん》いたしております」

利勝が厳しい表情になって言い返した。

直孝はじろりと采女正を見据えた。

「それは、竹中が病を得たゆえ、と聞いておったが、こうして見れば、なかなかに病とも思えぬな」

直孝の言葉に采女正はうつむいた。宗矩がやむを得ぬという顔つきで直孝に向かって口を開いた。

「竹中殿の抜け荷の一件、実はそれがしの耳にも入っておりました。それを詮議《せんぎ》いたさなかったのは、上様より竹中殿に密命が下されておったからでございます」

「密命だと？」

直孝はいよいよ気に食わないといった様子で利勝を睨んだ。

「いかなることかお聞かせ願おうか。われらも老中としてかように顔をそろえておるからには、ただの木偶《でく》人形ではない。聞かせてもらえば、言わねばならぬこともあるかもしれませぬぞ」

「さて、困った」

利勝はにこやかに笑いながら頭に手をやった。

「さほどのことではないのだ。井伊殿もご存じの通り、上様は先年、松倉重政が願い出たルソン出兵を考えておわす。そのため、ひそかな支度を竹中にご内意として命じられた。竹中はルソンに兵を出すにはいかようにしたらよいか、船をルソンに出すなどして調べておる。それを抜け荷と誤解されたのだ」

「ほう、ルソン出兵は沙汰《さた》やみになったと思っておったが、そうではなかったのか」

直孝の目がぎらりと光る。利勝は苦い顔になって、

「松倉重政が亡《な》くなったゆえ、沙汰やみになってはおったが、止《や》めるということにはなっておらぬ」

と答えた。直孝は鼻で笑った。

「ならば、いまここで申し上げる。ルソン出兵などしてはなり申さぬ。土井殿は豊臣家がなぜ亡びたかご存じないのか。豊太閤《ほうたいこう》がいたずらに朝鮮へ兵を送り、しなくともよい戦をしたがために、人心が離れたゆえでござるぞ」

利勝は表情を消して淡々と言った。

「朝鮮への出兵とはわけが違う。上様はキリシタンをお嫌いあそばしておられる。だが、いかにキリシタンを取り締まろうともルソンから伴天連《ばてれん》宣教師が送り込まれてくるゆえ、懲《こ》らしめんがためじゃ」

「さて、さようなことを土井殿がまことに考えておられるとは思えぬ。上様が豊太閤のごとく海を越えて戦がしたいと思われているのに阿《おもね》っているのではないか」

直孝が語気鋭く言うと、利勝はかっと目を見開いた。

「掃部《かもん》、言葉が過ぎよう」

直孝は申し訳程度に頭を下げたが、すぐに言葉を続けた。

「ご無礼はお許しくだされ。ただ、それがしは海の外へ兵を出すことはならぬと思うております。なるほど、ルソンへ兵を出し、いったんの勝ちを得ることはできるやも知れぬが、一度勝てば、二度、三度と戦をしたくなるのがひとというものでござるぞ」

利勝は直孝に顔を向けて吐き捨てるように言った。

「わしが控えておるのだ。さようなことにはならぬ」

「さようでござろうか。一度、ひとを襲ってひとの肉を食った狼《おおかみ》は味をしめて何度でも襲うと申しますぞ」

直孝は断固として譲らない。

この年から十五年後の慶安元年（一六四八）、勃興《ぼっこう》した清《しん》により、滅亡の危機に瀕《ひん》した明《みん》の武将、鄭成功《ていせいこう》が幕府に救援を求めてきた。

鄭成功は九州の平戸《ひらど》に住んで貿易を行っていた鄭芝龍《ていしりゅう》と日本人女性の間に生まれており、わが国との縁が深い。

それだけに幕府内でも援軍を派遣しようという声が強かった。家光は京都所司代板倉重宗に出兵の意向を示した。このため重宗は、親戚《しんせき》に、

――大明攻め候《そうら》わば、斬り取り勝手

と漏らした。また紀州藩主徳川頼宣《とくがわよりのぶ》も先鋒《せんぽう》を買って出るほどだった。だが、このとき、直孝は、

「太閤の真似《まね》をするつもりか」

と一喝して猛反対した。

これにより明への出兵は沙汰やみとなる。

幕閣の中でも直孝は歴戦の古強者《ふるつわもの》で武断派と見られていた。それだけに直孝の反対を無視することはできなかったのだ。

このときも利勝始め老中たちが、直孝の威に押されたのを見た柳生宗矩は、十兵衛に目で合図して、

「井伊様の仰せはもっともと存じますが、ただいまは黒田家の詮議をいたしております。栗山大膳は、竹中殿の抜け荷やルソン出兵の話などを持ち出して、おのれの罪を逃れようといたしておるのでござる。されば、すべては大膳めを始末いたした後にご評定なされればよろしいかと存ずる」

と言い置くなり、やれっ、と気合のこもった声を発した。

応じて十兵衛が脇差に手をかけ、詰め寄ろうとしたとき、大膳はパッと立ち上がり、小姓が手にしていた赤合子の兜を奪い取って高々と掲げた。

大膳は十兵衛を睨み付け、

「慮外者め、下がれ。われらが主君、黒田如水公の兜の前でさような理不尽は許さぬぞ」

「なんだと――」

十兵衛は目を光らせた。大膳は宗矩に向って声を高くした。

「神君家康公のお働きにより、天下泰平の世は開かれ申した。されど、そのために旗本衆や大名の端々にいたるまでが、神君に心を尽し、お仕えいたしたことを忘れられたか。たかだか、大目付の分際で黒田家の処分をわが思いのままに口にいたすは片腹痛うござる」

「たわ言を申すな。そなたが、黒田家に謀反の志があると訴えたがゆえに詮議となったのではないか」

宗矩が言い返すと、大膳はにやりと笑った。

「すべてはおのが罪を隠そうと目論《もくろ》んだ竹中采女正様の謀でござる」

采女正が歯嚙《はが》みする。

「大膳、なんたることを申すか」

「違うと申されまするか。竹中様はかねてから長崎代官末次平蔵と不仲にあいなり、抜け荷のことを公儀に訴えられるのではないか、と恐れておられた。それゆえ、公儀の詮議を逃れるため黒田家に騒動を起こそうと企まれたのでござる」

「何を馬鹿《ばか》な――」

言いつつ、采女正は額に汗を浮かべた。大膳が思いがけないことを言い出した真意を測りかねていた。

大膳は采女正を見据えて言葉を継ぐ。

「竹中様はそれがしと忠之公が不仲であることに目をつけられ、深草卓馬、舞と申す兄、妹の杖術《じょうじゅつ》使いを間者として、それがしのもとに送りこまれた。さらに、それがしと忠之公の間が抜き差しならなくなるのを見計らい、筑前《ちくぜん》国から連れ出したのでござる。いったん御家を出たからには、それがしには忠之公に謀反の志ありと訴えるほかに生きる術《すべ》はございますまい」

「いまさら、さような戯言《ざれごと》を申すのか。わしに書状で訴えてきたのはその方ではないか。他にもそなたの黒田家中の者より訴えがあった。それゆえ間者を使うたのだ」

采女正は憤激して言い募った。大膳はひややかな表情で応じた。

「黒田家中の何者が竹中様に訴え出たのでござる」

「名は言えぬ。ただ、家中のことに詳《くわ》しき者であるのは間違いないと見た」

採女正は肩をそびやかして言った。すると、大膳はかすかに笑みを浮かべ、つぶやくように言った。

「もしや、その者、影山四郎兵衛とは申しませなんだか」

「なに、なぜ、その名を――」

採女正は愕然《がくぜん》とした。大膳はなおも言葉を続ける。

「その者ならば家中でも悪筆で知られております。ちょうど、それがしが利《き》き腕ではない左手で書いた書と同じように読み辛《づら》いそうでござる」

大膳は影山四郎兵衛と名のって采女正に書状を送っていたのは、自分だと暗に告げたのだ。

采女正は蒼白になって、

「謀りおったな」

とうめいた。

大膳は平然と答える。

「これは驚きいったお言葉でござる。竹中半兵衛様や如水公なれば、謀るをよしとされ、謀られるは不覚であると仰せになられましょう」

「おのれ――」

采女正が脇差に手をかけた瞬間、十兵衛がそばにすっとより、采女正の脇差を持つ手を抑えた。

「竹中様、この者を斬るなら、身どもが手にかけます。お控えなされ」

十兵衛が声を低めて言ったが、采女正は、聞く耳を持たず、放せ、放さぬかともがく。

「馬鹿者《ばかもの》――」

直孝が戦場で鍛えた大声を発した。采女正がぎくりとして動きを止めると、直孝は利勝と宗矩を見遣《みや》って、

「咎めねばならぬのは竹中采女正の抜け荷の一件であること明らかじゃ。黒田家の謀反については、無きことが明らかになった。かくなるうえは、日をあらためて詮議するしかござるまい」

いかがか、と直孝に詰め寄られて利勝と宗矩は返す言葉がない。直孝はその様子を見て、にやりと笑った。

「されば、栗山大膳はこの屋敷に留め置いてもらおうか。さもなくば、ひそかに命を奪われかねぬであろうからな」

大膳は冷徹な表情のまま頭を下げた。

三十一

この日の夕刻――

江戸城本丸の黒書院で家光は土井利勝と柳生宗矩から栗山大膳の取り調べについて、報告を受けた。

大膳が赤合子の兜から竹中采女正への訴状を取り出したと聞くと、額に青筋をたてて、

「なんたる失態じゃ」

と吐き捨てるように言った。

宗矩は手をつかえ頭を低く下げた。

「大膳めのたくらみを見抜けませなんだこと、まことに申し訳ございませぬ。このうえは何としても大膳めを糾問いたし、黒田家の謀反を証立《あかしだ》てまする」

利勝が頭を横に振る。

「いや、それは危ういかと存じます。いま、なすことは大膳を斬ることでございます。そのためには、黒田家をひとまず、無罪放免いたしたほうがよいかと存じます」

家光は苦い顔になった。

「黒田を見逃せというのか」

「さようにございます。井伊殿は大膳を手元に置いて証人とされ、ルソン出兵を取りやめるよう言上する腹積もりであろうかと存じます」

家光は長嘆息した。

「井伊は頑固者だからな」

「大坂の陣で働かれ、戦場を知る井伊殿が反対されれば、ルソン出兵は難しくなりましょう」

利勝自身はルソン出兵にさほど乗り気ではない。

せっかく鎮《しず》まっている徳川の天下にいらざる波風を立てたくない、と思っているが、家光の意向に逆らうわけにもいかず、黙っているのだ。

直孝が諫止《かんし》しようというのであれば止める気はなかった。それだけに黒田家の騒動にこれ以上、関わるべきではない、と思っていた。

「黒田の始末はいかがするのだ」

家光は眉根を寄せて訊《き》いた。利勝は膝を乗り出して答える。

「されば、今回の一件により、所領はいったん召し上げるといたしますが、黒田長政公の関ヶ原での働きに免じて、その日のうちにふたたび所領を与えるという処分にいたすのでございます。栗山大膳は南部《なんぶ》藩に預けてはいかがかと存じます」

「ふむ、それでは甘くはないか」

家光は首をかしげた。利勝はうなずいて言葉を継いだ。

「されば、此度、栗山大膳と争った倉八十太夫なる黒田殿の寵臣《ちょうしん》を追放いたさせればよろしいかと存じます。さすれば、黒田殿は家中の者に対して面目を失い、もはや上様に抗《あらが》う気も失《う》せましょう」

家光はしばらく考えた後、まあ、さようなところか、とつぶやいた。利勝は家光が許したものと見て、

「明日にも黒田家の者を呼び出して伝えまする」

と念を押すように言った。

家光はあらためて言葉は与えず、宗矩に顔を向ける。

「それで、大膳めはいかがいたす。余のルソン出兵を妨げるとは許し難い。南部藩に流すだけでは物足りぬぞ」

宗矩は手をつかえて言上した。

「されば、南部藩に流すのは先のこととして、その間に殺《あや》めてはいかがかと存じます

る」

「井伊の屋敷におるのであろう。井伊のことゆえ、屋敷の守りも厳重に違いない。いかがいたすのだ」

「それがしの倅《せがれ》、十兵衛めにお命じくだされば、いかに厳しく守っていようが、命を貰《もら》い受けるのはたやすいことでござる」

宗矩は能面のような顔にかすかな笑みを浮かべた。

「さようか、十兵衛ならばしてのけるであろう。されど、急げよ。井伊めがうるさく言うてくるであろうゆえな」

家光に言われて、宗矩は頭を下げ、

「栗山大膳めを生きて江戸からは出しませぬ」

と嘯《うそぶ》いた。

家光は深々とうなずく。

三日後――

黒田忠之は江戸城二の丸に呼び出された。重臣の黒田監物、小河内蔵允、井上周防らが随従している。

白書院で処分を言い渡したのは柳生宗矩だった。宗矩は、寂びた声で、

「不調法のかどあって筑前国を召し上げる。しかしながら如水公以来の功に免じ、新に筑前国拝領を仰せつけられる」

と告げた。忠之は思わず訊き返す。

「所領をいったん、召し上げた後、新たにくだされるのでございますか」

「さようだ。無論、お受けいたすであろうな」

宗矩は押し付けるように言った。忠之は黙ってしばらく考えた後、手をつかえて大仰に答えた。

「まことにありがたく存じまする」

座敷に忠之の言葉が響きわたった。随従していた監物や内蔵允、周防らの口から安《あん》堵《ど》のため息がもれた。

宗矩はうなずいてから言い添えた。

「ならば、いまひとつだけ申しておく。これは上様からの命ではござらぬが、黒田様には心得ておかれたほうがよいことでござる」

忠之はわずかに顔を上げ、宗矩をうかがい見る。

宗矩はさりげなく言葉を発した。

「いかに上様が黒田家の行く末を慮《おもんぱか》ってくだされたにせよ、これに甘えては他国の大名衆への聞こえもある。されば栗山大膳と諍《いさか》いを起こした倉八十太夫なる者は追放とされるがよろしゅうござる」

「倉八をでございますか」

忠之は露骨に顔をしかめた。

「お嫌であれば、さように上様に申し上げる。さすれば、あらたに筑前国を与えるとの仰せは沙汰やみとなるかもしれませんぞ」

厳しい口調で宗矩が言うと、忠之は黙った。

周防があからさまに、ごほん、と咳払《せきばら》いした。十太夫の処分をためらうな、と言いたいのだ。監物がわずかに膝《ひざ》を進め、小声で、

──殿

と声をかけた。黒田家が生き延びるかどうかの瀬戸際《せとぎわ》だけに、重臣たちも必死な思いだった。

忠之は顔を上げ、背筋を伸ばした。

「滅相もないことでござる。必ずや、さようにいたしまする」

忠之の応じる言葉を聞いて、重臣たちの間にほっとした空気が流れる。周防は、や

れやれ、とかすかな声でつぶやいた。

忠之は重臣たちの心配も知らぬげに、宗矩に問うた。

「ところで、大膳めは、いかが相成りまするか」

忠之が自らの処分よりも大膳がどうなるのかを気にする様子なのを見て、宗矩は笑みを浮かべた。

「さよう、案ぜられずとも、栗山大膳は南部藩にお預けとあいなる。陸奥《むつ》に流罪《るざい》の身となれば、寒さが辛く思えるであろう。いや、それよりも果たして陸奥まで命があるかどうかも案じられまするな」

忠之の機嫌を取るように宗矩は思わせぶりなことを言う。しかし、忠之はさほど感銘を受けた様子もなく、

「なるほど、陸奥でござるか」

とつぶやいただけだった。

この日、忠之は桜田の藩邸に帰るなり、十太夫を召し出した。

黒田家の処分について忠之が話すと、黙って聞いていた十太夫はほっとした表情になった。

「それはようございました。これで、御家は安泰でございます」

「さて、どうであろうか。所領を安堵はするが、大膳と諍いを起こしたそなたを追放にいたせと幕閣は言うてきたぞ」

忠之からいきなり言われても十太夫は驚かなかった。

「さようなこともあろうかと思うておりました。それがしの一身だけのことにて、御家が救われますならありがたいことにございます」

「そう思うてくれるか」

忠之は大きくため息をついた。十太夫は微笑する。

「何を気にしておられます。それがしは、これで殿のお役に立てることを喜んでおりますぞ」

「とは言え、大膳めが、のうのうと南部藩預かりの身になるのに、そなたが追放では間尺に合わぬな」

「さようなことはございません。栗山様は一族郎党を率いて陸奥に向かわれることになりましょう。まだ若い方もおられるはずで、生国を離れるのは辛いことかと存じます。家族も少ないそれがしなどは気が楽でございます」

なだめるように十太夫が言うと、忠之はうなずいてから口を開いた。

「そなたが、そこまで言うてくれるなら話しておきたいことがある」

「何事でございましょうか」

十太夫は緊張した表情で膝を進める。

「柳生宗矩が気になることを言うた。大膳の命、陸奥に行くまであるかどうかわからぬというのだ」

「それは――」

十太夫は目を瞠《みは》った。忠之は声をひそめる。

「此度の処分、いささか甘すぎる。これは、大膳めが謀ったことではないか、という気がするのだ。それゆえ、大膳は斬られるのではないか」

十太夫は眉をひそめた。

「されば、御家が所領安堵となったのは、栗山様の謀によると思われまするか」

「あの男に助けられたなどと思うのは業腹《ごうはら》だが、それしか考えられぬ。賢《さか》しらぶった大膳めがやりそうなことだ」

十太夫は大きく頭を縦に振る。

「それがしも、栗山様には何か深いたくらみがあってなされたことのように、思うておりました」

「大膳めはわが黒田家を救うてやったと、内心、得意満面でおるのやもしれぬ。腹は立つが、もしそうであったとしたら、大膳が幕府に殺されたとあっては、わしの面目にも関わるゆえ、見過ごしにはできぬ。助けてくれと言われれば助けぬわけにはいかぬぞ」

忠之は目を光らせて言った。

十太夫は、くっくと笑った。

「まこと、殿と栗山様は喧嘩《けんか》の絶えぬ兄弟のようでございますな。たがいに意地を張って誹《そし》り合われるが、心のうちではお互いを常に案じておられます」

「なんだと」

忠之はむっとして口を引き結んだ。

「されど、栗山様が助けを求めることはございますまい。そのことは殿が一番、おわかりのはずでございます」

十太夫は静かに言ってのけた。

翌日――

大膳は直孝の屋敷で松平下総守から幕閣の裁定を言い渡された。

「此度、黒田忠之は不調法を以《もっ》て、いったん筑前国を召し上げられたが、新に筑前国拝領を仰せつけられた。その方は南部山城守《やましろのかみ》へ御預けなされる。公儀から百五十人の扶持《ふち》が与えられ、盛岡へ下向した後は、屋敷から二三里の間ならば、許しを得ずとも外出してよいとの仰せである」

大膳は、はっ、とかしこまって承ると、畳三枚ほどをするすると下がった。手をつかえ、

「ありがたき幸せに存じ奉《たてまつ》ります」

とあらためて礼を言上した。両眼には涙がたまっている。

その謹直な様子は先日までの傲岸《ごうがん》な様子とは天と地ほども違うだけに、上使や井伊家のひとびとを驚かせた。

その後、老中が何度か黒田屋敷を訪れ、忠之や重臣たちと面談を重ねた。

五月八日に忠之は家光に謁見《えっけん》した。

黒田騒動の一件が落着し、幕府の黒田家への扱いは旧に復したのである。

三十二

このころ、卓馬と舞、権之助は長崎に入っていた。

末次平蔵の屋敷に赴き、客間で平蔵と面会して、采女正の不正を暴《あば》く平蔵の訴状は土井利勝により、握りつぶされていたことを告げる。

平蔵はテーブルに向かい、椅子《いす》に腰かけて青いギヤマンの杯で酒を飲みながら、目を光らせて、

「なるほど、そうだったのか。竹中采女正が長崎奉行の職を解かれたものの、その後、処分の音沙汰がないゆえ、首をひねっておった」

とうめくように言った。椅子に座った卓馬はテーブル越しに、励ますように話を続けた。

「されど、われらのお館《やかた》様がご老中方に末次殿の訴状を見せられましたゆえ、このままではすまぬと存じます」

「そうか、ならば、わしも長崎の者を江戸に遣わして、あらためて竹中采女正の不正を訴えよう。今度ばかりは握りつぶすことはできまい」

平蔵はうなずいて言った後、じろりと卓馬を睨《にら》んだ。

「しかし、それだけのことなら、手紙で伝えてもすむ話だ。なぜ、わざわざ江戸から長崎まで来たのだ。教えてもらおうか。あんたらは、江戸で取り調べを受けている栗山大膳様の命で動いているのだろう。狙《ねら》いは何なのだ」

卓馬がどう答えようかと考えていると、隣りの椅子に座っている権之助が底響きする声で口を挟んだ。

「キリシタンに乱を起こさせるためだ」

露骨な権之助の言葉に平蔵は目をむいた。

「乱だと――」

卓馬は顔をしかめて、

「師匠、さように荒い物言いをされては困ります」

と言った。しかし、権之助は平気な顔で答える。

「なに、この男は幕府のやり方に不平不満がたまっておる。できるならば、おのれが乱を起こしたいが、わが身かわいさでそれもできぬ。それゆえ、乱を起こす手伝いならば、いくらでもするであろうから、率直に話したほうがいいのだ」

権之助の話を聞いて、平蔵はからからと笑って、なるほど、なるほど、と何度か繰り返して言った。

笑いすぎて出てきた涙をぬぐいながら、平蔵は卓馬に顔を向けた。

「たしかに、このお武家の言われる通りだ。わしはずるい男ゆえ、自ら乱は起こさぬが、乱が起きるならば見てみたい」

「では力を貸していただけますか」

卓馬が身を乗り出して訊くと、平蔵は狡猾《こうかつ》そうな目を光らせた。

「それができるのは、わしよりも、天草四郎だな。あ奴《やつ》をここに呼んでやるゆえ談合するがいい」

舞ははっとして口を開く。

「天草四郎殿はキリシタンの間で力を持つようになられたのですか」

「あ奴は大人も及ばぬ妖《あや》しい力を持っておる。まことに救世主としてこの世を変えるかもしれぬ」

平蔵はどこか恐れるような口ぶりで言った。舞はうなずいて、

「四郎殿はそのような力を持っているであろう、とお館様も申されておりました」

と言い添えた。平蔵は鼻で嗤《わら》って、

「キリシタンの者どもは天草四郎の言うことを聞いていれば、神の国へ行けると思っ

ているようだ。わしはそんなことを信じはしないがな」

舞は平蔵をじっと見つめる。

「そう言えば、あなたは、あの男に似ています」

「誰に似ているというのだ」

「イスカリオテのユダ」

ユダはイエスの使徒のひとりだったが、裏切ってイエスを役人に引き渡した。このためイエスは磔刑《たっけい》に処せられたという。

平蔵は大声で笑った。

「わしがユダとは面白い。ならば、わしはいま、天草四郎を破滅の道へ導く手伝いをしたということになるのかな」

平蔵の言葉に舞は眉をひそめた。大膳の命に従ってキリシタンの乱を起こすことは、四郎を破滅させることかもしれない。

(わたしは何をしようとしているのだろう)

舞は不安に襲われた。

三日後——

夜になって、末次屋敷を天草四郎が訪れた。四郎は、松明《たいまつ》をかかげるキリシタンの信徒たちに守られて末次屋敷の門前に立つと、

——ジェロニモです

と声をかけた。すぐに門が開かれ、四郎だけが門内に招じ入れられた。キリシタンたちは門前で待つのである。

四郎は奥座敷で卓馬と舞、権之助に会った。平蔵は四郎を呼びつけておきながら、立ち合おうとはしなかった。

四郎がにこりとして、

「おひさしぶりです」

と挨拶《あいさつ》すると、卓馬は頭を下げ、すぐに話し始めた。

栗山大膳が黒田家の騒動により、江戸で取り調べられていること、その中で竹中采女正の不正を訴える平蔵の訴状が握りつぶされていることがわかったことや、将軍家光がルソン出兵を考えていることなどを告げる。

「もし、公儀がルソンに兵を出せば、彼の地のキリシタンは根絶やしにされるでしょう。長崎のキリシタンはそれを見過ごすわけにはいかないのではありませんか」

卓馬が話し終えると、四郎はゆっくりと口を開いた。

「わたしにはルソンのことはよくわかりません。ただ、目の前にいるひとたちの信仰を守りたいと思っているだけです」

「目の前のひとたちの？」

舞が首をかしげると、四郎は頭を大きく縦に振った。

「竹中采女正が長崎奉行を罷免されても、采女正が始めたキリシタンへの穴吊《あなづ》りの拷《ごう》問《もん》はいまも続いています。拷問の苦しさに耐えかねて棄教する者が相次いでいます。しかし、棄教すれば拷問は逃れられても、まことの地獄に落ちることになります。わたしは、そんなひとたちをひとりでも多く救いたいと、信仰を同じくするひとたちとともに動いているのです」

卓馬が目を鋭くして訊く。

「それは捕らわれのキリシタンたちを救おうとされているということですか」

四郎は黙ってうなずいた。すると、権之助があっさりと言ってのけた。

「ならば、われらが、捕らわれのキリシタンを助ける手伝いをしてやろう。そのかわり、キリシタンたちに幕府がルソン出兵をしようとしていることを伝えてもらおうか」

権之助の言葉に、四郎はぱっと顔を輝かせた。

「捕らわれのキリシタンを助ける手伝いをしていただけますか。それならば、あなた方のお話を皆に伝えましょう」

舞は確かめるように訊く。

「それでよろしいのですか。ひょっとすると、わたしたちは四郎殿に危うい茨《いばら》の道を歩ませようとしているのかもしれません」

「生きてある限り、この世の道はすべて茨で覆《おお》われているのではないでしょうか。ただ、傷つくことを恐れず、信じる道を行く者だけが神の国にいたるのだ、とわたしは思っています」

四郎はためらいもなく言った。権之助が膝をぴしゃりと叩《たた》く。

「これで、話が決まったな。それで、捕らわれのキリシタンをどれほど救い出したらいいのだ」

「まずはおひとりだけです」

四郎が答えると、卓馬は訊いた。

「ひとりだけと言われるのは、よほど、大切な方か」

「宣教師のフェレイラ様です」

四郎はフェレイラの名を口にしながら、胸の前で十字を切った。

フェレイラはポルトガル人宣教師でイエズス会日本管区の代理管区長だった。日本に潜入して二十三年にわたって布教を続けており、信者の尊崇を集めていた。

だが、このほど捕えられ、間もなく西坂の処刑場で穴吊りの拷問に処せられるはずだった。

「穴吊りの拷問は死ぬより辛いと言われています。フェレイラ様は拷問に耐え抜かれ、殉教されると思いますが、それだけに何としてもお助けいたしたいのです」

「わかりました」

卓馬が答えると、舞は力強く言った。

「何としてもフェレイラ様をお助けしましょう」

四郎は笑みを浮かべた。

「フェレイラ様を助けることができれば、多くのキリシタンに勇気を与えることができると思います」

権之助は腕を撫《ぶ》して、

「江戸より長崎にいたるまで何事もなかったが、やっと面白くなって参ったな」

と言うと、からりと笑った。四郎はやさしい目で権之助を見つめる。

四郎が卓馬や舞、権之助とともに長崎奉行所に忍び込んだのは五日後のことだった。暗い敷地内を音もたてずに進み、牢屋《ろうや》の前に出た。

牢番が床几《しょうぎ》に腰かけ、うたた寝をしている。男装の舞が杖《つえ》を手に近づいた。なおも眠っている牢番の首筋を杖で打ちつける。

牢番はうめいて倒れた。

四郎たちは、倒れた牢番の側《そば》を通り、牢屋に入った。板壁のところどころに常夜灯が灯り、牢内を薄暗く照らしている。

捕らわれた者たちの汗や体臭、汚物の臭いが混じって、むっとするような息苦しさだった。

四郎はつかつかと牢のひとつに近づき、

「わたしは天草四郎だ。キリシタンの者はいるか」

と声をかけた。すると、牢内でごそごそとひとが動く気配がして、牢格子《ごうし》にひとりの男がすがって答えた。

「四郎様、わしはキリシタンでございます」

「フェレイラ様はどちらにおられますか」

「奥の一番左の牢でございます。連日の牢問いでひどく弱られているご様子でございます」

「わかりました」

四郎が奥へ進もうとすると、男は牢格子にしがみついて、

「何とぞ、フェレイラ様をお助けください」

と声を低くして言った。四郎は振り向いて、

「フェレイラ様だけではありません。皆、助けます」

と明るい声で言った。四郎にしたがって卓馬と舞がついていく。その後ろに権之助は続きながら、

「皆、助けるとはどういうことだ」

と訝《いぶか》しげにつぶやいた。

四郎は奥の牢の前で膝をついて、

「フェレイラ様、四郎でございます」

と呼びかけた。真っ暗な牢の奥から、

「アマクサシロウーー」

かすれたつぶやき声が聞えた。四郎は喜んで告げる。

「ただいま、お助けいたします。お待ちください」

牢の奥からは返答がなかった。四郎はそれに構わず、権之助を振り向いた。

「鍵《かぎ》を壊してください」

権之助はうなずくと、杖を逆手に持ち、牢の入り口の鍵を突いた。がきっという音とともに、鍵が外れる。

うなずいた四郎は、さらにほかの牢にも目を遣った。

「すべての牢の鍵を壊してください」

卓馬が驚いて問うた。

「四郎殿、フェレイラ殿ひとりならばともかく、すべての囚人を逃がすのは無理だ。どうするつもりなのだ」

四郎は立ち上がって板壁の常夜灯の蠟燭《ろうそく》を手に取り、淡々と言ってのけた。

「牢屋に火を放ちます。その混乱の中ですべてのひとを逃がすのです」

権之助はうめいた。

「無茶なことを言う。さように大勢で逃げられると思うのか」

「神のご加護が必ずあります」

蠟燭の灯りに色白でととのった四郎の顔が浮かび上がった。舞は四郎の美しさに思わず息を呑《の》んだ。

四郎は蠟燭を手にしたまま、牢に入った。

「さあ、フェレイラ様、参りましょう」

四郎の手にした蠟燭が牢屋の中を照らした。この牢にいるのはフェレイラだけのようだ。髪と髭《ひげ》が伸び、やせ衰えたフェレイラはなぜか後退《あとずさ》りして、板壁に背をつけた。

「どうされました。牢を出るのです」

四郎が声をかけると、フェレイラは震える声で答えた。

「ワタシハイカヌ」

フェレイラは牢を出ないと言っているのだ。

四郎は愕然《がくぜん》とした。

三十三

「フェレイラ様、なぜ行かぬと言われるのでございますか」

四郎はフェレイラに詰め寄った。フェレイラはおびえた蒼白《そうはく》な顔になり、あえぎながら答えた。

「ワタシハツカレタ」

フェレイラはたどたどしく言う。四郎は信じられない言葉を聞いたという面持ちで目を瞠った。

フェレイラは弱々しい様子で牢の床に腰を下ろした。痩せ細った手でこめかみを抑え乍《なが》ら、

「ワタシハコノ国ニキテ二十三年ニナル」

つぶやくように言った。四郎はフェレイラの前に正座した。蠟燭を手にしたままだ。蠟燭の黄色い灯りにフェレイラと四郎が浮かび上がる。

卓馬があたりをうかがいながら、

「四郎殿、早くいたさねば牢役人どもが駆けつけて参りますぞ」

と言った。

四郎はフェレイラを見つめたまま答える。

「待ってください。いま、大切なことをフェレイラ様からうかがおうとしております」

フェレイラは薄くなった髪の毛をかきむしった。

「コノ国デワタシハ多クノキリシタンガ拷問サレ処刑サレルノヲ目ニシテキタ。神ノ

教エニシタガイ、天国ニイクタメニハヤムヲエナイト思ッテキタ」

「さようです。たとえ、死のうとも神のみもとに参り、永遠の命を生きることができるのです」

四郎が言うと、フェレイラは悲しげに四郎の顔を見つめた。

「ソウダ。ワタシハソウオシエタ」

「間違ってはおられません」

きっぱりと四郎は言った。フェレイラは頭を横に振った。

「ソウダロウカ。オトナノキリシタンハソレデイイダロウ。ダガ、オサナイコドモタチハドウナノダ。ナニモシラヌママ、親ニヨッテ洗礼ヲウケサセラレタ、トシハモイカヌ子供タチモ拷問ニカケラレル。火アブリニサレ、穴ニツルサレル。ソレデモ神ノミオシエニソムクマイト転バズニ死ンデイク」

「それが神の御教えなのではありませんか」

四郎はじっとフェレイラを見つめた。

「肥後ニマグダレナトイウキリシタンノ女性ガイタ。マグダレナハ甥《おい》ノルドビコヲ養子ニシテイタ。ルドビコハ七、八歳ノ子供ダッタ。加藤清正ノキリシタン弾圧ノ際ニ、ルドビコハ磔柱ニカケラレテカラモ、マグダレナニ教エラレタトオリニ、イエス・キリストノ御名ヲ唱エ続ケテ息タエタ」

フェレイラは大きくため息をついた。

「皆、神のもとに召されて永遠の幸せを得たのです。それは現世での幸せよりも大きかったのだとわたしは信じています」

思い詰めた口調で四郎は言った。

「ソノ通リダ。シカシ、悪魔《サタン》ガワタシニ囁《ささや》クノダ。子供タチヲ救エト。子供タチニ生キル道ヲ与エルノハ御前ノ使命ダト」

四郎はきっとなった。

「悪魔の囁きに負けてはなりません。わたしも、まだ大人ではありませんが、信仰の道を自ら歩んでいます」

フェレイラは悲しげに四郎を見つめる。

「シロウ、アナタハトクベツナノダ。アナタハ神ノ恩寵ヲウケテイル。シカシ、オオクノモノハ違ウ。神ハソノモノタチノコトヲ御存知デハナイ」

フェレイラの言葉を聞いて四郎は立ち上がった。

「そんなことはありません。神を信じる者の傍に神はいらっしゃいます。神はいつもわたしたちとともにあるのです」

「ワタシモソウ信ジテキタ。ソレナラバ、ワタシガ子供タチヲ拷問ノ苦シミカラスクウノヲ、許シテクダサルニ違イナイ。ソウデハナイカ、シロウ――」

フェレイラがすがるように言うと、四郎は目を閉じて頭を大きく振った。

「神を見失った者のそばからは、神は立ち去られます。どこまでも神を信じることでしか、ひとは生きていけないのです」

フェレイラはうなだれる。

「アア、ヤハリ神ハヒトヲ試ソウトサレル。神ハワタシタチニ信ジルコトヲ求メラレルガ、ソレハ神ガワタシタチヲ信ジテハオラレナイカラダ」

「さようなことはありません」

四郎は悲鳴のような声をあげた。舞は牢に入り、フェレイラのそばに跪《ひざまず》いた。

「わたくしはあるひとを知っています。そのひとは皆のためにあることを成そうとしていますが、それにより、ひとに信じてもらおうとは思っておられません。憎まれ、蔑《さげす》まれてでも自分の成そうとすることに向かっておられます」

「ソノヒトハ、ドンナヒトナノデス。ヒトカラ憎マレ、蔑マレテモヒトノタメニツクセルトイウノデスカ」

「はい、その通りです。そのひとはまわりから悪魔と呼ばれ、恐れられ、憎まれています。それでも人々のために死ぬことを恐れず、従容《しょうよう》として死の座に就かれるでしょう」

「信ジラレヌ。ソノヨウナヒトハ、イエス・キリストノホカニハイナイ」

「いらっしゃるのです」

舞は力を込めて言った。

フェレイラは顔を上げて舞を見つめた。青い目が涙でかすかに光っているのが蠟燭の明かりで見えた。

「ナントイウヒトナノデスカ」

「栗山大膳とおっしゃいます」

クリヤマタイゼン、とフェレイラがつぶやいたとき、牢の外の様子に耳をすませていた権之助がうなるように言った。

「役人どもが気づいたぞ。急いで逃げねば厄介なことになる」

卓馬がうなずいて、牢内の三人に呼びかける。

「ぐずぐずしてはおられませんぞ」

四郎は叫んだ。

「もはや、ここにはいられないのです。フェレイラ様、ともに参りましょう」

四郎にうながされても、フェレイラは立ち上がろうとはしなかった。

「ワタシハイカヌ」

フェレイラはうずくまったままだ。その様子を悲しげに見つめた四郎は、手にした蠟燭を高くかかげた。そして、

――神の裁きを
とひと言だけ口にして、蠟燭を牢の片隅に積まれた布団《ふとん》替わりの藁《わら》に放り投げた。

四郎は燃え上がる炎をじっと見つめる。

「四郎殿、何をされます」

舞が叫んだ。蠟燭の火は藁に一瞬で燃え移り、赤い炎が走った。

卓馬が飛び込んできて、袖《そで》なし羽織を脱いで火を叩き消そうとしたが、燃える藁が飛び散って、隣の牢にまで火が走る。

権之助が牢格子の外から、

「無駄だ。逃げるぞ」

と叫んだ。舞は四郎を抱えるようにして牢の外へ出た。しかしフェレイラは牢内から動こうとはしない。

牢の外に出た四郎が振り向いて、

「フェレイラ様、お逃げください」

と泣くように言った。しかし、フェレイラは、

「イカナイ。ワタシハ、ココデ地獄《インフェルノ》ノ火ニ焼カレルノダ」

とつぶやいて立ち上がろうともしない。だが、その間にも牢内に炎が走り、天井にまで燃え広がっていく。煙が立ち込めて息苦しくなる。

卓馬はフェレイラが動かないのを見て、

――ご免
と声をかけるや、当て身をフェレイラの水月《みぞおち》に放った。フェレイラが気絶して倒れると、すかさず背に負う。牢の外では囚人や役人の怒鳴り声が交錯していた。権之助は杖を手に、

「行くぞ」

と叫んで先導した。

四郎の手を引く舞とフェレイラを背負った卓馬が続く。権之助は水車のように杖を振り回し、行く手を遮ろうとする奉行所の役人たちを打ち据えていく。

役人たちは燃え盛る炎を消すことに追われるうえ、権之助の杖に恐れをなして捕えるのを諦《あきら》めた。

権之助と舞、卓馬は四郎やフェレイラとともに、悠々と役人を遠ざけながら門をくぐった。

フェレイラと四郎を連れた卓馬と舞は権之助とともに、夜の道を走って末次平蔵の屋敷に逃げ込んだ。

長崎奉行所で火が出た騒ぎは末次屋敷にも伝わっており、平蔵は使用人たちにあたりを警戒させていた。

老いたフェレイラをかついだ卓馬たちが門前に立ったのを知った平蔵は、

「門を開けろ。逃げ込んだ者は客間に通せ」

と命じた。

使用人たちは門を押し開いた。権之助は横柄《おうへい》な様子で、使用人たちに、

「腹が減った。握り飯を持ってこい。ついでに酒もだぞ」

と怒鳴る。

使用人のひとりがあわてて台所に走る姿が見えた。平蔵は苦笑いしながらも五人を客間に案内した。

卓馬の背のフェレイラはなおも気を失ったままだ。平蔵はじろりとフェレイラを見てから、

「隣の部屋に寝台がある。そこに寝かせておけ。宣教師様は拷問で相当に弱っているようじゃないか」

と言った。卓馬はフェレイラを隣室に運び、寝台に横たえて客間に戻ってきた。

「フェレイラ殿は拷問によって正気を失われたらしく見える」

卓馬が声を低めて言うと、四郎はさびしげな表情で頭を横に振る。

「そうではありません。フェレイラ様はまことの信仰を求めて苦しんでおられるのです」

舞は四郎を見つめた。

「それがおわかりなのに、四郎殿はなぜ牢に火を放たれたのですか」

四郎は目を伏せた。

「わかりません。わたしの中にいるサタンの仕業かもしれません」

葡萄酒《ぶどうしゅ》が注がれたギヤマンの杯を手にした平蔵は、にやりと笑った。

「サタンではなく、神なのではありませんかな。わしには、キリシタンの神はさような酷《むご》い方のように思えますな」

何も答えず、四郎は目を閉じた。

隣室から、悪夢にうなされているらしく、フェレイラの苦しげなうめき声が聞えてくる。

翌朝——

卓馬と舞が起きて客間に来てみると、平蔵と権之助が卓について椅子に座り、朝から葡萄酒を飲んでいた。ふたりとも陰鬱《いんうつ》な表情で黙っている。

「いかがされました」

卓馬が訊《き》くと、平蔵があごで隣室を差した。

「フェレイラ様は朝方、まだ暗いうちに屋敷を脱け出したようだ」

舞は眉《まゆ》をひそめた。

「そのことを四郎殿は知っているのでしょうか」

権之助がぐびりと葡萄酒を飲む。

「あの者もおらぬのだ。ひょっとすると、フェレイラ殿を連れ出したのは、あの者ではないのかな」

卓馬が驚いて訊いた。

「先生、なぜ、さように思われるのですか」

権之助は答えず、ちらりと平蔵を見た。

「このひとは、四郎殿がフェレイラ様を許せず、殺そうとして連れ出したのではないかと疑っているのですよ」

舞は激しく頭を振った。

「四郎殿はさようなことをするひとではありません。誰よりも神の愛を心にもっている方だと思います」

権之助はまた葡萄酒をあおった。

「果たしてそうかな。牢で火を放ったときの気迫はまことに凄《すさ》まじいものがあった。あの者は戦を起こしてひとを死なせることができよう」

「さようでございましょうか。わたしは――」

言いかけた卓馬が目を瞠った。

四郎が縁側からゆっくりと客間に入ってきたのだ。面差しがやつれ、悄然《しょうぜん》とした姿だった。

四郎は客間の椅子に座ると、問われるともなく語り出した。

わたしは今朝、まだ暗いうちに、寝台で寝ていたところをフェレイラ様から起こされました。

フェレイラ様は小声で、

「ワタシハ奉行所ニモドラネバナラナイ。道案内ヲシテホシイ」

と言われました。わたしは驚いて訊きました。

「なぜ、奉行所に戻るのですか。わたしは奉行所に火を放ちました。役人たちはわたしたちを必死になって捜しています。いま戻れば、すぐに拷問の末に殺されるに違いありません」

「ワカッテイル。ダガ、ワタシハモドラネバナラナイ」

「どうしてそのようなことを」

「転ブタメダ」

フェレイラ様は恐ろしげに体を震わせて言われました。転ぶとは、キリシタンであることをやめて、棄教することです。信仰者にとって悪魔に魂を売る所業なのです。

わたしの目からは涙があふれました。

フェレイラ様が何を考えているのかは、わかりませんでした。千里の海を渡ってはるばるこの国に来て二十数年にわたり、辛酸をなめて布教されてきたフェレイラ様がなぜ棄教しなければならないのでしょうか。

「わたしにはわかりません」

わたしが絞り出すような声で言うとフェレイラ様は、おどおどした様子で答えられました。

「ワカラナイダロウネ。シロウハ純粋デ美シイ。自分ガ進マネバナラナイ道ハ光リ輝イテ見エテイルダロウ。ワタシノ歩ム道ハ暗ク光モナイ。ヒトビトカラ憎マレ、蔑マレルダケノ茨ニオオワレタ道ダ」

「フェレイラ様が転ばれたら、多くのキリシタンが信仰を見失います」

わたしは悲しみが胸に満ちてくるのを感じました。

「ソウカモシレナイ。ダガ、一度、胸ニ宿ッタ神ノ教エハ消エルコトハナイ。イツカマタ甦《よみがえ》ッテクル。イマハソレヨリモ、皆ガ生キルコトヲ考エルベキデハナイカ。トクニ子供タチダ。将来ガアル子供タチヲ、自ラノモノトナッテイナイ信仰デ死ナセテハイケナイ」

わたしは恐ろしいもののようにフェレイラ様を見つめました。

「それでは、皆に信仰を捨てさせるためにフェレイラ様は棄教されるのですか」

「ソウダ。信仰ハ地中深クニトドメテオケバイイ。タイセツナノハ生キルコトダ」

涙を手でぬぐったわたしはフェレイラ様の言葉に抗《あらが》いました。

「ただ生きているだけでは生きているとは言えません。自らの信仰を守り通してこそ、生きていると言えるのです」

「ワタシハアマリニ多クノ救ワレナイ信者ヲ見テキタ。モハヤワタシハ誰モ救ウコトハデキヌノダ」

フェレイラ様はしみじみと言われました。

「そんなことはありません」

わたしが懸命に言ってもフェレイラ様は頭を横に振っただけでした。

奉行所に連れていくようフェレイラ様にうながされて、わたしはやむなく寝台から下りました。着物を着て、フェレイラ様の先に立って末次屋敷を出ました。そして、ふたりとも黙したまま奉行所への道をたどったのです。

奉行所の近くに来て、わたしは物陰に隠れてフェレイラ様を見送りました。フェレイラ様は肩を落とし、いまにも頽《くずお》れそうになりながら、とぼとぼと歩いていかれました。その姿は、ひどく惨《みじ》めで悲しいものでしかありませんでした。

やがてフェレイラ様が門前に立つと番士たちが気づいて飛び出してきました。番士たちは怒鳴り声を上げると、うなだれているフェレイラ様を六尺棒でなぐったのです。

フェレイラ様は悲鳴をあげて地面に倒れました。

番士たちはなおも倒れたフェレイラ様を打ち続けました。わたしは物陰から飛び出

しそうになりながらも必死で堪《こら》えました。わたしが助けようとすることを、フェレイラ様は望んでおられないとわかっていた

からです。

四郎が話し終えると、聞いていた四人は皆、かすかにため息をついた。やがて、権之助が、ぽつりと言った。

「子供たちを助けるために棄教するなど、馬鹿《ばか》な伴天連《ばてれん》だ」

平蔵が自分の頬をぴしゃりと平手で打って、

「まったく開いた口がふさがりませんな。さようなことをすれば、キリシタンたちは何を信じてよいかわからず、途方にくれるでしょうな」

とつぶやく。

卓馬は腕を組んで言った。

「フェレイラ殿はさほどにひとの命は大切だと思ったのでしょう。しかし、これよりフェレイラ殿には死ぬより苦しい地獄の日々が待ち受けているでしょうな」

舞は卓馬に顔を向けた。

「兄上、それはいかなることでしょうか」

「考えてもみるがいい。南蛮人の伴天連が棄教するのだ。幕府はこれを放ってはおかぬだろう。転び伴天連はキリシタン狩りの手先として使われることになるだろう」

「子供たちの命を助けたいと思われただけのフェレイラ様が、どうしてさような酷い目に遭わねばならないのでしょうか」

舞が嘆くように言うと、黙っていた四郎が口を開いた。

「ユダだからです」

舞からイスカリオテのユダに似ていると言われたことがある平蔵が目をむく。

「ユダだと？」

「そうです。悲しいユダです。ひとは神の御教えを守り抜いて生きていくほど強くはないのかもしれません。だから、皆のために、最初にユダとなり、ひとびとが信仰のために生贄《いけにえ》にならないようにするのです」

「それじゃあ、フェレイラ様はかけがえのないおひとだなあ」

平蔵はため息をついた。

「そうです。かけがえのない、まさにイエス様のような方なのかもしれません」

四郎はゆっくりと言って目を閉じ、十字を切った。

フェレイラは翌日、穴吊りに処せられ、五時間耐えた後に転んだ。

この後、フェレイラは日本人妻を娶《めと》って沢野忠庵《さわのちゅうあん》と名のり、〈キリシタン目明《めあか》し〉としてキリシタン取り締まりに協力して、慶安《けいあん》三年（一六五〇）にこの世を去る。

フェレイラの棄教がヨーロッパに伝わると、イエズス会は衝撃を受け、イエズス会員たちはフェレイラの罪を償うため、こぞって日本に派遣されることを望んだという。

三十四

大膳が江戸城に召し出されたのは、黒田忠之に筑前《ちくぜん》国をいったん没収したうえ、新たに与えるという沙汰《さた》が下って間もなくのことだった。

このときは、白書院で井伊直孝と柳生宗矩の取り調べを受けただけだった。直孝は、竹中采女正の一件をあらためて訊いただけで、後の訊問《じんもん》は宗矩にまかせた。

宗矩はやわらかい口調で、

「栗山殿、此度《こたび》はまことに見事なお働きであられたな」

と言った。大膳は無表情に答える。

「それがしは主人を謀反人《むほんにん》として訴えただけでござる」

「それも主家を思っての苦肉の策だったのでござろう」

「さて、どうでありましたか」

大膳は退屈そうにあくびを嚙《か》み殺しながら答えた。

「されど、栗山殿の訴えにより、黒田忠之公の素行は改まり、しかも本領は安堵《あんど》されたのでござる。忠臣の功これに勝るものはございますまい」

「いや、それがしは、ただしたいようにしたまでのことでござる」

面倒臭くなった大膳が投げやりに言うと、宗矩は、

――謙虚なお方じゃ
と言って、乾いた声で笑った。

井伊直孝が皮肉な目つきで宗矩を見据えた。

「さて、さて。但馬《たじま》が栗山大膳と気が合うとは思いもかけなかったぞ」

ひややかな直孝の言葉にも宗矩は温顔で応じる。

「されば、栗山殿は兵法を心得ておられます。それゆえ、それがしにも学ぶところがあるのでございます」

直孝は大膳に顔を向けた。

「ほう、大膳は柳生が学ぶほどの兵法を心得ておるのか」

「滅相もございません。柳生様に及ぶはずもございません」

大膳がやわらかく言うと、直孝は容赦なく宗矩に問い質《ただ》した。

「但馬は大膳と立ち合ったことがあるのか」

「いえ、立ち合ったことはございません。ただし、栗山殿の腕前はよく存じておりま
す」

「さすがに柳生だな。立ち合わずとも腕前のほどはわかるか」

直孝はわざとらしく目を丸くした。宗矩は笑みを浮かべたまま答える。

「さよう、それがし、幾度か大膳殿を斬《き》ろうといたしました。しかし、そのたびに気を外されて逃げられます。まことに殺気を察するに敏でございますな」

宗矩の目はいますぐにでも大膳を斬ろうとするかのように光っていた。

この日はこれで終わったが、数日後にあらためて上使が井伊屋敷を訪れた。座敷で平伏した大膳に向かって上使が告げたのは、思いがけないことだった。

再度、江戸城に召し出すというのである。しかも、召し出す名目は先日のような取り調べではなく、

――能ヲ仰《おお》セツケラル

とのことだった。

大膳が能役者を召し抱え、能に嗜《たしな》みがあると聞いた将軍家光が、大膳に能を演じよと命じてきたのである。演目はまかせる、という。

大膳は居室に戻ると、梅津龍翁に向かい、苦笑して言った。

「さても厄介なことになったぞ。取り調べへの受け答えには、いささか用意があるが、能を舞えと言われるとは思いもよらなかった」

龍翁は深々とうなずく。

「まことにさようでございますな。将軍家が上覧あそばすとなると、能役者でもなかなか難儀なことでございます」

傍らの赤西源八が口を開いた。

「柳生但馬守《たじまのかみ》様は能の上手と聞き及んでおります。さしずめ柳生様の差し金ではございますまいか」

大膳は少し考えてから、からりと笑った。

「読めたぞ。このたびの黒田家の訴訟はわたしの目論《もくろ》んだ通りとなった。それだけに将軍家はわたしを生かして江戸から出さぬつもりなのだ」

「それで、江戸城に呼び出されるのでございますか」

源八は緊張した顔つきになった。

「上様も能がお好きということだ。されば、わたしに能を演じさせ、失態を咎《とが》めて倅《せがれ》の十兵衛に斬らせようというのが柳生宗矩のたくらみであろう」

大膳はにこりとして言う。

「ならば、いかがなされます。病と言い立てて、この屋敷を出ないほうがよろしいのではございませぬか」

眉をひそめて源八が言うと、大膳はゆっくりと頭を横に振った。

「いや、ここに引き籠《こも》っておっても、柳生十兵衛ならば忍び入ってわたしを斬るのは造作もあるまい。むしろ江戸城に入った方が生きる目途が立つかもしれぬ」

「そうでございましょうか」

源八は不安げに唇を嚙んだ。そんな心配とは何の関わりも無い様子で、龍翁が頭を下げて訊いた。

「さようでしたら、演目は何になさいまするか」

「さて、どうしたものかな」

大膳はあごに手をやって考えていたが、不意に目を輝かせた。

「そうだ。あれがよかろう。竹中采女正に、ひとを呪《のろ》わば穴ふたつだと言うてやったことだしな」

龍翁は大膳が何を思いついたのか探るように首をかしげたが、すぐに、

「なるほど、それがよろしゅうございます」

と言った。

大膳はにやりと笑う。

「ほう、龍翁には、わたしが何を舞うと決めたのかわかるのか」

「はい、おそらくは——」

「ならば、申してみよ」

大膳が楽しげに言うと、龍翁は、どうせなら同時に言ってみるのも座興かと存じます、と答えた。大膳はじっと龍翁を見据えた。

「では、いまから言うぞ」

龍翁はうなずき、ふたりは同時に口を開いた。

——調伏曽我《ちょうぶくそが》
大膳と龍翁の声が重なり合う。はは、と大膳は笑った。

「鎌倉将軍源頼朝公縁《ゆかり》の能を将軍家の御前にて舞うは武士の冥利《みょうり》に尽きるのう」

龍翁は無言でうなずく。

源八は少しうろたえて片手をつき、大膳に問うた。

「調伏とは、五大明王を本尊として悪を打破することと申しますが、一方で呪詛《じゅそ》によってひとを呪うということでもございます。さような能を将軍家の御前で演じるのは不吉であるとして、お咎めを被《こうむ》るのではありませぬか」

「だからこそよいのだ。将軍家は端《はな》からわたしを咎めて斬ろうとのご所存だ。さすれば咎めやすいように、呪詛の能を舞うのも忠義というものであろう」

〈調伏曽我〉は曽我物の能の中でも異色である。

源頼朝が箱根権現《ごんげん》を参拝した際、ここで修行していた箱王丸《はこおうまる》（後の曽我五郎《ごろう》）が別当に、頼朝に従う重臣たちの名を訊いた。すると重臣たちの中に父の敵である工藤祐経がいることがわかった。

祐経を仇《かたき》と狙《ねら》う箱王丸の心情を憐《あわ》れんだ別当は、祐経の人形を作り、護摩を焚《た》いて調伏の祈願を行う。すると護摩の煙とともに不動明王が現れ、人形の首を切り落とした。やがて仇討ちが成就《じょうじゅ》するという不動明王のお告げだった。将軍の供のひとりを仇と狙い、しかも調伏し、狙う相手の人形の首を斬り落とすという能を演じるのは胆力のいることだった。

しかも黒田家に謀反の志ありと訴え出たうえに、竹中采女正の密貿易を暴《あば》いた大膳が舞うのは、あたかも家光に挑みかかるような振舞いだと言える。それを、忠義であると言ってのける大膳の豪胆さに源八は息を呑んだ。

翌日——

大膳は井伊直孝に伴われて江戸城に上がった。

二の丸御殿には白鳥堀と呼ぶ、堀がめぐらされており、この堀に木の香も新しい能舞台が設《しつら》えられていた。

御殿の広縁に緋《ひ》毛氈《もうせん》が敷かれ、家光はここで酒を飲みながら、能を見物するのである。この日、家光の傍らには、柳生宗矩が控えている。

家光はすでに朱塗りの盃《さかずき》を口に運び、頰を赤くして上機嫌だった。

「但馬、きょうの能の手配りはできておるか」

家光に突然、声をかけられ、裃《かみしも》姿の宗矩は頭を下げて応じた。

「はい、ただいま能役者たちは支度部屋にて衣装を整えていると存じます」

「そうではない。栗山大膳めを始末いたす手配りはできておるかと聞いておるのだ」

家光は眉をひそめて言った。

「それならば、倅の十兵衛を能舞台のそばに控えさせております」

宗矩にうながされて家光が目を遣《や》ると、たしかに十兵衛が能舞台のやや後方の桟敷《さじき》席に座っている。

「ならば、いつにてもできるのだな」

「はい、ご下知がありしだい、十兵衛が大膳を斬り捨てまする」

「そうか、ならば、能が始まってすぐは味気ない。少しは舞わせて、田舎武士の下手な舞を笑ってからにいたそうかな」

家光はつめたい笑いを浮かべた。

「御意にございます。栗山大膳は上様のご威光をないがしろにいたした憎い男にございます。本来ならば、磔《はりつけ》といたすところですが、舞わせたうえで首をはねることにいたしましょう」

「〈調伏曽我〉なれば斬られるのは人形の首だが、その前におのれの首が斬られたら、大膳めさぞや驚くであろうな」

「さようでございます」

微笑を浮かべて答えた宗矩は能舞台に目を向けると、厳しい表情になった。

きょうの機会を逃さず、大膳を斬り、竹中采女正の〈抜け荷〉の一件を闇《やみ》に葬《ほうむ》らねばならない。そう思うと、宗矩は珍しく焦《あせ》りに似た思いを味わうのだった。

能舞台に役者や囃子方《はやしかた》がそろった。

謡《うたい》が始まって能役者たちが荘重に立ち動く。

不動明王の面をつけた大膳が能舞台に歩み出ると、あたかも本当の不動明王がゆらぎ出たかと思うほどの重みがあった。大膳は悠然とした所作で舞い、やがて人形の首を切り、剣の先で貫いた。その所作は豪胆不敵であり、鬼気迫るものがある。刺し貫かれた人形の首はあたかもひとの首であるかのように見えた。

大膳は剣を静かに広縁の家光のほうに向けて突きつける所作をした。その白刃が家光に突きつけられたかのように思えて、見物席に控えた武士たちはざわめいた。

宗矩が身じろぎする。

「栗山大膳め、何をするつもりだ」

能舞台の後方に控えていた十兵衛はいつでも飛び出せるように、脇差《わきざし》の鯉口《こいぐち》に指をかけた。宗矩の指図があればただちに能舞台に駆け上がり、大膳の胸を一刺しにする腹積もりだった。

大膳はゆっくりと能舞台の中央に立ち、家光に剣を突きつけたまま動かない。そこまで見て家光が歯を食いしばって、

「不埒《ふらち》な――」

とつぶやいた。すぐさま、宗矩は立ち上がり、

「無礼者――」

と大膳に向って怒鳴った。宗矩の声が響き渡ると同時に、十兵衛は能舞台に駆け上がり、脇差の鞘《さや》を払った。

大膳は剣を手にしたまま動かない。飛鳥の速さでそばに駆け寄った十兵衛は、大膳の首筋にぴたりと脇差の刃を押し付けた。

十兵衛は囁くように言った。

「栗山大膳、貴様はやり過ぎた。ここまでだな」

大膳はあわてた様子もなく、

「十兵衛、落ち着かぬか。うろたえると、親父《おやじ》殿に恥をかかせることになるぞ」

と言ってのける。

「なんだと」

十兵衛が脇差を振り上げようとしたとき、家光が苛立《いらだ》たしげに声を高くした。

「栗山大膳、この能は何の真似《まね》だ。申し開きができるものなら、いたしてみよ」

大膳はゆっくりと床に座り、不動明王の面を取って平伏した。

「拙《つたな》い舞をお目にかけ、まことに申し訳なく存じます。されど、それがしは能役者ではございませぬ。お叱《しか》りは勘弁願いとう存じます」

大膳は目の光を鋭くして言った。

「能の出来不出来など問うてはおらぬ。そなたが、わしの前で〈調伏曽我〉を舞ったのは、余を呪詛する気持があってのことであろう。それが許せぬと申しておるのだ」

大膳はかすかな笑みを浮かべた。

「これは心外に存じます。上様を呪詛いたすなど、この大膳、毛ほども思ったことがございません」

「ならばなにゆえ、余に剣を向けた」

「不動明王の剣は悪を打ち払います。それゆえ、上様に害をなす悪を打ち払うべしと存じ、その思いを剣に託したのでございます」

大膳は平然と言う。

「小利口ぶったことを申しおる。だが、余のまわりに害をなす悪などあるはずもないわ。おためごかしを申しても咎めは逃れられぬぞ」

家光はひややかな笑いを浮かべたが、大膳は臆《おく》せずに話を続けた。

「仰せごもっともにございます。されど、上様には悪とはどのようなものとお考えでありましょうか」

大膳の問いに家光は鼻で嗤《わら》って答える。

「余は将軍である。余の命に従わぬ者がすなわち、悪である」

「いかにもさようでございます。すなわち、悪とは上様のお心に従わぬ者のことだと存じます。それゆえ、上様は意に添わぬキリシタンを殺し、さらには宣教師を送り込むルソンまで討ち平らげようと思っておられます」

大膳は家光の目を見据えて言い放った。

「いかにもそうだが、それがいかぬと申すのか」

家光は面白そうに笑いながら大膳を見た。

大膳は沈着な面持ちで言葉を継いだ。

「されば、意に添わぬ者が悪だとするならば、この世でおのれの意にまごうかたなく従うのはおのれだけでございます」

大膳は家光だけでなく、広縁に居並んだ重臣や小姓にいたるまで、ゆったりと眺めまわした。

「おのれだけじゃと？」

「さようでござる。上様に従うのは上様おひとりにございます」

「馬鹿な、余には旗本八万騎がおるのを知らぬか」

家光は嘲笑《あざわら》った。

「その者たちが心より上様に従っているとお思いか」

「さようにできるよう家臣は努めねばならぬ」

吐き捨てるように家光が言うと、大膳は大きくうなずく。

「いかにも、家臣は努めておるのでございます。されば、主君もまた努めねばならぬことをご存じでございますか」

大膳が家光を見据えると、傍らの宗矩が叱責《しっせき》した。

「栗山大膳、陪臣の分際で思い上がりが甚だしいぞ」

大膳は宗矩に顔を向けた。

「黙らっしゃい。それがしは上様のご下問にお答えしているのだ。横合いからの口出しは無用にされよ」

宗矩は目を鋭くして、十兵衛に、

「斬れ――」

と言葉少なに命じた。

十兵衛は脇差を振りかざしたが、その動きがぴたりと止まった。いつの間にか大膳の手には刀が握られ、十兵衛の喉元《のどもと》に突きつけられている。

「貴様、いつの間にかようなものを」

「能衣装は刀を隠すのにはなかなか都合がよいのでござる」

大膳は冷徹に言い放った。

「かようなものでわたしに勝てると思っているのか」

十兵衛は大膳を睨《にら》みつけた。

「勝てるなどとは思っておらぬ。しかし、上様に刀を投じることはできるぞ」

「やってみるがよい。上様の側《そば》にはわたしの父がいる。飛んでくる刀を叩《たた》き落とすなど造作もないぞ」

十兵衛に言われて大膳はくくっと笑う。

「たしかにそうかも知れんが、仮にも将軍家に白刃が投じられたとあっては柳生もお咎めを受けることになるぞ」

脅すように大膳に言われて、十兵衛の額に汗が浮かんだ。

「貴様という奴《やつ》は——」

大膳はちらりと十兵衛の顔を見た。

「ともあれ、わたしと上様に話をさせろ。わたしの命を奪うのはそれからでも遅くはあるまい」

十兵衛が悔しげに口をつぐむと、大膳は家光に向かって声を大きくした。

「さて、わたしが申すことはただひとつにございます」

家光は怪しみながらも大膳を見据えた。

三十五

「貴様、思い上がりも大概にいたせ。もはや生かしてはおかぬが、最期《さいご》に申すことがあれば聞いてとらせよう」

家光は薄く笑った。大膳は家光を睨みつけ、

「上様はなぜに東照神君をないがしろにあそばされるや」

大膳が東照神君、すなわち家康のことを口にすると家光の顔色が変わった。

「戯言《ざれごと》を申すな。余は誰よりも神君を敬慕し奉《たてまつ》っておる。仮にもないがしろにすることなどあろうか」

「されば、わが黒田家が関ヶ原感状にある如《ごと》く関ヶ原合戦にて家康公にお味方いたしたわけをご存知であられますか」

「西軍の石田三成《いしだみつなり》と黒田家先代の長政が、仲悪《あ》しかったゆえであろう」

家光が嗤うと、大膳は大笑した。

「さように思われていては家康公がお嘆きになりまするぞ、黒田家が家康公にお味方いたしたのは、太閤《たいこう》が朝鮮国へ出兵して海を越えた戦をなしたるがゆえでござる」

「なんと」

家光は目を瞠《みは》る。

「如水公は太閤に命じられ、朝鮮出兵のための肥前名護屋《なごや》城の縄張りをされ、長政公は自ら軍を率い、渡海されて朝鮮に攻め入られました。されど、しだいに苦戦となり、お味方不利と見られた如水公は退いて守りを固めることを進言されましたが、太閤の受け入れるところとならず、出家なされたのでござる」

「さようなことがあったのか」

眉をひそめて家光はつぶやいた。

「さらに如水公の御次男にて長政公にとって母を同じくする熊之助君《くまのすけぎみ》は慶長《けいちょう》の役《えき》のおり、中津《なかつ》城を預かっておられました。だが、朝鮮出陣を逸《はや》られ、若い家臣たちとともに朝鮮へ渡ろうとされましたが、折悪しき嵐《あらし》のため、遭難され無念の御最期を遂げられたのでございます」

家光はせせら笑った。

「いまさらさようなことを申して何になる。武士が戦で命を落としたことを悔やむとは未練ではないか」

大膳はひややかに家光を見つめる。

「戦場での死であればさようでございましょう。しかし、なぜ海を越えねばならなかったのでございましょうか。朝鮮が攻め寄せて参ったわけではございません。太閤が海を越えて異国での戦をしたいと望んだだけのことでござる。されど武士は遊びの道具ではございません。大義無き戦に駆り出されれば、そのことを恨み、いずれ背きます。されば黒田家は関ヶ原にて家康公にお味方いたしたのでございます」

「つまりは、余にルソンへの出兵を止《や》めよと申すか。小賢《こざか》しきことを申す。その方の諫言《かんげん》など聞く耳は持たぬ」

「それゆえ、家康公をないがしろにされるのか、と申したのでござる。黒田家が味方した謂《いわ》れをご存知ゆえ、家康公は決して海を越えての戦をされず、太閤が攻めた朝鮮とも国交を開かれ、関ヶ原合戦から七年後、慶長十二年には朝鮮から使節が訪れてござる。それ以来、上様の将軍職就任の祝賀などで朝鮮から使者がわが国を訪れること数度に及んでおります。これ、すなわち家康公の大業にございましょう。であるのに、なぜ、太閤の真似をいたし、海を越えて兵を送ろうとされるのか」

「黙れ、陪臣の分際で説教臭い物言いは不遜《ふそん》である」

家光は苛立ちを表情に表して、ちらりと宗矩を見た。宗矩はうなずいて、十兵衛に向かって声をかける。

「十兵衛、もはやそ奴にしゃべらせるのは無用だ。斬り捨てよ」

だが、十兵衛は動こうとせず、大膳を睨んだままだ。宗矩は眉をひそめた。

「いかがした。そ奴が刀を投じようとも、もはや上様のお許しが出たからには、われらにお咎めはないのだぞ」

十兵衛は宗矩の言葉を聞いても動こうとはせず、大膳を凝視している。

——十兵衛、臆したか
宗矩が怒鳴ると、十兵衛は微《かす》かに笑った。

「親父《おやじ》殿、うるそうござる」

「なんだと」

宗矩は目をむいた。

十兵衛は落ち着き払って、ひややかに言う。

「この男の申すこと、面白うござる。今少し、しゃべらせてから斬っても遅くはございますまい」

「上様の命に逆らうのか」

「さようではございません。ただ、それがしは親父殿と違って鈍でござれば、斬るまでに時がかかるのでござる。ご容赦くだされ」

十兵衛が平然と言ってのけると、家光がひややかな顔で口を開いた。

「十兵衛、そなた腹を切る覚悟をいたしてさように申すのであろうな」

「武士たるもの、腹を切る覚悟は常にいたしております。この男もさようでございましょう。それゆえ、命を賭《か》けて申すことを聞きとうござる」

大膳は十兵衛の言葉ににこりと笑った。

「柳生の血は冷えておると思うたが、さようでもないようでござるな。されば、言わせていただこう」

家光と宗矩は大膳を苦々しげに見つめたが、もはや、何も言おうとはしない。

大膳は刀を床にそろりと置いた。両手を膝《ひざ》にして、荘重な顔になった。

「申し上げたきことは、ルソンへ兵を送れば乱が起きるということでござる」

「乱だと?」

家光は訝《いぶか》しげに大膳を見た。

「いかにもさようでございます。上様がルソンに兵を送るは、わが国にキリシタンの宣教師を送らせぬためでございましょう。わが国にはかつて七十万のキリシタンがいたと聞き及んでおります。宣教師を殺すためにルソン出兵が行われると聞けば、その者たちは必ずや兵を上げると存じます」

家光は息を呑《の》んだ。

「キリシタンの多い長崎などは一揆《いっき》が起きるに相違ございません。さようなとき、竹中采女正様は、黒田家を取りつぶそうとの謀《はかりごと》をめぐらされました。黒田家が取り潰《つぶ》されたならどうなっていたか。牢人《ろうにん》となった家臣たちは必ずや長崎の一揆に合流いたし、一揆の火の手はさらに燃え広がるでありましょう」

「まさか、さようなことは――」

家光が唇を噛むと、大膳は宗矩に目を向ける。

「諸国の動きを掌《てのひら》の上のように知る柳生殿なれば、このことはよくおわかりのはずでござる」

大膳に決めつけられて宗矩は苦い顔をしたが、何も言わない。

家光は大きく吐息をついた。

「やむなし、ルソン出兵を取りやめてもよい。だが、さようになれば、どうせよとそなたは言うのだ」

「それがしの申し条に理があると思《おぼ》し召《め》したならば、此度の騒動の火付け役であった竹中采女正様に切腹を仰せつけられてしかるべしと存ずる」

「竹中はすでに長崎奉行を罷《ひ》免《めん》いたしたぞ。それでも足らぬと申すか」

家光はうめく。

「足りませぬ。九州にてキリシタンの乱が起きましたとき、黒田家を働かせるおつもりがございましたならば、竹中様に腹を切らせていただきとうござる」

「お主という男は鬼だな」

家光は憎々しげに言った。

「武士は御家を守るために鬼となって戦いまする。竹中様も黒田家をつぶそうと考えられたおりから、お覚悟はあったはずでござる」

「それで、お主の身の上はいかようにせよと申すのだ。まさか黒田家に帰参するなどとは申すまいな」

「無論のことでござる。それがしは陸《む》奥《つ》へ流されると聞いておりまする。されど、流《る》罪《ざい》人《にん》として扱われては心外ゆえ、黒田家家老であった者にふさわしき処遇をしていただきたい」

抜け抜けと言い放つ大膳の顔を、家光はじっと見据える。

「なるほど、黒田忠之がそなたを嫌ったわけがようわかった。主君にとってそなたはまことに叛臣《はんしん》じゃな」

家光が吐き捨てるように言うと大膳は手をつかえ、頭を下げた。

「上様の仰せまことにごもっともに存じ上げ奉りまする」

大膳から顔をそむけて家光は立ち上がった。

「宗矩、後はまかせる」

宗矩は片手をつかえて問う。

「彼《か》の者、斬り捨てることはできまするぞ」

「それにはおよばぬ。彼の者は斬られても、余を嗤うだけのことだ」

家光は広縁から立ち上がると、奥へ入っていった。

刀を鞘に納め、片膝ついて家光を見送った十兵衛は、かたわらの大膳に向かって低い声で言った。

「命拾いをなされたたな」

「なんの、命を拾うたのは徳川家だ。それがしの申し上げたことに嘘偽《うそ》りはない。ルソンへ兵を出せば豊臣家同様、亡《ほろ》んでおったであろう。さすれば、その後、天下を狙う戦を起こすのも一興であったかもしれぬな」

大膳はさりげなく言ってのけた。

フェレイラが転んだ後も卓馬と舞、それに権之助は、末次平蔵の屋敷に留まっていた。

卓馬と舞は四郎と話し合った。

フェレイラが転ぶことになった〈穴吊《あなづ》り〉を考案した竹中采女正は長崎奉行を罷免された。しかし、それはあくまで表向きのことで、采女正はいずれ復帰するだろう。将軍家光はルソンへ出兵する野望を抱いており、その先導役を務めるのが采女正であることや、ルソン出兵は彼の地のキリシタンを根絶やしにしてわが国に宣教師を送れないようにするためだ、と卓馬は告げた。四郎の目が光った。

「悪魔《サタン》の所業です」

「キリシタンにとってはまさにそうであろうな」

「いえキリシタンだけではなく、この国のすべての民にとって大きな災厄となることだと思います」

「そうか。ならばどうする」

卓馬は四郎の目を見つめた。四郎は頭を振った。

「わかりません。ただ、もし、神の思し召しが――」

四郎は言葉を切った。舞が口を挟む。

「神はどのように思し召されるのでしょうか」

四郎は悲しげな目で舞を見つめた。

「神の教えを守るために異教徒と戦うことを望まれるかもしれません」

卓馬と舞ははっとした。異教徒と戦うということは、キリシタンが幕府に対して乱を起こすということではあるまいか。

舞は声を震わせて訊《き》く。

「四郎殿はまことにそのようなことをなさるおつもりですか」

「どうなのでしょうか。しばらく考えさせてください」

四郎は静かに言うと、目を閉じて胸で十字を切った。

卓馬たちはその後も平蔵の屋敷に滞在したが、四郎は沈思して誰とも話をしようとはしなかった。

ただ、毎朝、中庭に出ては天を仰いで祈りを捧《ささ》げるばかりだ。

四郎が中庭に立つとどこからともなく小鳥が飛んできて、四郎の肩や頭に止まり、祈りを聞くかのように羽を休める。

その様子を居間でテーブルについて、いつものように赤い葡萄酒《ぶどうしゅ》をギヤマンの杯で飲んで見ていた平蔵が、頭を振って、

「やはり、あの四郎と申す小僧は神の子かもしれぬな。恐ろしいことだ」

とつぶやいた。同じテーブルの卓馬は隣の舞に問いかける。

「四郎殿に出会い、江戸の動きは伝えた。われらはもはや戻ってもよいのではあるまいか」

「いいえ、わたしたちは、まだキリシタンの動きを見極めてはおりませぬ。このまま戻ってはお館《やかた》様に申しわけございません」

「それはそうだが――」

卓馬は少し黙ってから思い切ったように言葉を発した。

「お館様がわれらを長崎にお遣わしになったのは、あのまま江戸にいては柳生の手が伸びると思われてのことだったのではあるまいか。お館様はそなたを助けようと思われたのではあるまいか」

「そのようなことは決してないと存じます」

答えながらも舞の目が潤《うる》んだ。すると、傍らの権之助が葡萄酒をあおりながら、大声で笑った。

「卓馬は相変わらず、青いことを言う。お館様はさようなやわなお方ではない。わしらを長崎に送ったのは乱を起こすために違いない。わしらがここにいるだけでも乱が起きるであろう」

「なぜさように思われますか」

卓馬は鋭い目を権之助に向ける。

権之助は乱暴な物言いをするが、見ているところは常に確かであることを卓馬は知っていた。

「天草四郎はいわば龍《りゅう》となる前の蛟《みずち》だ。いまだにおのれが龍であることを知らぬ。だが、いずれ雲を呼び、天に昇り龍となるに違いない。われらはそれを見届けるためにこの地に来たのであろう。それがお館様の命だとわしは思うぞ」

権之助は淡々と言うと、ぐい、と葡萄酒を飲み干した。平蔵が愉快そうに、からからと笑う。

舞は四郎のことを思って静かに祈りを捧げた。

三十六

竹中采女正が、幕府の命により、大目付水野守信《みずのもりのぶ》の立ち合いのもと湯島の海禅寺《かいぜんじ》で切腹したのは、翌寛永十一年（一六三四）二月二十二日のことだった。

采女正は切腹の直前、うめくように、

「黒田の謀に敗れたのが無念なり。半兵衛様に申し訳なし」

と言ったという。

竹中氏の一族は隠岐《おき》に流罪となり、府内藩竹中氏は改易、廃絶となった。

一方、大膳は南部山城守《やましろのかみ》の陸奥国岩手郡盛岡藩にお預けとなる沙汰がすでに下っており、間もなく江戸を発《た》つことになっていた。

この日、大膳は井伊屋敷で黙然としていたが、采女正が切腹したと井伊家の家臣から知らされても、表情を変えることなくうなずいただけだった。家臣が去った後、傍らの源八が眉《まゆ》をひそめて言った。

「仮にも竹中様は如水公以来、ご縁のあった御家の方でございます。いま少し、同情されてもよかったのではございますまいか」

大膳は素っ気なく答える。

「戦場で敵を倒した武者がいちいち焼香している暇はあるまい。回向《えこう》いたさぬが、武門の習いだ」

「さようなものでございますか」

源八が納得いかないまま口をつぐむと、いましがた采女正の切腹を告げた家臣があわただしく戻って来て、柳生宗矩の来訪を告げた。

源八は、緊張した表情で、

「いかがあそばしますか。柳生はあるいはお館様が盛岡に発つ前に殺《あや》めに参ったのやもしれませんぞ。もはや、お会いになるには及ばぬと存じますが」

と言った。

大膳は頭を振る。

「いや、会おう。柳生にたくらみがあるとすれば、江戸を発つ前に会っておかねば盛岡藩に迷惑をかけることになろうゆえな」

井伊家の家臣の案内で宗矩が座敷に来た。広縁に立ち、中庭に目を遣った宗矩は、笑みを浮かべて、

「梅はすでに散りましたな。間もなく桜が咲きましょう」

と言う。大膳は微笑《ほほえ》んだ。

「竹中采女正様が腹を召され、それがしは陸奥に参ります。柳生殿には目障《めざわ》りがいなくなって清々されることでござろう」

「はは、お戯《たわむ》れを言われる」

宗矩は大膳の前に座った。すぐに井伊家の女中が茶を捧げ持ってきた。宗矩は茶を喫してから、

「さて、今日、うかがったのはほかでもない。栗山殿に長崎のことをうかがいたくて参りました」

「長崎のこと?」

「さよう。長崎にてキリシタンの乱は起きまするかな」

宗矩は大膳の顔をうかがい見た。

「必ずや」

大膳はきっぱりと答える。

「そのおりはいかがいたせばよろしゅうござるか」

「知れたこと。軍勢を催し、討ち平らげるのみでござる」

「ほお、これは思わぬことを申される」

宗矩はひややかに大膳を見つめた。大膳は、無表情な顔を宗矩に向けたまま言葉を発しない。

宗矩はにやりと笑って、話を継いだ。

「栗山殿はあるいは、一揆を諭し、戦をせずに治めよと言われるかと存じました」

大膳は首をかしげた。

「なぜさように思われたか、わかりませぬな」

「黒田家はもともとキリシタンの家柄ゆえ、一揆の者と話せる者がおるやもしれぬと思いました。さらには、栗山殿の手の者が長崎に潜伏いたしキリシタンと交わりを持っていると伝え聞いております。されば、栗山殿こそが、キリシタンを唆《そそのか》しておるのではないかと存じたしだいでござる」

宗矩の言葉を聞き終えた大膳はうなずいた。

「なるほど、柳生殿はおひとが悪い。キリシタン一揆が起きれば、黒田家も罪に問おうというお考えか」

「それが筋というものではござるまいか」

宗矩は厳しい表情で言い放つ。

「さようかもしれませんが、ちと待たれたほうがよろしかろう」

平然として大膳は言った。

「なにゆえ、待てと言われる？」

「柳生殿はキリシタン一揆を甘く見ておられる。なるほど、長崎の大名の手勢で押さえられるならば、これを機会に黒田家の息の根を止めるのもよろしゅうござろう。されど、一揆が手強《てごわ》く、九州の諸大名の手を借りねばならなくなったとき、黒田家の兵力が無ければ困られるのではありますまいか」

「それほどキリシタン一揆の勢いは盛んになると言われるか」

宗矩は大膳を睨んだ。

「それはわかりかねますな。しかし、一揆が強くなるのは、ただひとつのわけがあればこそでござろう」

「わけとはどのような」

「怒りでござるよ。おのれを虐《しいた》げ、ないがしろにするものへの怒りは誰の胸にもございましょう。ひとはひとであるかぎり、おのれを虐げる者への怒りを忘れませぬ」

「なるほど、怒りか」

「呉子に曰《いわ》く、およそ戦が起きるのは一に名を争う。二に利を争う。三に悪事が度重なって行われる。四に内乱る。五に飢えに因《よ》る、と申します。虐げられた百姓は飢えによって立つ、すなわちおのれを虐げる者への怒りでござる。それゆえ、命を賭《と》して戦い、決して退きませぬ」

大膳の言葉を吟味するように宗矩は目を閉じて考えていたが、やがてぴしゃりと膝を手で叩いた。

「仰《おお》せごもっともじゃ」

「得心いたされましたか」

「いかにも得心いたした」

宗矩ははっきりと口にした。

「されば、長崎にて乱が起きましたおりには、黒田家は頼もしきお味方であると思われまするか」

「さように存ずる」

宗矩がうなずくと、大膳は大きくため息をついた。宗矩は、あらためて大膳の顔をつくづくと見た。

「そこもとは黒田忠之様に疎《うと》まれながら、なぜに忠義を尽すのでござるか」

「さて、それがしは疎まれれば、疎まれるほど、忠義を尽したくなる天邪鬼《あまのじゃく》でござる。この癖は生涯、治りますまい」

大膳は明るい表情で言ってのける。宗矩が辞去しようとすると、大膳は手を上げて制した。

「お待ちあれ、柳生殿は能楽にご執心と聞いております。されば それがし が召し抱えております能役者にひとさし舞わせて、お別れの挨拶《あいさつ》といたしたく存ずる」

「ならば見物仕《つかまつ》ろう」

宗矩が座り直すと大膳は手を叩いて、龍翁を呼び寄せた。大膳が、柳生殿との別れの舞を、と命じると、龍翁は扇子一本を手に広縁に出た。

「西行桜《さいぎょうざくら》を仕りまする」

龍翁は寂びた声で言うと、舞い始めた。

能の「西行桜」は世阿弥《ぜあみ》の作と言われる。世を捨てて庵《いおり》に住む西行は、好きな桜を庭に植えて春の開花を楽しんでいた。

だが、しだいに西行庵《あん》の桜の見事さが世間に知れ渡り、多くのひとが見にくるようになった。世捨て人として静かに暮らしたいと望んでいた西行は、

花見んと群れつつ人の来るのみぞあたら桜の咎《とが》にはありける

と歌った。すると、その夜、西行の夢枕《ゆめまくら》に白髪の桜の精が現れて問いかける。
——桜の咎とはいったい何であるか
西行は世捨て人の身には桜を見にひとが集まるのが、煩《わずら》わしいのです、さようにひとを集めてしまうのは、桜の咎であると思い、歌に託したのです、と桜の精に答えた。
桜の精は、桜はどこに植えて欲しいと頼んだわけではない、さらには見物客が訪れるのを喜んでいるわけでもない、と言って、
——桜に罪はないのだ
と説く。西行はうかつに桜の咎だ、などと歌ったことを悔いて謝る。桜の精は西行が謝ったことを喜び、桜を愛《め》でる舞を披露しつつ、しだいに姿を消していくという能である。

龍翁は大膳と宗矩が見つめる中、ゆったりと舞った。

春の夜の花の影より明け初《そ》めて
鐘をも待たぬ別れこそあれ
別れこそあれ　別れこそあれ

待てしばし　待てしばし
夜はまだ深きぞ　白むは花の影なりけり

宗矩は陶然となって龍翁の舞を見続けた。舞が終わり、はっと気づいたときには、すでに大膳の姿は座敷に無かった。

「そうか。わしが、去り際《ぎわ》に抜き打ちで斬《き》るのではないかと用心いたしたか」

宗矩は苦笑して広縁を玄関へ向かう。龍翁が座って宗矩を見送った。

大膳は三月の末に陸奥国へ向かった。

南部家では城下の広小路《ひろこうじ》に邸《やしき》を設けて大膳を迎えた。大膳に従ったのは、源八始め、譜代の家臣十数人だった。


三年後——

寛永十四年（一六三七）十月二十五日、九州、島原南部の有馬《ありま》地方で、年貢《ねんぐ》の過酷な取り立てやキリシタン取り締まりに反発する百姓が一揆を起こした。

一揆は寺社を焼き、城下に放火して島原城を襲い、藩内全域に拡大した。このとき、天草地方では、益田《ますだ》四郎という少年を総大将として蜂起《ほうき》し、島原勢と合流した一揆勢はたちまち、三、四千人になった。

天草地方ほぼ全域に広がった一揆は、富岡《とみおか》城を攻撃した。

幕府はこれに驚いて地元の藩だけでなく、佐賀、久留米、柳川、島原、熊本藩からも出兵するように命じた。

幕府は一揆鎮圧のため上使を派遣し、諸藩の兵を率いさせたが、一揆勢はすでに二万七千の大軍に膨れ上がっており、原《はら》城に立て籠《こも》った。

上使板倉重昌《いたくらしげまさ》は一揆鎮圧に手こずって業《ごう》を煮やし、翌寛永十五年元旦《がんたん》に鍋島《なべしま》、有馬、立花、寺沢藩の兵を率いて総攻撃を行ったが、大敗し戦死した。

新たに上使となった〈知恵伊豆《ちえいず》〉の異名がある老中松平信綱《まつだいらのぶつな》は、この年正月四日に着陣するなり、戦術を変えて全九州の大名を動員し、二月二十七、二十八日の総攻撃でようやく原城を陥落させ、一揆勢を壊滅させた。

この原城攻めには、小倉城主の小笠原忠真《おがさわらただざね》が出陣し、宮本武蔵の養子である伊織もこれに従った。

武蔵も忠真の甥《おい》である中津城主小笠原長次《ながつぐ》の軍に加わって出陣した。

この際、原城に夜襲をかけた小笠原勢に加わっていた武蔵は突然、闇《やみ》の中から現れた杖《つえ》を持った巨漢に襲われた。頭巾《ずきん》をかぶり、顔を隠した男は無言で武蔵に挑んだ。

武蔵は男が構えた杖を見て、

「権之助か」

と言ったが、相手が打ってかかるとこれに応じて戦い、それ以上の言葉はかわさなかった。

具足をつけた武蔵の動きは日頃よりは鈍重になった。だが、頭巾の男は具足をつけず、鎖帷子《くさりかたびら》だけを身に着けているようだった。

男は風車のように杖を振り回して武蔵に迫った。これをしのいでいた武蔵だが、具足の重さのため、斬りつけても動きが遅く、かわされてしまう。

「おのれ――」

憤《いきどお》った武蔵が大上段から斬りつけたとき、男の杖は武蔵の水月《みぞおち》をしっかりと突いていた。具足姿の武蔵は杖で突かれた衝撃でよろめき、左足を大きな石にぶつけてひねった。

足首を捻挫《ねんざ》してうめいた武蔵は片膝をついた。すかさず、男は武蔵の前に立ち、思い切り振り上げた杖で脳天めがけて叩きつける。

武蔵は地面を右に転がって危うく避け、男の足を片手斬りで薙《な》ごうとした。だが、男は跳躍するとともに、

「無様だな。武蔵――」

と大声で叫び、嘲笑《ちょうしょう》を浴びせた。

「権之助、出てまいれ」

武蔵が刀を杖に立ち上がろうとしたとき、闇の中から、

「武蔵、わしの勝だ」

という声が大きく響き渡って、武蔵を歯噛《はが》みさせた。

一方、乱の総大将と目された益田四郎こと、天草四郎の行方は原城陥落後も杳《よう》として知れなかった。

この乱で、黒田家は藩主忠之自ら一万八千の大軍を率いて参陣した。栗山大膳が起こした騒動で追放となっていた倉八十太夫も、

――陣借りいたしたい
と島原に姿を見せて、忠之を喜ばせた。

二月二十八日の総攻撃に際して、二十七日の夜、功を焦《あせ》った鍋島勢が夜襲をかけると、黒田勢もこれに加わって鍋島勢とともに、本丸一番乗りを果たした。

この際、鍋島勢は旗印のそばに立派な身支度をした少年が倒れているのを見て、天草四郎だと思って首を取った。しかし、この少年は言わば身代わりで、天草四郎は城

から脱出したのではないかと噂《うわさ》になった。

兵の中に本丸で乱戦になった際、天草四郎らしい美少年が、杖を使うふたりの武者に守られて城を落ちるのを見た者がいるのだという。

兵の話では、杖を使う武者のひとりは若い男だったが、もうひとりは髪も長く色白で鼻筋がとおった、女人ではないかと思わせる美貌《びぼう》だった。

ふたりは蝶《ちょう》が舞うように助け合って杖を振るい、押し寄せる兵たちから四郎らしい少年をかばって落ちていったのだという。さらに兵が驚いたのは、黒田勢の中にいた男が、ふたりの武者に、

「倉八十太夫である。ひさしいな――」

と声をかけたうえで、城から脱出する道筋を手ぶりで教えたという。

忠之は原城陥落後、このことを松平伊豆守に問い質《ただ》されたとき、

「わが軍勢は一万八千もおります。ひとりひとりがあの原城で何をしたかまで細かには知り申さぬ」

ときっぱり返答した。

このことを盛岡で伝え聞いた栗山大膳は呵呵大笑《かかたいしょう》した。

大膳はその後も盛岡藩で暮らし、六十二歳で亡《な》くなったが、立派な屋敷と百五十人

扶持《ぶち》を与えられた。四里四方お構いなしで出歩くことも許されて、悠々たる暮らしぶりだった。

盛岡藩に預けられてからは、旧名では憚《はばか》りが多いとして、

——影山四郎兵衛

と名のっていたという。

「もののふ」の命はイエスのように

島内景二

九州で新聞記者やラジオニュースのデスクなどをしていた葉室麟が、『乾山晩愁《けんざんばんしゅう》』で第二十九回の歴史文学賞を受賞したのは、平成十七年だった。『銀漢《ぎんかん》の賦《ふ》』で第十四回の松本清張賞を受賞したのが、平成十九年。平成二十年度下半期の直木賞には、『いのちなりけり』が初めて候補作となった。五十歳を超えてから待望の作家デビューを果たした葉室は、見事なスタートダッシュに成功し、相次いで意欲作を発表した。平成二十四年に、『蜩《ひぐらし》ノ記』で第百四十六回の直木賞を受賞したのは、五度目のノミネートだった。

直木賞の受賞後、葉室の創作活動には、驚異的な加速度が加わった。毎月のように、新作の単行本が書店に並んだ。ところが、それから五年後の平成二十九年に、葉室麟は急逝した。享年《きょうねん》六十六。辺境の九州の地から、中央である「東京=江戸」を撃つ志を、最後まで持ち続けた強靱《きょうじん》さは、凛《りん》とした「もののふ」のものだった。文壇における「草莽崛起《そうもうくっき》」を実践した人生だと言えよう。私は葉室麟の人生に、高杉晋作《しんさく》を重ねたい誘惑に駆られる。

この十二年間、葉室麟は文壇という戦場を、幕末の志士のように、絶えず前を向いて疾走した。次々と出版される作品の数の多さだけではない。古代から近代まで、描かれた時代のバラエティ。純文学からエンターテイメントまで、スタイルの自在さ。何よりも、それらの作品の水準の高さ。文学の神様から「神筆」を授かったかと思われるほどの活躍ぶりだった。「葉室文学館」のショーケースには、歴史小説のありとあらゆる見本が揃《そろ》った。

圧倒的な筆力で、深い感動を与え続ける葉室麟の姿は、まさに「鬼神《きじん》」を連想させるものがあった。写真で見る柔和な笑顔の下には、すさまじい気魄《きはく》がマグマのように沸騰《ふっとう》し、執筆活動となって噴出した。彼は、文学者、小説家という自らの宿命と戦っていたのかもしれない。自分の心の中に宿った「あるべき文学」が、胎動《たいどう》し始めている。それに一刻も早く、言葉という形を与えたかったのだろう。その「あるべき文学」は、中央の一人勝ちではなく、辺境と中央とが互いに相手を豊かにする、理想の文化を体現していた。

私が初めて葉室麟の作品に衝撃を受けたのは、平成二十一年の『秋月記《あきづきき》』だった。

秋月藩の藩政に命を賭《か》け、悪名を蒙《こうむ》ることも辞さない間小四郎《あいだこしろう》の生き方の潔《いさぎよ》さ。悪名や悪評に塗《まみ》れれば塗れるほど、小四郎の孤高の人間性が、美しく輝く不思議さ。その小四郎の志の高潔さを、異色の女性漢詩人である原采蘋《さいひん》が見抜き、美しい漢詩文で称《たた》える。采蘋は、作者と読者の双方の小四郎への思い入れを、代弁している。この小説の作者ならば、現代日本に漂う閉塞《へいそく》感を吹き飛ばせるだろうという私の期待は、その後裏切られなかった。

葉室の作品は、読者を思いっきり泣かせてくれるタイプと、涙がこぼれ落ちる寸前で留《とど》まらせるタイプの、二つがある。『蜩ノ記』や『川あかり』は前者、『銀漢の賦』や『鬼神の如《ごと》く　黒田叛臣《はんしん》伝』は後者である。どちらも、読者の心に大きな余韻を残す。

『鬼神の如く』は、平成二十七年に刊行され、翌年、第二十回の司馬遼太郎賞を受けた。加賀騒動、伊達《だて》騒動と並んで「三大お家騒動」と呼ばれる黒田騒動を、葉室は歴史家が「叛臣」というレッテルを貼《は》った栗山大膳《くりやまたいぜん》の視点から描いた。伊達騒動は、歌舞伎の『伽羅先代萩《めいぼくせんだいはぎ》』や、山本周五郎『樅《もみ》ノ木《き》は残った』などの名作を残した。黒田騒動は、森鷗外《おうがい》『栗山大膳』と葉室麟『鬼神の如く』を残した。主君である藩主を、謀叛《むほん》の疑いありとして幕府に訴え出た「叛臣」栗山大膳こそが、最も藩の行く末を思う「忠臣＝義臣」であり、男の中の男、真の「もののふ」である。このような葉室による大膳の再評価は、鷗外の試みをさらに徹底させている。

葉室の描く大膳は、『秋月記』の間小四郎の造型を、さらに深めたものでもある。大膳の秘めた心の崇高さを知る女性として、深草舞《まい》という、キリシタンの女武芸者を登場させる。自らの本心を容易には他人に見せない大膳だが、その心の真実を見抜く女性が、この世に少なくとも一人いる。その一人から、感動が静かに、そして広範囲に波紋を広げてゆく。

葉室麟の創作心理の最深部には、理想の男性像と、理想の女性像とが、ペアで眠っている。その一対の男女が、『秋月記』と『鬼神の如く』にも登場している。

昭和二十六年に生まれた葉室は、久留米《くるめ》の明善高校を卒業する多感な青春時代、というか少年時代の終わりの時期に、戦後の日本社会を根底から突き崩そうとした大学紛争に遭遇した。西南学院大学を卒業したのは、年譜によれば二十五歳の時である。

大学時代の葉室は、筑豊《ちくほう》炭田の記録に取り組んだ上野英信《えいしん》（ひでのぶ、とも）を訪ねている。上野は、地方、そして地底を、歴史を見る視軸に据えていた。歴史を見る視点を変えれば、新しい歴史を構想できるし、新しい未来を呼び寄せることもできる。青年だった葉室は、現代日本の病根を直視し、それを改善しようと志す「賢人」と出会ったのである。葉室より一世代上の上野は、青年の眼には老賢人に見えたことだろう。

若き葉室が出会った老賢人は、上野一人ではない。書物を通して、何人もの賢人との出会いを求め続けたことだろう。言わば、遍歴時代（徒弟時代）の経験が、五十歳を超えて書き始めた文学の土壌となっている。具体的には、葉室が出会ってきた老賢人たちの集合概念として、間小四郎や栗山大膳が造型されていったのである。

作家デビューの遅かった葉室は「遅れてきた青年」だった。彼が、若かりし日に憧《あこが》れた老賢人を描くときには、青年の視線と老賢人の視線とが交錯した。だから、青年と老賢人とが、世代を超えた友情で結ばれる奇蹟《きせき》も起きた。

古代神話や伝説では、老賢人の周りに、魅力的な女性がいることが多い。それらの女性像の集合概念が、原采蘋や深草舞となって造型されたのではなかったか。

葉室文学に描かれる人間の魅力が、日本社会の病根や日本文学の閉塞を、爽快《そうかい》なまでに治癒してゆく。葉室は、賢人の「知」と、女性の「愛」をキーワードにすることで、新しい歴史小説のスタイルを打ち立てた。葉室の残した小説の一つ一つは、現代日本に爽《さわ》やかな風を送り込む送風機であると同時に、停滞した文明を一新する洗浄機でもあった。

葉室は、直木賞を受賞した時点で、「書くことがたまっている。書かないうちは死ねない」と、心境を吐露している。だから、彼は書いた。鬼神のように。それでは「鬼神」とは、具体的にはどのような存在だったのか。『鬼神の如く』は、そのことを明らかにする。この作品は、葉室文学全作品を読み解く鍵《かぎ》なのである。

戦場の合戦に命を賭ける戦国時代の武士にとって、「鬼神の如く」に戦い、めざましい戦果を上げることは、何よりの勲章だった。同時に、「鬼神も三舎《さんしゃ》を避ける」ような知略を駆使して、合戦を勝利に導く軍師となることもまた、武将たちの夢だった。鬼神の如き部下たちを用いて、敵将の繰り出す、これまた鬼神たちの働きを打ち砕く。これは、名将にして名軍師でもありえた人物にのみ可能な神技だった。

豊臣秀吉《とよとみひでよし》に仕え、彼を天下人に押し上げた知謀の持ち主が二人いた。竹中半兵衛《はんべえ》と黒田如水《じょすい》（官兵衛）である。『鬼神の如く』には、竹中半兵衛の従弟《いとこ》の子・竹中采女《うねめの》正《しょう》（重義《しげよし》）と、黒田如水に仕えた「黒田八虎《はっこ》」の一人で、黒田藩の筆頭家老を務めた栗山備後《びんご》（利安《としやす》）の子・栗山大膳（利章《としあきら》）が登場する。二人は、壮絶な知恵比べを展開する。知の第一人者は、はたしてどちらだったのか。

栗山大膳も家老として、二代目藩主・忠之《ただゆき》に仕えた。忠之には、粗暴な振る舞いが多かった。忠之の寵愛《ちょうあい》を受ける倉八十太夫《くらはちじゅうだゆう》と、大膳の関係も、事態を複雑化させている。

采女正は「幕府の九州探題」という異名を取るほど、幕府に忠実な大名である。彼は、幕府の中で上昇したいという野心が強かった。豊後《ぶんご》府内藩の藩主だったが、長崎奉行として、キリシタン弾圧に辣腕《らつわん》を振るった。一方、栗山大膳の周辺には、天草四郎に心を寄せるキリシタンたちが見え隠れする。

采女正の背後には、巨大な権力を既に握っているのに、諸大名を取りつぶし、中央集権体制をさらに推進している幕閣がいる。三代将軍家光《いえみつ》は、ルソンへの出兵という危険な野心にも食指を動かしている。将軍家光の権威の源であり、江戸への一極集中路線を企図したのは、神君家康《いえやす》である。これらの勢力を相手に、栗山大膳は孤軍奮闘する。それが、鬼神の振る舞いなのだった。

さらには、二天一流の宮本武蔵《むさし》と、杖術《じょうじゅつ》の夢想権之助《むそうごんのすけ》との因縁《いんねん》も絡《から》む。これだけ複雑怪奇な人間関係を設定したうえで、葉室は明快なストーリーを書き進める。彼には、真《ま》っ直《す》ぐな人間性を求め、美しい世界を実現させたいという純粋な志がある。その志の明快さが、世界のカオスを吹き飛ばすのだ。

夢想権之助に武術を学んでいた舞は、大膳と出会う以前には、彼がキリシタンの敵のように思われた。キリスト教を奉じる舞には、大膳は「悪魔《サタン》」だった。舞と血のつながらない兄の卓馬《たくま》は、「だとすると、栗山大膳というお方は鬼であるかもしれぬな」と語っている。この場合の「鬼」は、悪鬼である。

舞と卓馬の前に現れた生身の栗山大膳は、能を愛し、自らも演じる文化人だった。大膳は、能役者の龍翁《りゆうおう》が『野守《のもり》』を舞うのを見ていた。『野守』の主人公は、昼間は何気ない人物だが、夜には鬼に変じるという二面性を持った人物である。大膳もまた、人間と鬼の二面性を持った、複雑な存在だった。彼は、キリシタンの敵なのか、味方なのか、敵でも味方でもないのか、敵でもあるし味方でもあるのか。舞の大膳に対する評価は、揺れ動く。

大膳は、「兵は詭道《きどう》なり」であり、「だまし合い」であると考えている。戦場においてはもちろん、政治交渉、つまり「平時の戦《いくさ》」においても、騙《だま》される側が悪いのだ。

ところが、世間には鬼神は道にはずれたことをしないという意味の「鬼神に横道《おうどう》なし」という諺《ことわざ》もある。詭道は、邪《よこしま》な心からではなく、高潔な心から発動されることもある。舞が、天草四郎に向かって、自らの主（デウス）への信仰心を語る場面があり、その発言は栗山大膳の生き方を意識している。

《「いいえ、わたくしは信仰が足りず、主にお会いすることはいまだにできません。

ただ、主がひとびとの苦しみを背負われて磔《はりつけ》になられたように、多くのひとの苦しみを背負い、茨《いばら》の道を歩もうとしている方を存じているのです》》

舞の心の中で、いつしか「主＝デウス」と一体化していった人物。それこそが、栗山大膳だったのである。「稀代《きたい》の叛臣」としては、怖《おそ》ろしい鬼の顔をしている。その一方で、舞の目の前で、「主」のような「理想の生き方と死に方」のお手本を見せてくれる人物。舞の目に映る大膳のイメージが、読者の中でも少しずつ変わってゆく。

舞には、大膳が「自分の宿命」と戦っているように見えた。そして、大膳と同じように宿命と戦った人物として、「神の御子《みこ》、イエス・キリスト」と、長崎で会った天草四郎がいると感じた。この場面を書きつつ、葉室は、文学者としての自分の「宿命」について思いめぐらせていたことだろう。

葉室が学んだ西南学院大学は、アメリカの南部バプテスト連盟の宣教師たちが設立したキリスト教主義の大学である。葉室がキリスト教をどのように理解していたかは、正確にはわからない。だが、葉室の世界観の柱石には、キリスト教に通じる精神があり、それが葉室の描き上げる「武士道」となって表れたのではないだろうか。

世間からの悪名や悪評を恐れない「武士＝もののふ」の姿からは、処刑される直前のイエスが、人々からの嘲弄《ちょうろう》・悪罵《あくば》を受け続ける「エッケ・ホモ」（この人を見よ）

という、キリスト教絵画のモチーフが思い合わされる。

『蜩ノ記』の戸田秋谷《しゅうこく》の切腹が、十字架上のイエスと重ね合わされることに、『鬼神の如く』の読者は改めて気づく。

舞の大膳への理解は、さらに深まる。藩主の忠之と、舞は「デウス」談義をしているうちに、大膳の話題になってしまう。

《「わたくしの信ずる神は、ひとびとの苦難を見過ごしにできず、ともに苦しむことで救おうとされます。栗山様も同じではないかと存じます」》

「苦しむ神」と言ってもよいし、「救済さるべき救済者」と言ってもよいだろうが、ここに、葉室文学の究極のメッセージが込められている。人々の苦しみを引き受けることで、大膳は「鬼」へと変貌《へんぼう》した。幕閣という「悪《あ》しき鬼」を倒すためには、自分は人間として平穏に生きることが許されない。「良き大鬼」となってこそ、人々の苦しみを癒《いや》すことができる。それが、大膳の覚悟であり、葉室麟の覚悟だった。

覚悟と言えば、『鬼神の如く』に忘れがたい人物が登場する。宣教師のフェレイラである。長崎代官の末次平蔵も、フェレイラの陰画として個性的である。

大膳の崇高な生き方を間近に見た舞は、大膳のイメージを「イエス」と重ね合わせる。その一方で、何事も金銭的な打算でしか動かない平蔵は、「イスカリオテのユダ」

に近づいてゆく。ユダは、イエスの使徒の一人だったが、イエスを役人に引き渡し、イエスが磔刑《たっけい》に処せられる原因を作った裏切り者である。

フェレイラは、「転び伴天連《バテレン》」として知られ、長与善郎《ながよよしろう》『青銅の基督《キリスト》』や、遠藤周作『沈黙』などにも描かれている。日本におけるキリスト教布教の困難さを象徴する人物である。天草四郎は、畏敬《いけい》するフェレイラが「まことの信仰」を求めて苦しみ続け、純真な子どもたちが無慈悲に処刑されないように願っていることを知っている。だから、子どもたちの命を救うために棄教したフェレイラの悲しみが、痛いほどに理解できる。

《「そうです。（解説者注、フェレイラ様は）悲しいユダです。ひとは神の御教えを守り抜いて生きていくほど強くはないのかもしれません。だから、皆のために、最初にユダとなり、ひとびとが信仰のために生贄《いけにえ》にならないようにするのです」》

人は誰しも、イエスのように生きたいと、心から願う。そして、イエスのように死ぬことのできた強い人を、心から敬愛する。イエスの死生観は「もののふ」の死生観ときわめて近い。武士道精神の二つの特徴である義と愛を貫くのが、葉室文学のヒーローである。

葉室文学の人物造型に対しては、「これは理想像であって、人間心理の描写が平板である」という類《たぐい》の批判がなされることがないではなかった。「清濁併せ呑《の》む」の「清」は感動的に描かれているが、「濁」の要素の描写が物足りないとか、登場人物の多くが清廉《せいれん》すぎるなどという厳しい批評を、目にしたり耳にしたりしたことがある。『鬼神の如く』で、フェレイラを「悲しいユダ」と認定し、彼の心の闇《やみ》に共感を示したのは、葉室が人間の強さや心の綺麗《きれい》さだけでなく、人間の弱さや心の醜さを描く筆を持っていたことの証《あか》しだと思う。

人間、この美しく憧憬《どうけい》すべきもの。そして、人間、この悲しく厭《いと》うべきもの。人間性の両面を見抜き、温かく包み込むのが葉室のまなざしである。作品の内部では、深草舞のような女性が、葉室の心を代弁している。この解説のはじめのところで、舞のような女性像は、「賢人（老賢人）」とのペアで登場することが多いと指摘した。

しかし、ここまで解説を書いてきて、気づいた。「賢人と美女」の組み合わせの原型は、「イエスとマリア」だったのかもしれない、と。イエスのように、人間の苦しみや罪深さを一身に担《にな》って、磔になっても誇り高く死んでいった、無数の「もののふ」たち。だが、イエスの亡骸《なきがら》を抱いて涙するマリアの「ピエタ像」のように、葉室文学では「男の中の男」の心の深奥《しんおう》を見届ける「女の中の女」がいる。彼女の涙と祈りが、死せるイエスを弔うだけでなく、復活させ、永遠の命を与えるのだ。

栗山大膳は、取りつぶしの瀬戸際《せとぎわ》にあった黒田藩を救った後、盛岡藩で悠々自適の余生を過ごした。彼は磔にならなかった。なぜならば、常に磔になっている状態で生き抜いたからである。死中に活を求める死生観は、葉室の理想だったのではないか。

（平成三十年七月　国文学者）

この作品は平成二十七年八月新潮社より刊行された。

葉室麟著
橘花抄
己の信じる道に殉ずる男、光を失いながらも一途に生きる女。お家騒動に翻弄されながら守り抜いたものは。清新清冽な本格時代小説。

葉室麟著
春風伝
激動の幕末を疾風のように駆け抜けた高杉晋作。日本の未来を見据え、内外の敵を圧倒した男の短くも激しい生涯を描く歴史長編。

青山文平著
伊賀の残光
旧友が殺された。伊賀衆の老武士は友の死を探る内、裏の隠密、伊賀衆再興、大火の気配を知る。老いて怯まず、江戸に澱む闇を斬る。

青山文平著
春山入り
山本周五郎、藤沢周平を継ぐ正統派にして、全く新しい直木賞作家が、おのれの人生を摑もうともがき続ける侍を描く本格時代小説。

伊東潤著
義烈千秋　天狗党西へ
国を正すべく、清貧の志士たちは決起した。幕府との激戦を重ね、峻烈な山を越えて京を目指すが。幕末最大の悲劇を描く歴史長編。

伊東潤著
維新と戦った男　大鳥圭介
われ、薩長主導の明治に恭順せず――。江戸から五稜郭まで戦い抜いた異色の幕臣大鳥圭介の戦いを通して、時代の大転換を描く。

浅田次郎著
憑（つきがみ）神
別所彦四郎は、文武に秀でながら、出世に縁のない貧乏侍。つい、神頼みをしてみたが、あらわれたのは、神は神でも貧乏神だった！

浅田次郎著
五郎治殿御始末
廃刀令、廃藩置県、仇討ち禁止――。江戸から明治へ、己の始末をつけ、時代の垣根を乗り越えて生きてゆく侍たち。感涙の全6編。

浅田次郎著
赤猫異聞
三人共に戻れば無罪、一人でも逃げれば全員死罪の条件で、火の手の迫る牢屋敷から解き放ちとなった訳ありの重罪人。傑作時代長編。

宮部みゆき著
孤宿の人（上・下）
藩内で毒死や凶事が相次ぎ、流罪となった幕府要人の祟りと噂された。お家騒動を背景に無垢な少女の魂の成長を描く感動の時代長編。

宮部みゆき著
あかんべえ（上・下）
深川の「ふね屋」で起きた怪異騒動。なぜか娘のおりんにしか、亡者の姿は見えなかった。少女と亡者の交流に心温まる感動の時代長編。

宮部みゆき著
かまいたち
夜な夜な出没して江戸を恐怖に陥れる辻斬り〝かまいたち〟の正体に迫る町娘。サスペンス満点の表題作はじめ四編収録の時代短編集。

安部龍太郎著

冬を待つ城

天下統一の総仕上げとして奥州九戸城を囲んだ秀吉軍十五万。わずか三千の城兵は玉砕するのみか。奥州仕置きの謎に迫る歴史長編。

安部龍太郎著

下天を謀る（上・下）

「その日を死に番と心得るべし」との覚悟で合戦を生き抜いた藤堂高虎。「戦国最強」の誉れ高い武将の人生を描いた本格歴史小説。

安部龍太郎著

信長燃ゆ（上・下）

朝廷の禁忌に触れた信長に、前関白・近衛前久の陰謀が襲いかかる。本能寺の変に至る一年半を大胆な筆致に凝縮させた長編歴史小説。

西條奈加著

善人長屋

差配も店子も情に厚いと評判の長屋。実は裏稼業を持つ悪党ばかりが住んでいる。そこへ善人ひとりが飛び込んで……。本格時代小説。

西條奈加著

閻魔の世直し
―善人長屋―

天誅を気取り、裏社会の頭衆を血祭りに上げる「閻魔組」。善人長屋の面々は裏稼業の技を尽し、その正体を暴けるか。本格時代小説。

西條奈加著

上野池之端
鱗や繁盛記

「鱗や」は料理茶屋とは名ばかりの三流店。名店と呼ばれた昔を取り戻すため、お末の奮闘が始まる。美味絶佳の人情時代小説。

藤沢周平著
竹光始末

糊口をしのぐために刀を売り、竹光を腰に仕官の条件である上意討へと向う豪気な男。表題作の他、武士の宿命を描いた傑作小説5編。

藤沢周平著
時雨のあと

兄の立ち直りを心の支えに苦界に身を沈める妹みゆき。表題作の他、江戸の市井に咲く小哀話を、繊麗に人情味豊かに描く傑作短編集。

藤沢周平著
冤（えんざい）罪

勘定方相良彦兵衛は、藩金横領の罪で詰め腹を切らされ、その日から娘の明乃も失踪した……。表題作はじめ、士道小説9編を収録。

山本周五郎著
樅ノ木は残った
毎日出版文化賞受賞（上・中・下）

「伊達騒動」で極悪人の烙印を押されてきた原田甲斐に対する従来の解釈を退け、その人間味にあふれた新しい肖像を刻み上げた快作。

山本周五郎著
虚空遍歴（上・下）

侍の身分を捨て、芸道を究めるために一生を賭けて悔いることのなかった中藤冲也——苛酷な運命を生きる真の芸術家の姿を描き出す。

山本周五郎著
大《おお》炊《いの》介《すけ》始末

自分の出生の秘密を知った大炊介が、狂態を装って父に憎まれようとする姿を描く「大炊介始末」のほか、「よじょう」等、全10編を収録。

池波正太郎著
上意討ち
殿様の尻拭いのため敵討ちを命じられ、何度も相手に出会いながら斬ることができない武士の姿を描いた表題作など、十一人の人生。

池波正太郎著
谷中・首ふり坂
初めて連れていかれた茶屋の女に魅せられて武士の身分を捨てる男を描く表題作など、本書初収録の3編を含む文庫オリジナル短編集。

池波正太郎著
男の系譜
戦国・江戸・幕末維新を代表する十六人の武士をとりあげ、現代日本人と対比させながらその生き方を際立たせた語り下ろしの雄編。

司馬遼太郎著
燃えよ剣（上・下）
組織作りの異才によって、新選組を最強の集団へ作りあげてゆく〝バラガキのトシ〟――剣に生き剣に死んだ新選組副長土方歳三の生涯。

司馬遼太郎著
峠（上・中・下）
幕末の激動期に、封建制の崩壊を見通しながら、武士道に生きるため、越後長岡藩をひきいて官軍と戦った河井継之助の壮烈な生涯。

司馬遼太郎著
花神（上・中・下）
周防の村医から一転して官軍総司令官となり、維新の渦中で非業の死をとげた、日本近代兵制の創始者大村益次郎の波瀾の生涯を描く。

新潮文庫最新刊

一条次郎著
レプリカたちの夜
新潮ミステリー大賞受賞
動物レプリカ工場に勤める往本は深夜、シロクマと遭遇した。混沌と不条理の息づく世界を卓越したユーモアと圧倒的筆力で描く傑作。

小松左京著
やぶれかぶれ青春記・大阪万博奮闘記
日本SF界の巨匠は、若き日には漫画家としてデビュー、大阪万博ではブレーンとしても活躍した。そのエネルギッシュな日々が甦る。

企画・デザイン 大貫卓也
マイブック
―2019年の記録―
これは日付と曜日が入っているだけの真っ白い本。著者は「あなた」。2019年の出来事を毎日刻み、特別な一冊を作りませんか？

桐野夏生著
抱く女
一九七二年、東京。大学生・直子は、親しき者の死、狂おしい恋にその胸を焦がす。現代の混沌を生きる女性に贈る、永遠の青春小説。

知念実希人著
火焔の凶器
―天久鷹央の事件カルテ―
平安時代の陰陽師の墓を調査した大学准教授が、不審な死を遂げた。殺人か。呪いか。人体発火現象の謎を、天才女医が解き明かす。

筒井ともみ著
食べる女
―決定版―
小泉今日子ら豪華女優8名で映画化!! 味覚を研ぎ澄ませ、人生の酸いも甘いも楽しむ女たち。デリシャスでハッピーな短編集。

鬼《き》神《じん》の如《ごと》く
—黒田叛臣伝—

新潮文庫　は－57－3

平成三十年十月一日発行

著者　葉《は》室《むろ》麟《りん》

発行者　佐藤隆信

発行所　株式会社 新潮社

郵便番号　一六二―八七一一
東京都新宿区矢来町七一
電話 編集部(〇三)三二六六―五四四〇
読者係(〇三)三二六六―五一一一
http://www.shinchosha.co.jp

価格はカバーに表示してあります。

乱丁・落丁本は、ご面倒ですが小社読者係宛ご送付ください。送料小社負担にてお取替えいたします。

印刷・大日本印刷株式会社　製本・株式会社大進堂

ISBN978-4-10-127373-0　C0193